幕末　四人の女志士

加野厚志
Kano Atsushi

文芸社文庫

目次

序　章　美女ありき

一

明治三十二年の盛夏。横須賀豊島町の裏長屋に、坂本龍馬の歴程を探る青年がひょっこりと立ち現れた。

「この奥だと思うが……」

猛暑の昼下がり、青年は暗い迷路で行き暮れた。

職業は郵便局員だが、やはり他区の路地裏は目星が定まらない。休日なので野暮な制服は外し、一張羅《いっちょうら》の白い麻地の背広を着こんできた。

無性に気がはやり、ひたいの汗を何度も手の甲でぬぐう。

港町の狭小地にある貧民街は、日中の暑気を後生大事に溜めこんでいる。歩き続けて軽い脱水症状に罹《かか》ったらしい。一瞬、時の流れが逆行していくような感覚にとらわれた。

「……何としても坂本先生の奥方を捜し出さねば」

口に出して言い、みずからを鼓舞《こぶ》した。

怒り肩で角顔の青年は、幕末期に坂本龍馬が長崎に創設した海援隊の幹部隊士の遺児であった。

名は安岡重雄。父子二代、龍馬に対する尊崇の念は深い。だが文明開化の明治の世にあって、土佐の英傑の名はすっかり忘れ去られていた。

夏陽に熱せられた空気がどっぷりと港町を包みこんでいる。生ぬるく湿った潮風が重雄の肌にまとわりつく。ドブの匂いが立ちこめる横須賀の裏町は、まさに人生の吹きだまりであった。

仕事にあぶれた半裸の男たちは路地脇で縁台将棋に興じ、ひっつめ髪の古女房らは戸を開け放って塩気まじりの夕風を家内へ引き入れている。

重雄は薄い夏背広を脱ぎ、一軒ずつ長屋の表札を見ながら歩いていった。

あせらず丹念に番地をたどっていけば、かならず住人は捜し出せるはずだ。それが郵便局員としての矜恃であった。非番の日に、仕事抜きで『西村松兵衛《にしむらまつべえ》』の居宅を見つけ出すことはさほど困難ではない。

「よし、ここだ」

路地の戸口で手早く身なりを整えた。すると、薄暗がりの西村家からしわがれた女の声が放たれた。

「あんさん、どなたはんどす。家を勝手にのぞきこんで」

喉奥からしぼりだされた独特の京都弁には、疑り深い都人の性根が浮き彫りになっている。

それは底深い落魄《らくはく》の声音だった。室内からこちらを値踏みする女の視線に真正面からぶつかった。

立ちすくみ、通路のどんづまりにある古家の軒先で女の顔を見定めた。これまで重雄が思い描いてきた気高い女性像は、一見して泥にまみれた。

（これが七条小町とうたわれた美女の……）

なれの果てなのだろうか。

目に前にいるのは、汚れた寝間着姿の老婆だった。

赤濁りの両眼には激しい敵意が宿っている。昼間から安酒を飲んでいたらしく、眉間に深い縦ジワが刻まれていた。

重雄は気おくれぎみに言った。

「失礼ですが、西村ツルさんですよね」

「そうどっせ。あてが西村松兵衛の連れ合いどすけど」

「たしか呉服商とか」

「いいえ。見てのとおり、店構えもあらしまへん。その日稼ぎの大道商人どす。朝早うから荷をかついで働きに出て、夜遅うにならんと帰ってけぇしまへんえ」

「ご主人ではなく、あなたに会うために訪ねてきました。そのみやびな京なまり。東国の横須賀じゃめったに聞けませんし」

「お若いのにお口の上手なこと。これでも昔は賀茂川の水で産湯を使うたきっすいの京女どっさかい」

老婆は芝居がかった声調で言い、茶碗酒を片手に居直るようなまなざしをむけてきた。奥二重の瞳の奥に、年老いて傷ついた女の誇りが沈潜していた。

からくもきつい視線をかわし、重雄はへどもどまごつきながら、玄関先で亡き父親の略歴をのべた。

「申し遅れました、安岡重雄です。かつて父の安岡金馬は、同郷の坂本先生を頼って土佐海援隊に入り、操船術を教授されました。いとこの菅野さまなどは嫁まで世話してもらったそうで」

「……思い出しました。あの安岡はんのご子息どしたか。そんなとこに立ってンと、せまい部屋やけどお上がりやす」

狷介《けんかい》な表情が溶け、老女の口許がほころんだ。

重雄は一礼して西村家の敷居をまたいだ。

「では、お言葉に甘えて」

革靴をぬぎ、一間きりの小部屋へ入ると、老女は自分の敷いていた破れ座布団を裏返して重雄にすすめた。

「さ、お座布《ざぶ》におすわりやす。家計が苦しゅうて、お茶っ葉を切らしていて飲み物もだせしませんのン」

「どうぞおかまいなく、ツルさん」

「嫌やわ、そんな呼び方せんといて。たしかに今はしがない大道商人の連れ合いどすけど」

「失礼しました」

「あてにとって、あんさんは遠い親戚みたいなものやし。三十年以上も前に、末の妹の君枝《きみえ》は海援隊士の菅野覚兵衛《すがのかくべえ》はんのもとへ嫁ぎましたンや」

「では、やはりあなたが……」

重雄は粗衣の老女を痛ましげに見つめた。

老いさらばえた面相には、七条小町ともてはやされていた美貌の残り香さえない。貧困の中で艶やかな肌色は剝がれ落ち、指先までがくすんでささくれ立っている。はだけた寝間着の襟元からは、安酒の匂いだけがたちこめていた。

しわがれ声で、老女はきっちりと名のった。

「本名は楢崎龍《ならさきりょう》。坂本龍馬の妻のお龍《りょう》どす」

老女の顔に強い意志がこもった。それから居住まいを正し、両手の指先をそろえて頭を下げた。

「お龍さん、もったいないことを、私にとって、あなたは父がお世話になった土佐海援隊提督の奥方ですし」

「そやけど、どこであてのことを知りましたんや」

「じつは故郷の土佐を離れ、いまは横須賀の郵便局に内勤しております。住人の壬申《じんしん》戸籍簿《こせきぼ》を閲覧《えつらん》したおりに西村ツルさんの前名を見つけ、もしやと思ってやって来たのです」

「こんなあばら屋に酒びたりの婆を訪ねて来るやなんて、ほんに物好きやこと。明治維新後は薩摩と長州の天下やし。土佐の坂本龍馬の名を知る人とてどこにもおらへんのに」

「では、まだご存じないのですね」

「いったい何をどすか」

「これです。ご覧ください」

重雄は、持参した薄っぺらな古本を懐からとりだした。

老眼鏡を買う金さえないらしい。

衰えた両目をしきりに細め、老女は手渡された書物の表題を興味なげにゆるゆると読み上げた。

「えっと表紙に『汗血千里駒《かんけつせんりごま》』と記されてありますけど。何やろか、この本は。さっぱり見当もつけしまへん」

「ざっと十五年ほど前に刊行された坂本龍馬先生の伝記です。ぼくたち土佐の少年は、だれもがこの英雄談に熱中しました」

「そんなことがあったンどすか。まったく存じまへんどした。あの人が作り話の小説の主人公になってたやなんて」

「そうではなく、これは本当にあった伝記なのです」

「そやけど、あてはこの坂崎紫瀾《さかざきしらん》てらいう作者にいっぺんも会うたことがおへん。龍馬さまのことをいちばんよく知ってるのンは、女房のあてやのに。どない考えてみても無茶な話やおへんか」

人を見下すような口調に、京女特有の権高《けんだか》な地顔がのぞいた。

重雄はこっくりとうなずいた。

お龍の言葉には一理ある。

伝記執筆にあたっては、まず偉人に連れそった妻女に真っ先に取材するのが鉄則であろう。

けれども作者の坂崎紫瀾は自由民権論者であり、薩長の専制政治に対抗する象徴として土佐の龍馬をとりあげたにすぎない。こまかい史実や、明治後に行方知れずとなった妻のことなど、伝記と称する大活劇シーンの中では不要であった。

「おっしゃるとおりです。それにご本人を前に失礼ですが、伝記の中でお龍なる女は身持ちが悪く、夫の死後に高知の坂本家から義絶され、諸国を放浪したのちに近江の地でのたれ死んだことになっております」

さすがに目を合わせられず、重雄は本の内容を手短かにのべた。

長い沈黙があった。

部屋に迷いこんだ蚊の羽音が耳につく。

襟足にとまった蚊をぴしゃりと叩き殺し、お龍がぽつりとつぶやいた。

「……あの人が。そう、龍馬さまが殺された時、京女のお龍も死にましたんや」

酒気の薄らいだ目もとに悲しみの色がにじんだ。

言葉の接ぎ穂を見失い、重雄はズボンの膝頭を両手でつよく握りしめた。

陽が翳《かげ》り、老女の荒れた肌や小ジワを覆い隠す。うりざね顔のきれいな輪郭だけが室内に浮かび上がる。淡くはかないシルエットの中に、昔日の京女の美貌がくっきりと再生した。

二

重雄は、しばし見とれていた。

それから深く吐息し、上目づかいに言った。

「お龍さん。心苦しいのですが、できたら坂本先生との出逢いから別れまでを語ってくださいませんか」

「大切な二人の秘め事どす。他人《ひと》さまに語ることではおへん」

「でも、このまま捨て置いては『汗血千里駒』に記された俗説が定説になってしまいますよ。浅はかな読者は、稀代の悪妻として記憶することでしょう。げんにお龍さんは、こうして横須賀の地でしっかりと生きておられるのだし」

「かめしまへん。みじめな境遇の老醜を世にさらすより、若死にしてたほうがよっぽどましどっしゃろ」

誇り高い京女が心をとざしかけた。

重雄もひたむきな性格の土佐っぽである。角顔を紅潮させ、対座する老女に高揚した声を投げかけた。

「待ってください、それではぼくの気持ちがおさまらない」

「志のある男はかならず若死にし、連れそった女はひとり残されて長く生きつづけることになります。一蓮托生、死ぬ時は一緒にと心に誓ったはずやのに」

「父から聞いた話では、伏見の寺田屋で幕府の捕り方らに夜襲をうけた時、そばにいたお龍さんは命がけで坂本先生を護られたとか」

「ええ。そんなこともありました」

「まさに烈婦。かよわい女の身で木っ葉役人を蹴散らすとは見事な女志士じゃありませんか。ぼくは何としても土佐の坂本先生を復権させたい。それには歴史の生き証人たるお龍さんから聞き書きするしかないのです」

「そこまで言わはるなら……」

老女が遠くを見る目になった。そして、そばの小机に頬づえをつき、若かりし日々をたぐり寄せようとした。

しだいに旧《ふる》い記憶の縦糸がほぐれだしたらしい。声まで若返り、目の前でひらく花のような新鮮さで老女が語りだした。

「……龍馬さまは南国の海みたいに大らかで温かく、いつも冗談ばかり言うてあてを楽しませてくれてはりました。男は愛嬌、女は度胸が口ぐせやった」

「お龍さん、待ってください。筆記いたしますので」

重雄はあわてて手帳をとりだした。一言一句聞きもらさず、書き取ることが自分の責務だと感じられる。

　高ぶる気持ちを抑えられない。まるで幕末の動乱期に身を投げ入れたような心地がしてならなかった。

　いつしか老女の瞳はしっとりと艶《つや》を帯び、あふれくる慕情にむせかえるような声調になった。

「そうやわ。誘ったのは、あてのほうかもしれまへん。場所は木屋町筋の三条小橋のたもと」

「高瀬舟が通る京の運河ですね」

「思わず声をかけたら、近視《ちかめ》の龍馬さまは川岸であての顔をじぃーっと見てはった。一年前に父楢崎将作のもとを訪ねてきて、そばにいたあてに楽しい話をいっぱいしてくれたのに、すぐには思い出せない風やった」

「たしかお父君は中川宮家の侍医で、京では高名な勤王家でしたよね。お宅は志士たちの溜まり場だったと聞きおよびます」

「よう知ってはりますなァ」

「これでも土佐勤王党の流れをくむ者の子孫ですから。それに幕末史にも興味を持っています。しっかりと勉学に励み、物書きになる夢も捨ててはいません。で、お二人の仲はどうなりました」

「どうもこうも、龍馬さまは国事のために東奔西走の身の上どしたよって、必死になって付いていっただけどす。それは長州の桂小五郎はんと添いとげた芸妓幾松《げいぎいくまつ》さんも同じこと」

「木戸松子のことですね」

土佐っぽの重雄は、不快げに政府高官夫人の名をあげた。

維新後まで生きのびた桂小五郎は、革命の果実をたっぷりと味わった。名を木戸孝允《きどたかよし》とあらため、明治政府の元勲として名誉と財産をわが物にしたのだ。

当然、正妻となった京の芸妓も大きな屋敷に住み、鹿鳴館《ろくめいかん》時代の淑女として上流社会に身を置いた。

重雄は小筆をとめ、老残のお龍をちらりと見やった。

（それにしても二人の京女の境遇は……）

あまりにもちがいすぎる。

連れそう男が横死すれば、たちまち女は路頭に迷うのだ。大多数の志士たちは、明治の曙を見ることなく非業の死を遂げた。

（志士とは、すなわち死士たり）

父から聞かされた言葉を思いだし、重雄は胸がふさがれるような気持ちになった。

きっと勤王の志士たちを命がけで支えた妻女らは、ひっそりと声もなく亡き夫を偲んで暮らしているのであろう。

土佐の坂本龍馬と長州の桂小五郎に力量の差はない。ひいき目に見れば、独力で薩長連合を仲立ちし、倒幕への道を切りひらいた龍馬のほうが貢献度は高いと思える。

だが龍馬は大政奉還の大仕事を成し遂げた直後、謎の刺客に暗殺された。一方、仲間内で『逃げの小五郎』と呼ばれていた長州藩幹部は巧みに凶刃をさけ、暗殺の世紀から見事に逃げ切った。

龍馬の死後、流浪人となったお龍は横須賀の吹きだまりに行き着き、幾松は高官夫人にまでのぼりつめたのだ。

老女はしだいに饒舌《じょうぜつ》となり、話は脇道にそれていった。

「良いお人は、みんな競うように早く亡くなってしもて。吉田松陰門下筆頭の久坂玄瑞《くさかげんずい》はんは長州軍をひきいて入京し、禁門の変で華々しく討ち死にし、長州の奔馬と呼ばれていた高杉晋作はんも押し寄せる幕府軍をさんざんに打ち破ったあと、肺の病で亡くならはりました。どっちゃも二十代の若さで」

「武力倒幕の旗がしらは松下村塾の若者たちでしたし。もし明治維新後まで久坂・高杉のご両者が生きていたら、新政府の要職に就いておられたでしょう」

「栄華をきわめるのは、卑怯なふるまいで生き残った者ばかり」

「そうかもしれませんね」

「あてと龍馬さまの仲人をしてくれた朋友の中岡慎太郎はんも刺客に殺され、薩摩へ新婚旅行に誘ってくれはった西郷先生も下野したあと、西南戦争で政府軍に敗れて自決しはりましたし」

「あの西郷隆盛《さいごうたかもり》のことですか」

「そうどす。黒目のきれいな巨漢どした。不器用な龍馬さまと同じで、食事のさいにポロポロとご飯をこぼして」

「考えてみれば本当にすごいですね。お龍さんは維新に功績のあった多くの立役者に会っておられる」

興奮ぎみに重雄は大きくうなずいた。

幕末期に龍馬と共にいたお龍は、日常的に歴史上の偉人たちと何度も差しで歓談してきたらしい。

権力の中枢に居すわった木戸孝允や西郷隆盛だけでなく、明治政府を仕切ってきた参議の大久保利通《おおくぼとしみち》とも親しく宴席を共にしたことだろう。

そう思うと、目の前にいるみすぼらしい老女に畏敬の念さえ感じてしまう。

龍馬の正妻だったお龍にとって、辣腕をふるう初代総理大臣の伊藤博文《いとうひろふみ》でさえ、桂小五郎の下で仕えていた使い走りの渡り中間《ちゅうげん》にすぎまい。武家屋敷に勤める中間とは、足軽のさらに下に置かれた雑務係のことだ。軍部の頂点に君臨し、陸軍大将として権勢を誇る山県有朋《やまがたありとも》も伊藤と同じ長州藩の卒族であった。

（長州閥のかれらは……）

安政の大獄で刑死した吉田松陰の門下生というだけで栄達をとげ、ついには公爵にまで成り上がった。

松門双璧の久坂玄瑞や高杉晋作だけでなく、有能な高弟らが次々と闘死し、下位の門弟たちが権力の座をかすめとったのだ。

恩師松陰の妹の文を妻に迎えた久坂は、松門の後継者と目されていた。久坂にとって徳川幕府を打ち倒すことは、刑死した義兄の仇討ちでもあったようだ。文は賢夫人の誉れが高く、毛利家の世子子守役をつとめていた。新婚の夫の死を聞いても涙ひとつこぼさなかったという。

高杉はひとりだけ家格が高く、長州藩主とじかに話せる立場だった。風狂な遊び人の高杉は下関の三味線芸者を囲い、諸国探索の折にも同行したらしい。

個人的に維新史を調べている重雄は、武力倒幕の急先鋒であった長州の内情にも精通している。

おうのは、高杉の愛人として志士仲間でも有名だった。海援隊士の父からも何度か耳にしたことがある。

「長州兵はどいつも果報者だ。死んだら美人芸者に弔ってもらえるのだから」と。

高杉の死後、剃髪したおうのは東行庵《とうぎょうあん》の初代庵主となり、戊辰戦争で戦死した奇兵隊の若者たちの霊を守った。

重雄は烈婦たちに思いを馳せた。

（龍馬の妻のお龍だけでなく……）

芸妓幾松やおうの、幼妻の文も勤王の女志士と言えよう。彼女たちは臆することなく、戦乱の中に身を投じて愛する男と一緒に戦ったのだ。

倒幕戦の中で、戦死者の数は長州がずば抜けている。

二度にわたる幕府軍の長州征伐や京都出兵で奮戦し、人材が枯渇するほどの犠牲をはらったのだ。

また薩摩は圧倒的な軍事力を有していた。兵器の近代化を推し進めた薩長にくらべ、戊辰戦争で戦功の少なかった土佐藩出身者は、新政府の要職には就けなかった。切り札だった坂本龍馬と中岡慎太郎が維新直前に殺されてしまい、新政権内での発言権を失っていた。

老女の記憶は切れぎれで、とりとめがない。西郷がらみで何かを思い出したらしく、唐突に含み笑いをもらした。

「龍馬さまの計らいで、薩摩の御用宿やった伏見の寺田屋にあずけられてた時、さるお人に夜這《よば》いをかけられました」

「えっ、いったい何の話でしょうか」

「ほほっ、若い男女の色恋ざたどすがな」

「その不届き者とは……」

重雄は指もとの小筆を強く握りこんだ。

老女はさらりと言った。

「西郷はんの護衛として寺田屋に出入りしていた中村半次郎」

「あの人斬り半次郎が！」

「お人柄は良かったけど、あきれるほどの大酒飲みやった」

「手に負えませんね」

「ほんに豪気な薩摩っぽで、あてが龍馬の内妻とは知らずに酒席で言い寄ってきたんどす。はねつけたら、夜になって寝所へ忍びこんできはって」

「で、どうなりました」

「大声で騒いで叩き出しましたえ」

「それは痛快だ。鬼の新撰組が脅えて道をゆずったという人斬り半次郎も、京女のお龍さんにはかなわなかったんですね」

二人は声を合わせて笑った。

ワイシャツの両脇がじっとりと汗ばんでいる。思いがけず話の中に高名な人物が次々と登場し、重雄は興奮をおさえきれない。

「すんまへんな、勝手にしゃべりちらして」

「いいえ、まことに興味深いです。たしか中村半次郎は、維新後に桐野利秋《きりのとしあき》と改名して陸軍少将となり、明治十年に西南戦争をひきおこし、西郷先生と一緒に城山で殉死したとか」

「あてが親しかった薩摩の知人たちは、明治初頭にみんな死なはりました。西郷先生が生きてはったら、あてもこんな長屋暮らしはしてしまへん」

「まったく同感です。お龍さんは土佐の英傑坂本龍馬の妻だったお人ですから。世が世なら公爵夫人になっておられた」

若い郵便局員は力をこめて言った。

三

港町の夕暮れは、いっそう感傷的な気分に陥りやすい。

そして孤独な老女の長話は、いつ終わるともしれなかった。

裏長屋の小部屋を照らす古いランプの薄明かりが、波乱の生涯をくぐりぬけてきた七条小町の顔を、はかない影絵のように浮かび上がらせている。

お龍の話に出てくる勤王の志士たちの多くは、すでに鬼籍に入っていた。それは佐幕派の者たちも同じである。京洛で悪名を馳せた新撰組隊士の大半は戊辰戦争の中で闘死していた。

老女の口から、新撰組局長近藤勇の名がぽろりとこぼれでた。

「近藤はんは鬼瓦みたいにごつい顔をしてはったけど、酒席では茶目っ気たっぷりどした。ご自分のげんこつを、ぐっと口に入れてみせたりして場を盛り上げてはりました」

「驚いたな。敵方の首領とも知り合いだったとは」

「寺田屋の奥座敷で何度も顔を合わせ、お酌をしたこともありますえ。そやけど、本当に恐かったのは副長の土方歳三や。いつも冷たく、人を探るような目付きをしてはった。色白の美男子なので、いっそう気味が悪かった」

重雄は首をかしげた
「もしかして、お龍さんは密偵だったのですか」

「言われてみれば、そうやったかもしれまへんな。京と大坂を結ぶ伏見の船宿には、幕臣たちも大勢立ち寄りますよって。龍馬さまのお役に立ちとうて、あては勝手に情報収集してた」

「だったら、本物の女志士だ」

「自分の命なんて、なんも惜しゅうなかった」

老女がきっぱりと言った。

重雄も相づちを打って話をひろげた。

「こ[illegible]わた[illegible]て[illegible]あの時代を駆け抜けた若者たちは、勤王佐幕に関係なく激しく燃焼しきったようですね。げんに近藤勇は倒幕戦のさなか、戦い疲れて流山で投降し、潔く処刑されましたし。その首は塩漬けにされて関東から遠く京へと送られ、三条河原で梟首《きょうしゅ》されたとか」

「その件は知ってますけど、新撰組副長は……」

「土方歳三は官軍に徹底抗戦し、蝦夷地《えぞち》の函館五稜郭《はこだてごりょうかく》に立てこもって最後まで降伏しなかった。剣客としての意地があったのでしょう。官軍総攻撃の折に戦死したようですが、遺体は見つかってません。敵ながら見事な男っぷりです」

「ええ。こうして思い返してみれば、ほんに敵も味方もみんな魅力たっぷりなお人ばかりで」

小説家志望の若い郵便局員にとって、お龍の語る幕末の青春群像はあまりにも刺激的だった。

まさに事実は小説より奇なりであった。

「なんだか、いまの自分が情けなくなってきました」

それは明治の若者の本音であり、あせりとも言えよう。

一世代おくれて生まれてきた重雄は、維新の夢を追う身だった。

きびしい中央集権制度のなかで、いつしか土佐郷士の誇りも薄らぎ、郵便局員の薄給に甘んじている。

二十代の若者たちが剣をかざして国を動かし、一朝にして権力の中枢にのぼりつめる時代は、とうの昔に終わりを告げていた。

年老いた京女が、少し皮肉っぽい口調で言った。

「よろしいやん。平和な時代がだらだらつづいて」

「いや、明治生まれのぼくたちは時代にのりおくれた気分なんですよ。つくづくお龍さんたちがうらやましい」

「あてはともかく、志なかばに殺されてしもた龍馬さんは口惜しいことやったと思います。しかも暗殺の首謀者は、いまものうのうと生きてますし」

「もしや、それって近江屋事件の……」

「そうどす。龍馬さまを襲った犯人の目星はついてまっせ」

茶碗酒をぐっと飲み干した老女が、寝間着の襟元を片手で色っぽく直して自信たっぷりに言った。

長い思い出話の末に、酔いどれ女の思考は唐突な間合いで『龍馬暗殺』の核心部分へと迫ったのだ。

龍馬殺しの真犯人はだれなのか。

重雄が知りたかったのは、その一点だった。

明治政府は、流山で捕らえた近藤勇を下手人と見て拷問にかけたという。じっさい新撰組は最強の武闘集団であり、数多くの志士たちを京洛で無慈悲に斬殺してきた。

（そう考えれば……）

千葉門塾頭の坂本龍馬を、果敢に踏みこんで斬り倒せるのは実戦を重ねたかれらしか見当たらない。

北辰一刀流を極めた龍馬の戦歴は鳴り響いていた。伏見の寺田屋において、二百人をこえる幕吏たちに夜襲をかけられた際も、護衛の三吉慎蔵《みよししんぞう》と共に乱戦にもちこみ、捕り方らの囲みを破って脱出している。

それらの活劇シーンは龍馬と同郷の父から何度も聞かされ、虚実が入り混じった『汗血千里駒』にも大げさに記されていた。けれども、お龍の口から発せられたのは予想だにしない人物であった。

「陸奥宗光《むつむねみつ》。事件の黒幕はあのお人にまちがいおへん」

「では、切れ者の外相が真犯人だとおっしゃるのですか。それはあり得ない。だって陸奥は紀州藩上士の出自で、海援隊では坂本先生の懐刀として補佐していましたよ」

維新後は明治新政府の外交を一手に担い、凄腕の交渉人として西洋列強と五分に渡り合った。

だが、意地っ張りな京女は一歩も引き下がらなかった。奥二重の両目を怒らせて言いつのった。

「あの変節漢は信ずるに足りない男どす。巧言令色、恩を仇で返してからに。龍馬さまは飼い犬に手を噛まれてしもた」

「お龍さん、いったい何があったというのですか。くわしく話してください。三十数年前、坂本先生の身にどんな危難が」

重雄は膝をのりだした。

坂本龍馬は、慶応三年十一月十五日夜、三条近江屋において数名の刺客に襲われて落命している。

二階の奥座敷で同席していた中岡慎太郎も側杖をくって斬り殺された。そして『龍馬暗殺』は解明されることなく、いまも歴史の闇底に沈んでいる。

流山できびしい責め苦をうけた近藤勇は、きっぱりと無実を主張したまま斬首されてしまった。

（客観的に考えてみれば……）

拷問に耐えてまで、近藤が龍馬殺しを否認する必要はない。多くの志士たちを捕殺してきた新撰組局長の斬首は、官軍に捕らえられた時点で決定していたのだ。逆に剛勇の坂本龍馬を討ち取ったとなれば、新撰組の強さが世に喧伝されて死に花を咲かせることができる。

じかに近藤を訊問したのは、土佐藩出身の官軍将校だったと父から聞いている。土佐海援隊の者たちも、殺された提督の仇をうつため、謎の刺客をずっと追っていたらしい。

だが近藤は痛苦に屈することなく、「大政奉還を実現して徳川家の存続を図った坂本さんは、言ってみれば幕府の恩人ではないか。なにゆえに新撰組が大恩人を討ち取ることがあろうや」と反論したという。

そのため明治新政府のもくろみは外れ、再び『龍馬暗殺』はふりだしにもどったのだ。

そして、新撰組犯行説は立ち消えたはずだった。

だが、酒のまわった老女はかたくなに陸奥宗光を敵視し、とんでもない推論を展開しはじめた。

「悪がしこい陸奥宗光が新撰組をそそのかし、龍馬さまの潜伏場所を教えたにちがいおへん」

「密告者は陸奥宗光。実行犯は新撰組というわけですね。でも、陸奥には動機がありませんよ」

「ちゃんとありますえ。どんな時代においても、人が悪事を犯すのはたいがいお金がらみどす。あの当時、海援隊の金庫には龍馬さまが紀州藩からぶんどった海難事故の賠償金が七万両ほど収められてました」

「もし、そうだったとしたら坂本先生の正妻だったお龍さんにも多額の遺産金が渡ったのでは。徳川時代の封建社会でも、夫の遺した財産の半分は妻が相続できたはずです。ざっと三万五千両」

「この暮らしぶりを見ればわかるでしょ」

「ええ、まァ……」

「三万五千両どころか、あては小判一枚も手にしてまへん。海援隊の金庫番だった陸奥がぜんぶ持ち出し、毎晩のように祇園で散財したようどす。海援隊提督が殺されたのに、他の隊士たちもおこぼれにあずかって花街で遊びほうけてました」

「ひどいですね、そのことは初めて聞きました」

「寡婦となったあては邪魔者あつかい。当時、龍馬さまの心づかいで長州の三吉慎蔵はんのお宅におったのに、むりやり海援隊の連中に引き剝がされて、高知の実家へと送られてしもた」

お龍が陸奥に恨みを抱くのは当然だった。

龍馬が急死したあと、寄せ集めの海援隊は指針をなくしたらしい。せっかく得た資金を勝手に分配し、正妻のお龍を遠方の四国へと追い払ったようだ。

美意識の高い京女が、都を遠く離れた粗野な田舎町で暮らせるはずがない。

一年足らずで龍馬の実家から逃げ出し、身寄りのないお龍は諸国をさすらって行方知れずとなったのだ。

近江の地で死んだという風聞が流れ、そのころから寡婦のお龍に関する醜聞があふれだした。

酌婦あがりで身持ちが悪く、あずけられていた下関長府の三吉慎蔵宅でも不倫の関係にあったと。

（それらの悪意に満ちた噂の出どころは……）

海援隊の連中にちがいなかった。

かつて寺田屋夜襲の折、お龍と三吉慎蔵は負傷した龍馬を協力して救っている。いわば共に死線をくぐった仲であった。大政奉還の奇策を胸に、上京を決意した龍馬が、新妻のお龍を慎蔵に託した気持ちはよくわかる。

龍馬は、だれよりも清廉な三吉慎蔵を信頼していたのだ。

護衛をうけもっていた慎蔵は長州随一の武芸者であった。長府支藩の剣術指南役で、家老職まで兼ねていたという。戊辰戦争でも数々の戦功を挙げたが出世欲がなく、瀬戸内の小さな城下町で龍馬の新妻を護って慎ましく暮らしていたらしい。

男の嫉妬心はたまらなく見苦しい。

海援隊の者たちは慎蔵をねたみ、あらぬ噂をまき散らして二人を引き離した。かれらは、おのれの不行跡をうち消すため、口をそろえて提督の妻をおとしめたのだ。

重雄は古畳に頭をこすりつけた。

「申し訳ありません、お龍さん。かつて海援隊に所属していた父にかわって謝罪させてもらいます」

「頭を上げておくれやす。他の海援隊の縁者なら最初から家に入れまへん。海援隊の後援者やった小曾根英四郎《こそねえいしろう》邸で、末の妹の君枝が菅野覚兵衛と仮祝言をあげたとき、安岡金馬はんも同席してはりました。お酒に弱いらしく顔を真っ赤にして。三十年以上も前やけど、息子のあんさんと話してるうちに思いだしてきましたえ」

「ぼくも下戸なんですよ。で、当時の父の印象は……」

手帳に太文字で『安岡金馬』と記し、重雄は高調子に問いかけた。維新をいろどる英雄談の中に、父の名が出てきたのが無性に嬉しかった。

「安岡金馬はんは、小心なくせに大言壮語するお人やった。あてが憶えてるのんはそれだけどす」

お龍がずばりと言った。やはり京女は人を見る目がからい。加えて年を経ると、よけいに辛辣《しんらつ》で依怙地《いこじ》になるようだ。

重雄は、まるで自分のことを直言されたような気がした。

帝都では薩長の藩閥が根を張り、土佐出身の重雄は出世ルートの官職には就けなかった。横須賀で郵便局員をしながら、文才もないのに小説家になる夢が捨てきれないでいる。

（実父の安岡金馬が三流志士であったように……）

自分もまた無名の郵便局員で終わるのだろうか。

非才の文学青年が、高みにある明治文壇への足がかりを得るには、ぜひにも『龍馬の妻の回顧録』が必要であった。非番の日に一人で港町の裏長屋へやってきたのも、そうした野心からだった。

お龍は気分にムラがある。

海援隊に対する舌鋒がするどくなった。

「そういえは龍馬さまと中岡はんが殺された時、だれ一人として海援隊の者は近江屋に駆けつけなかったとか。よっぽど新撰組が恐かったのやろか。中岡はんが提督やった陸援隊の強者らは、馬に乗っていちはやく現場に到着し、ちゃんと創設者の死に水をとってますやないの」

「いや、それには訳があります。ぼくが弁明するのもおかしいですが、言わせてください。あの当時、畿内の海援隊支部は大坂にあったので隊士たちは出遅れてしまった。一方の陸援隊は近場の白川に駐屯していたので中岡先生のご臨終に間に合った。父からはそう聞いております」

「ぜんぶ言い訳に聞こえますな。京の巷では、『海運業者の海援隊は臆病者ばかり。隊長を殺されても仇討ちすらでけへん』と言われてたそうどす」

「いや、月明けの十二月九日に仇討ちは決行しましたよ。京に集結した海援隊士十六名が決死の覚悟で、油小路の天満屋へ斬りこんで新撰組と死闘を演じたことをご存じないのですか」

熱弁をふるったが、狷介な京女は重雄の目の前で片手をふった。

「あほらし。京スズメかて顚末《てんまつ》は知ってますがな」

「どんな風に」

「恥の上塗りでっしゃろ。天満屋へ斬りこんだまではよかったが、待ち構えていた新撰組に逆襲されて狙った相手を討ちもらしたそうどすな。主将格の陸奥宗光は見張り役を申し出て、油小路の物陰でふるえていたとか。しぶとく生き残って栄達をとげ、爵位を得た連中はみんな罰当たりな卑怯者」

お龍の言葉は容赦がなかった。

龍馬を踏み台にしてのしあがった政府高官たちへの私怨が、ここにおよんで激しく再燃したらしい。

海援隊の出世がしらで、伯爵となった陸奥宗光だけでなく、自分を見捨てた政府要人たちを口汚く罵りだした。

しかし、どう考えても『陸奥宗光黒幕説』は無理筋だった。

第一にお龍がのべた犯行動機だが、陸奥は裕福な紀州藩上士の家柄であった。他の食い詰め浪士たちとちがって、金にこまったことなど一度もないはずだ。祇園で遊ぶぐらいの金はいつでも手元にあったろう。

また天満屋での失策はどうあれ、いつも冷静な陸奥が命を張って斬り込みに参加したのは事実なのだ。

師匠筋の龍馬亡きあと、すぐれた外交官として政府内で立身したのは、すべて本人の実力であろう。

(恨みがましい老女の妄言にくらべれば、まだしも……)

明治三年に新政府が残した刑部省口書のほうが真実味があった。そこには『龍馬暗殺犯は京都見廻組の八人』と記されていた。

同年、函館の五稜郭で抗戦していた旧幕府軍は全面降伏。生死不明の土方歳三をのぞき、全員が投降して戊辰戦争は終結となった。

そして個人聴取のさい、降伏人・今井信郎がとんでもない自供をしたという。「自分は京都見廻組の一員で、与頭《くみがしら》の佐々木只三郎の指揮のもと、指名手配中の坂本龍馬を三条近江屋に踏みこんで討ち果たした」と。

尋問官は仰天し、すぐさま刑部省へ報告した。

降伏人の話にはいくつかの記憶ちがいや矛盾点はあるが、明治新政府はこれにとびついた。

一刻も早く龍馬がらみの問題を処理したかったようだ。九月二十日に龍馬暗殺犯への判決が申し渡された。

死罪ではなく、軽微な禁固刑であった。信じられないほどの寛大な刑罰だった。明治の官僚はやはり優秀である。これで『龍馬暗殺』は幕引きとなったのだ。

（だが、きっと……）

真犯人はほかにいる。

歴史とは、すなわち勝者らの言い逃れの羅列であろう。惰弱な旗本の二男三男たちが集う見廻組が、千葉門最強の坂本龍馬に肉迫して斬り殺せるはずがない。かれらは動乱の京において、それまで一度たりとも志士たちを捕殺したことさえなかったのだ。

小心な重雄は沼地に足を踏み入れたような気味悪さをおぼえた。

（これ以上の深追いは危険だ）

一介の郵便局員には手にあまる案件であろう。

また龍馬殺しの真犯人探しなど、大道商人の妻たる西村ツルにはどうでもよいことなのだ。

その時、酔い痴れた老女の顔にふっと明るい笑みが浮かんだ。

どうやら心楽しい青春の情景がよみがえったらしい。

「あっ、思い出しましたえ。昔、長州の下関で奇蹟としか言いようのない女四人の出逢いがありましたんや」

「どなたのことですか」

「京育ちのあてと幾松はん。それにおうのさんと文さま」

「それぞれ維新の英傑の愛妻や愛妾ですよね。坂本龍馬、桂小五郎、高杉晋作、久坂玄瑞。まったく、まぶしいかぎりです」

「ええ。偶然に東行庵の墓地ですれちがい、そのまま四人で庵へ行って、茶を喫しながらなんやかんや無邪気に語り合いました。ほんま、夢みたいな一日どした」

「それはすごい。どうかお聞かせください、目にもあざやかな美しい四人の女志士たちの歓談を」

重雄は気負いこんだ。

だが、お龍はあっさりと笑い流した。

「ほほっ、それは女四人の秘密どっせ。ひさしぶりに長話に興じて疲れました。安岡はん、今日はこれくらいにしておくれやす」

「なれば、日をあらためてお伺いします。こんど来るときは、御好物の酒など下げてまいりますので」

「ほな、また」

生気をとりもどした往年の美女は、どこかしら邪険なしぐさでぴしゃりとあばら屋の表戸をしめた。

第一章　女たちの四季

一

　京の夏日は油照りである。

　四方を山に囲まれた盆地なので、熱された大気の逃げどころがない。そして祇園祭《ぎおんまつり》は猛暑の七月に執《と》り行なわれる。豪華な鉾《ほこ》を引いて洛中を練り歩き、町衆は汗まみれになって疫病除けを祈願する。

　祭見物の京娘たちが、三条通りを巡行する長鉾から目を離して嬌声をあげた。

「見てみ、ほんにきれいなおねぇさんやこと」

「知らへんのか。あれは三本木の幾松《いくまつ》はんや」

　娘たちの視線の先には、黒五ツ紋の礼装をした若い芸妓が裾さばきも軽やかに歩いている。つよい陽ざしをはじき返すように、頭部の銀かんざしがキラキラと光り輝いて見えた。

　幾松は病身の母を案じ、八坂神社へ無言詣《むごんまい》りをしていた。

（……なにとぞ無病息災を）

心の中でくりかえし念じた。

境内の本殿で祈りをすませるまで、だれとも言葉をかわさなければ願いごとはかならず叶うという。

陽よけの番傘もささず、幾松は通りのはじっこを早足で進んだ。それは門前町の花街に生きる女の心意気であった。

着物は見た目以上に暑苦しい。

木綿の肌襦袢《はだじゅばん》は汗にぬれて帯にまでしみだしてくる。それでも名妓の白塗りの化粧はけっして剝がれ落ちず、高く結いあげた島田まげもくずれない。

（それにしても肩の荷の重いこと）

町衆は祭きぶんで浮かれているのに、若い芸妓の憂いは晴れない。

心ならずも、わずか九歳で花街に身を沈めた幾松は、かぼそい両肩で一家の生活をずっと支えてきたのだ。

もとは武家娘である。泣き言は似合わないと、どんな苦境にあっても自分をいましめてきた。

実父の生咲市兵衛《いくさきいちべえ》は二十石取りの若狭小浜《わかさおばま》藩士だった。奉行所の右筆として実直に勤めていたが、藩内の世継ぎ争いに巻きこまれてしまった。

争いごとは苦手な性格だった。敵がたの討手《うつ》が迫り、恐れをなした市兵衛は単身で京へ脱出した。

　取りの残された妻のたみは藩医の娘で、肝がすわっていた。屋敷を売り払って旅費をつくり、大勢の子供たちを引き連れて夫のあとを追ったという。

幾松の幼名は『ミつ』。

三人姉妹の長女で、兄や弟が四人もいた。

洛外に隠れ住んでいた市兵衛と再会したが、一家の主はすっかり生気をなくしていた。貧窮の暮らしで薬代もなく、兄弟たちが次々と病死していった。

幾松は八坂神社の大鳥居をくぐった。

　そして、ごったがえす参詣客にまぎれて無言のまま吐息する。

（……お金がないのは、首がないのと同じこと。あのころがいちばん苦しかった）

境内の石畳を早足で進みながら、わが身の不運をかみしめた。

どこで暮らしても、金が仇の世の中である。

俸禄を失った武士ほど無力なものはない。母のたみは夫を見限り、近所で提灯屋をいとなむ職人と再婚した。

　それしか生きる術《すべ》がなかったのだ。

すぐに母は妊娠し、めざわりな連れ子のまつは義父の縁者に養女にだされた。

武家娘の運命は大きく変転した。

養母となった竹中かのは、笛と踊りの名手であった。紅灯街の三本木に身を置く老妓で、『幾松』と名のっていた。

やせ細った女童《めわっぱ》を手元に引き取ったのは、同情心からではなかった。芸の後継者として目をつけたらしい。

そして利発で器量好しの少女にきびしく芸をしこみ、舞子として三本木の吉田屋へ送りこんだ。

芸妓の暮らしは、お茶屋通いの遊客の花代で成り立っている。だが最近では、老妓幾松のしぶい芸に揚げ代を払う風流人は少なくなっていた。

アメリカの黒船来航以来、世情は急変した。

西洋列強との弱腰な交渉の中で、徳川政権の屋台骨がゆらぎ、帝の座す古都が政事の表舞台となったのだ。

粗暴な田舎武士たちが京の色町をのし歩くようになり、それにつれて若い肉体を切り売りする枕芸者が台頭してきた。

（芸妓と女郎を混同する者も大勢いるが……）

京の芸妓が売るのは、文字どおり踊りや音曲などの技芸だけなのだ。からだをまかす相手は複数ではなく、西陣などに大店をかまえる鷹揚な旦那衆と決まっていた。

「あっ、名妓幾松や」

目ざとい中年男が、すぐそばで聞こえよがしに声をあげた。

参詣客たちの視線にさらされた。

いつものことなので幾松は動じない。無言詣りに没頭し、聞こえぬふりをして歩を早めた。

やっと本殿前までたどりついた。賽銭箱に銅銭を放りこみ、太いしめ縄で鈴の緒を鳴らしてからきっちりと二礼二拍手一礼した。

願いは、床に伏せった実母の病気快癒であった。

(女郎屋に売りとばされなかっただけでも……)

幸運だったとつくづく思う。

五年ほど住みこみで働いていた置屋でも大切にあつかわれた。またあちこちのお座敷に呼ばれて重宝された。

桃割れの髪型に可憐な振り袖姿。なによりも武家娘という肩書きが、京の豪商らの気持ちを高ぶらせたらしい。

舞子の花代は芸妓の半分と決まっている。

だが歌舞音曲に心得があり、凜とした所作ふるまいの新入り舞子は祇園の芸妓たちよりも稼ぎがよかった。

おかげで、両親や幼い妹たちへの送金も滞ることはなかった。

けれども女が春をひさぐ色町は、やはり苦界《くがい》にちがいない。

そして十四歳になったとき、色香を失った養母にかわって『二代目幾松』を襲名した。すぐに一本立ちし、別宅に移り住んだ。

芸妓幾松を水揚げした旦那は、材木商の山科屋徳兵衛だった。

奥座敷の寝間で、はじめて客をとった。

その代価は二百両。

三本木の花街では最高額の水揚げ料であった。都の商人としての誇りをかけ、山科屋は純潔の武家娘に大金を支払ったのだ。

一方の幾松は、花街のしきたりを甘受するしかなかった。

旦那となった山科屋は、いとしむように閨《ねや》で接してくれた。

しかし、あさましい行為は苦痛でしかなかった。

（……どんなにやさしくされても）

五十も歳が離れた老人の肌ざわりは気色悪い。

月に一度、囲われた妾宅で同衾《どうきん》するたびに悪寒が走った。目をつむり、あらぬ夢想にふけって時をやり過ごした。

夢想は、やがて願望に変じた。

武家娘が添うべき相手は、やはり武士しかいないのだ。

(良い人があらわれ、いつかこの苦界から救ってくれますように)

両手を合わせ、幾松はもう一つの願いを心で念じた。

無言詣りをすませた帰路。清らかな白川の流れる祇園の裏通りで、背後から気安く肩を叩かれた。

ふりむくと、幼なじみの甚助の笑顔があった。

「やっと声がかけられた。もう話してもええやろ」

「甚ちゃん、ずっと後をついてきてたんか」

「わしは、まつ子の影法師や。いつかてそばに付いてるがな」

「そやな。三本木の吉田屋でお世話になった時も一緒やったし」

思い返せば深い縁だった。

甚助のほうが三歳年上だが、花街での立場は幾松が数段上位にあった。山陰地方から出稼ぎにきた少年は、物乞い同然に吉田屋に転がりこみ、芸妓らの身のまわりの世話をする男衆《おとこし》として懸命に立ち働いていた。

年の近い二人は置屋で兄妹のように育ち、共に薄暗い布団部屋で寝起きしていた。

いまもお座敷を離れれば、昔どおりの呼び名で親しく語り合う仲であった。

気にそまぬ老商に水揚げされた夜、兄がわりの甚助が廊下の外で流した涙を幾松は忘れてはいない。

辛抱強い甚助が泣き顔をみせたのは、その一度きりだった。

「甚ちゃん、汗まみれやないの」

「昔からまつ子は足が速いよって、後を追うのも一苦労や。八坂神社で何を祈願してたんや。病身のお母はんのことか」

「はずれ。ええ男に出逢えるように」

「それやったら、ちゃんと目の前におるがな」

「いっつも冗談《てんご》ばっかり言うて」

甚助とじゃれ合いながら白川ぞいの柳道を行くと、頑是ない女童の時代にひきもどされたような気がする。

あらたまった口調で、箱屋の甚助が言った。

「縄手新地《なわてしんち》の桔梗屋《ききょうや》からお座敷がかかってるんや。せかして悪いけど、早めに着替えて支度せんならん」

「行きとうない」

たった一人、甘えてもいい相手だった。

幾松は、わざと駄々っこのようにそっぽをむいた。

「またわしを困らせて楽しんどる。今夜は日の出の勢いの長州さまの宴席や。たのむさかい行ったって」

「ほんならご褒美《ほうび》に、あとで虎屋の羊羹《ようかん》を」

「よっしゃ、それで手を打とう」

いつもどおり仕事前の軽口を叩き合い、二人は祇園の飛び地にある三本木の花街へといそいだ。

置屋にもどった幾松は、せまい着替え部屋でさらりと着衣を脱ぎ捨てた。

まったく恥じらいはない。甚助が手早く着物をたたみ、乱れた島田まげや紅襟を直してくれる。

なじみの男衆なら乳房を見られても平気だった。

それぞれの持ち場で、ちゃんと仕事をこなしていくのが花街の作法であった。長い付き合いなので、着付けの息もぴったりと合っていた。

「暑いよって、帯はゆるめに締めといたで。長州のお侍は気が短いから、酒席では軽く受け流してさっさとおひらきにしょ」

「おおきに、親身になってくれて」

「まつ子、水くさいこと言わんといて。あっ、しもた。いまは京都随一の名妓やったな。さ、行くで、幾松ねぇさん」

箱屋の甚助が、小粋な仕草でサッと片裾をからげた。

縄手新地は、最近では勤王派の西国志士たちの遊興地となっている。そして近場の先斗町《ぽんとちょう》は、関東から下ってくる幕臣たちが出入りしていた。賀茂川ぞいの色里はそれぞれ顧客を分け合い、客同士の揉め事をさけて住み分けているらしい。

東山の稜線が闇にとけ、花街にも提灯の明かりがともった。

『桔梗屋』と染め抜かれた暖簾《のれん》を左手で二つに分け、幾松はいとも涼しげな物腰で見世内に入った。

すかさず、お供の甚助が奥に声をかける。

「お待っとうさん。だれぞいてはりますか」

階段脇の帳場から桔梗屋の女将《おかみ》が小走りに出てきた。

「よかった、ちゃんと間に合うて。冷や冷やしてたんやで。幾松はん、すぐにお座敷に顔を出しとくれ」

「はい、用意はできてます」

「ほんで今夜の演目は」

「祇園祭で浴衣姿の娘はんをたんと見かけましたし、『あやめ浴衣』にしまほ。笛や三味線の地方《じかた》にもそう伝えとくれやす」

「いまの季節にぴったりや。それにしたかて染めづくしとは見ものやな。きっとお客はんも喜びはる」

「田舎育ちのお武家さまに、歌詞にこめられたさまざまな染物のちがいが読み取れますやろか」

「きついな、京の芸妓は。今夜のお座敷での接待役は対馬藩の大島はんや。ほんで相客は初見のお人」

「で、お名前は」

何気なく問うと、女将のお駒が思わせぶりに言った。

「それは直接にあんたが聞きなさい。そのほうが盛り上がる」

「でも、少しは教えとくれやす」

「二年前、対馬が台風に襲われて島民が餓死しかけたとき、三千俵の米を送ってくれた長州藩の最高幹部やて」

「えらいお人どすな」

「さ、二階のお座敷へ。お待ちかねやで」

お駒にうながされた幾松は、いつものように甚助の肩に手をおいて広幅の階段を上がっていった。

階上の廊下で、箱屋の甚助がふっと顔をしかめた。

芸妓付きの男衆は三味線の箱を持って同行するので、花街では皮肉まじりに箱屋と呼ばれていた。

「どないしたん、甚ちゃん」

「なんやしらんけど、胸騒ぎがしてきた」

「さいぜん八坂神社で無言詣りしてきたばかりやないの。お母はんの病気が治り、ついでにええ男にめぐり会えますようにと」

「わしは、それが恐いねん」

「心配いらへん。接待をうけるような長州藩の最高幹部やったら、きっとよぼよぼのお爺ちゃんに決まってますがな」

笑い流し、幾松は二階の控えの間で出番を待った。

顔なじみの地方が三味線の音締めをしながら軽く目礼した。

幾松も一礼し、舞いがまえの姿勢をとった。

京の花街で一流芸妓になるには、それなりの創意が必要だった。

新興地の三本木から身を起こした幾松は、音曲にのって舞いながら座敷に登場するという工夫をこらして名を広めた。

奥座敷から男たちのうちとけた談笑が聞こえてくる。二人の客はかねてから親しい仲らしい。

横合いにひかえた甚助が軽く両手を打ち鳴らした。

「ねぇさんがた。ほな、始めまっせ」

地方の横笛が鳴り渡り、ツツンッと三味線が弾かれた。頃合いをはかり、甚助が広間の襖をひらく。

艶っぽい流し目は芸妓の裏技である。

青畳に伏せた幾松は、しずしずと顔をあげて座敷奥に視線をおくった。

座には二人。

なじみ客の大島友之允《とものじょう》が下座にすわり、相手の盃に酒をついでいた。対馬藩京都留守居役が酌をするほどの賓客らしい。

その横顔は、意外にも端正で若々しかった。

総髪を束ねた長州男児がふりかえる。幾松と目が合った。たがいの瞳に光が宿って、二人とも途方に暮れたような表情になった。

呼吸が乱れて息がつまる。

（……これが一目惚れ。恋というものなのか）

戸惑いながらも、歓喜の渦が身内にあふれだした。

無言詣りの願かけの片方は、半日もせずに叶ったのだ
幾松はそう実感した。乙女がずっと夢に描いてきた淡い男性像が、まぎれもなくかたちとなって現れた。

踊り手の高揚を鎮めるように、地方の音曲が抑えぎみに流れだす。

老妓の弱吟が、今宵はいっそう胸にしみる。立ち上がった幾松は、朝顔模様の舞扇をスッとひらいた。

今日の晴着に風薫る
あやめ浴衣の白かさね
それは端午の辻が花
五つ所紋の陰日向
川風肌にしみじみと
汗に濡れたる晴れ浴衣
髪のほつれをかんざしに
届かぬ愚痴も惚れた仲

熱い想いを秘め、幾松は華麗に舞った。

いったん舞踊の中へ入りこむと手足が軽やかに動き出す。虚実が入り混じって現実感が薄らいでいく。

幾松は心地好い浮遊感に包まれた。

賀茂川の夜風が、開けはなった二階座敷の窓から忍びこみ、ほてった頬をなぶる。

川面を舞う蜻蛉《かげろう》の羽音さえ聞こえる気がした。

薄羽蜻蛉の命は短い。

夏の賀茂川に生まれ落ちた羽虫たちは夕暮れ時に乱れとび、無数の雌雄が身を重ね、わずか数刻のうちに受精と産卵をおえて死んでいくのだ。

かれらに明日という日になかった。

それは刹那《せつな》の恋と死であった。

命と腕に堀切の
水に色ある花あやめ
ひく三味線の糸柳
もつれを結ぶ盃の
行く末広のあやめ酒

ゆるやかに音曲が消え、幾松は扇をとじて舞いおさめた。

気持ちが入りすぎたらしい。こらえきれず、切れ長の目もとからハラハラと熱い涙がこぼれ落ちた。

それを隠そうとして伏し目になった。

扇を畳において深く一礼した。

すると、座から立ち上がった若侍が大股で近寄ってきた。間近に見ると、黒目がちですらりとした長身だった。

見惚れるほどの美男である。

猪首で小男の山科屋とはまったく別種の存在に映る。

「こねぇに魂のこもった踊りは初めて見た」

西国なまりでそう言って、そっと手ぬぐいを渡してくれた。

座敷慣れした京の名妓の声が上ずった。

「おおきに。ほんまにおおきに」

「いや、こちらこそ礼を言う。今宵はすばらしい舞い姿を堪能させてもろうた」

「嬉しいこと言わはる」

「ぜんぶ本心だ。まずは涙を拭け」

「かんにんどすえ。初見のお座敷で涙なんかこぼして」

「なに言うちょる。僕も思わず泣きそうになった」

若侍が使う『僕』という一人称も斬新で心地好い。最近、勤王派の西国志士たちの間で流行っているらしい。

なにもかもが好ましい。

幾松は早まる動悸をおさえて問いかけた。

「お名前を教えとくれやす」

「小五郎。長州藩士の桂小五郎」

二

長州藩は本州の西端にある。

そして、居城は日本海に面した萩に建っている。中国山脈から流れ下る阿武川は、海辺近くで二手に分かれて三角州をかたどり、萩城を囲う天然の要塞となっていた。

三十六万九千石の中規模大名だが、戦国期は山陰山陽の全土を領有する中国地方の覇者だった。

関ヶ原の合戦で、毛利一門は展望を見誤った。

豊臣家に味方したことで敗軍となり、徳川家康の怒りをかって領地の大半を削り取られた。毛利家誕生地の安芸広島を追われ、中国山脈が尽きる西の果ての周防《すおう》・長門《ながと》二国に押しこまれてしまった。

税収が激減したことで、多くの有能な家臣たちが禄を失った。

長州にまで随行し、しかたなく帰農した者たちは、異郷のやせ地を必死に耕して命脈をつないだという。

それ以来、武力倒幕が長州の悲願となった。

『力をたくわえ、いずれは徳川家と復讐戦を！』

領内にあふれる遺恨が、毛利復興の原動力となったらしい。

瀬戸内海沿岸の塩田開発や、米の作付面積の拡大によって、いまの長州藩の実勢はゆうに百万石大名の域に達している。

けれども藩の末端に連なる杉家の食録は、たかだか二十六石にすぎない。下級武士の俸禄では、大勢の家族の胃袋を満たすことは困難だった。

当主の杉百合之助は藩とかけあって萩城下を離れ、水田が広がる郊外の松本村に居をかまえた。

屋敷の周辺は田畑にかこまれていた。

自作農を兼ねた杉家の者たちは、田圃で泥まみれになりながら幼児にいたるまで全員が懸命に働いた。

それでも武家としての矜持《きょうじ》は失わなかった。農作の間をぬってあぜ道で書物を素読し、国学や兵学の知識を深めていった。

百合之助は三男四女を持つ子福者《こぶくしゃ》だった。

だが、中には親の手に負えぬ子供もいる。

「どねぇもならんで。寅次郎が大ごとをしでかしよった」

愚痴るように言って、百合之助が囲炉裏《いろり》の灰をかきまぜた。

温暖な瀬戸内の周防とちがい、山陰にある長門の晩秋は底冷えがする。安普請で隙間だらけの家なので、火のぬくもりもすぐに外へ流れ出てしまう。

囲炉裏のそばで薪をくべながら、娘の文《ふみ》が明るい声で言った。

「なんも心配いらんちゃ」

「百日すぎても、九州への遊歴からまだ帰ってこん。糸の切れた凧みたいに遠くへ飛んでいっちょるど」

「他国への旅は初めてじゃけぇね。見るものがなんもかんもおもしろうてたまらんのじゃろ」

「脱藩で捕まってもか。悪くすれば死罪ぞ」

「寅次郎兄さんのなさることは、すべてお国のためじゃろうがね」

「それを言われたら、返す言葉がみつからんのう」

厳格で理屈っぽい父だが、末娘の文に対してだけは鷹揚だった。

すぐ上の姉の艶《つや》が生後すぐに亡くなったので、いっそう文を愛《いと》しむようになったらしい。母の瀧もまた、早世した艶の生まれ変わりと信じて文を大切に育ててくれた。

明朗な文は、杉家に出入りする若手藩士たちにも人気があった。菓子などを持参して、やさしく接してくれている。

（でも、不器量なわたしを……）

嫁にもらってくれる男がいるのだろうか。

姉二人は良縁を得て、すでに長州藩士のもとへ嫁いでいた。

けれども、年ごろの文は悲観していた。

それには理由がある。十四歳になった今年の春先、萩にやって来た高名な勤王僧の月性《げっしょう》から、文に縁談話が持ちこまれたことがあったのだ。

前ぶれもなく杉家を訪れ、攘夷論者の月性が席につくなり熱っぽく言った。

「百合之助どの。杉家のおなごはみんな教育が行き届いとりますな。児玉家へ嫁入りした芳子さんも、小田村伊之助どのと結ばれた寿《ひさ》さんも賢妻として評判じゃ」

「もしかして縁談話ですかいのう」

「お宅の文さんの婿として、あの男がいちばんふさわしい」

「それは、だれぞなもし」

父の百合之助が怪訝《けげん》な顔つきで問いかけた。

周防の月性和尚が推した人物は、藩の勤王派を主導する桂小五郎であった。

まさに最良の相手だった。

同世代の親友同士でありながら、小五郎は碩学の寅次郎を師と仰いでいる。文も自邸で顔を合わせたことがあり、見栄えのする男ぶりに一目で惹かれた。

桂小五郎の甘く物憂《ものう》げな横顔には、女たちの琴線をゆさぶる魔力がひそんでいるようだ。

縁談話を耳にした文は、嬉しくて小躍りしたい気分だった。

だが仲人役の月性は先走っていた。どうやら桂小五郎にちゃんと話を通していなかったらしい。

嫁となる杉家に先に承諾を得ようとしたことで縁談がこじれ、小五郎は剣術修業と称して江戸へ旅立ってしまった。

聡《さと》い文は感じとった。

（破談の理由は話の行きちがいなどではなく……）

容姿の問題だったのだろう。

喜びが大きかっただけに、落胆ぶりはひどかった。三日間ほど小部屋にとじこもり、食事もとらなかった。

（……どれほど女が心をみがいても、最後は外見で判断されてしまう）

女と生まれた理不尽さを初めて思い知らされた。

少し吊り目だが、けっして醜女《しこめ》というわけでない。小柄な上に童顔なので、家族みんなに可愛がられていた。

とくに二男の寅次郎は、歳の離れた末の妹に目をかけてくれている。文に初等教科の四書五経を教えてくれたのも寅次郎だった。

長男の民治は生真面目すぎて近寄りがたい。

だが次兄は天性の教育者であった。語り口がやさしいので、難しい内容もすらすらと頭に入った。

杉家は、そろって好学の一族である。叔父の大助は秀才で、山鹿流兵学を修めて吉田家の養子となり、七代目を継いでいた。

大助は神童と呼ばれている甥を気に入り、八代目当主として兵学指南役の吉田家に迎え入れた。そのため寅次郎は六歳の時から吉田姓を名のっていた。

兵学をもって毛利家に仕える吉田家は、五十七石六斗の俸禄を得ている。仮養子だが、寅次郎が吉田家の八代目当主となったことで、杉家の暮らしぶりは一気に好転した。

寅次郎は、藩校明倫館で兵学を講ずることを義務づけられていた。

しかし、あまりにも幼い。家族会議の結果、父の実弟である玉木文之進が寅次郎を教導することになった。

ながく杉家に同居していた文之進は、離れの庭先に二間ほどの平屋を建て、松本村界隈で暮らす農家の子供たちを呼んで文字や和算を教えていた。

松本村の川下にあったので、『松下村塾《しょうかそんじゅく》』と名づけられた。

山陰の寒村につくられた小さな私塾が、やがて多くの俊傑を生みだし、ついには悲願の武力倒幕を成し遂げるとは、初代塾長の玉木文之進には考えもつかなかったろう。

末娘の文もまた、自分がその血まみれの争乱の渦中に巻きこまれるとは知るよしもなかった。

文は破談にうちひしがれていた。

（……出世の糸口をつかんだ兄さまのように）

いっそ男に生まれたらよかったとさえ思う。

男子であれば、容貌よりも才智や武芸で人に認められる。

想いを寄せていた桂小五郎との縁談が流れ、家事や畑仕事をしていても、ふいに涙ぐむことがあった。

頼りとする兄寅次郎は、山鹿流兵学の修得に時間をとられてしまい、文とは疎遠になっていた。

教導係となった叔父文之進の思想の源は、山鹿流兵学ではなく朱子学にあった。それは中国南宋時代の儒学者である朱子が唱えた実践道徳論だった。

『正義は書で学ぶだけではけっして成らぬ。広い世間に出て実践の場でおのれの使命を果たせ』

叔父の教えは厳しく、なおかつ過激だった。

穏便な前例主義をとる体制がわにとって、大義名分を重んじる朱子学は危険思想にちがいなかった。

叔父の体罰にも耐え、鋭敏な寅次郎の頭脳は、清水をしみこませる真綿のように実践道徳を吸収していった。

きわめてすなおな性格なので、猛勉強も苦にならなかったようだ。

肉親たちの期待にこたえ、九歳のときに明倫館に出仕して年上の長州藩士たちに兵学を講じた。前もって文之進が講義内容を作成してくれていたので、教壇でいったん言葉を発すると、よどみなく授業を進めることができた。

そして二年後、裃姿《かみしも》の寅次郎は萩城へ上がり、藩主毛利敬親《もうりたかちか》に家伝の山鹿流兵学の奥義を御前講義した。

寅次郎は、吉田家に伝わる『山鹿流武教全書』を一行残らずそらんじていた。先手必勝が山鹿流の戦術であった。

『戦う際には味方の備えを万全にし、先をとってただちに襲撃すれば敵将はかならず討ち取れる』

その実証例が元禄期にあった。

赤穂浪士をひきいる大石内蔵助《おおいしくらのすけ》が、お家芸の山鹿流兵学をもちいて吉良邸に夜襲をかけたのだ。防御用の鎖かたびらを装着した四十七士たちは、寝入ったばかりの二百数十人の敵を蹴散らし、味方に一人の死者もださずに主君浅野内匠頭《あさのたくみのかみ》の仇である吉良《きら》上野介《こうずけのすけ》を見事に討ち取った。

山鹿流秘伝は難解ではなかった。

強大な敵に勝つには、しっかりと準備をかため、好機を待ってすかさず攻め入ることが肝要なのだ。戦いは攻めるがわが圧倒的に有利であり、いったん守勢にまわった敵に反撃の余裕はない。

十一歳になったばかりの少年師範は、主君の御前で臆することなく家伝の必勝法を披瀝した。

毛利敬親は吉田家八代目当主の才智に感服し、いずれは近臣として召し出すことを決めた。

「梅檀《せんだん》は双葉より芳《かんば》しとか。実戦に基づく講義内容はまことに秀逸であった。以後は内外の政情などを、藩の総力をあげて麒麟児《きりんじ》に伝えよ。長州の将来は、きっとこの者が指し示すであろう」

「仰せのとおりにいたします」

重臣たちは同意せざるをえなかった。

これにより吉田寅次郎は藩内で別格の存在となった。

その栄誉は一族にもおよんだ。

後見人の玉木文之進は右筆として召し出され、無役だった父の百合之助も藩吏として取り立てられた。

下級武士の杉家は、学問によって家名を高めていった。

「寅次郎の名は軽すぎる。また大次郎では重すぎる。以後は吉田松陰《しょういん》で通せ」

高揚した父が、また悪い癖をだした。

そのたびに二男の名は変転した。幼名の寅之助から寅次郎となり、松次郎をへて大次郎となっている。だが、家の中ではいちばん呼びやすい寅次郎で通っていた。

長兄の民治も、もとの名は梅太郎だった。

末娘の文も、叔父の文之進にあやかった名前であった。古武士めいた叔父を敬愛している文は、自分の名に不満はなかった。

家長の言葉は絶対である。

たとえ名が肌に合わなくてもさからうことはできない。長州藩の少年兵学師範は、公に吉田松陰と名のるようになった。

一族の期待を背に、松陰は順調に知識を広げていった。

十六歳のとき、早くも『外夷小記』なる私案を書き上げ、有能な兵学者としての片鱗を示した。

しかし、外国船撃ち払いを肯定する著書は、軋轢《あつれき》をきらう重臣連に差し止められた。そして主君の目にとまることなく、秘蔵本として藩の文庫に収蔵された。

前年、フランスのインドシナ艦隊が琉球に来航し、当地における通商とキリスト教の布教を要求してきた。

砲艦外交は、かれらの常套手段だった。

フランス人神父のフォーカードなる人物が通訳となり、琉球政府に通商条約の締結を迫ったという。

「フランスは寛大な国です。早く友好を結んで貿易を盛んにしましょう。締結を急がないと、あの凶悪なイギリス艦隊に総攻撃をうけて琉球は占領されてしまいますよ」と。

たしかに海洋国家のイギリスは、艦隊を連ねてアジアを威嚇し、ついには中国沿岸に攻撃をくりかえした。

弱体化していた清国は『阿片戦争』に大敗し、莫大な賠償金だけでなく、良港まで奪い取られてしまった。

こうした苛烈なアジア侵略の情報は、日をおかず下関港から刻々と萩にまで伝わってくる。

怒りに震える松陰は西洋海軍の風聞書を収集し、渡来船に対抗する戦術を自分なりに考えて『外夷小記』を著述したのだ。

この時から藩政をしきる重役たちは、年若い兵学指南役を危険人物として監視するようになったらしい。

成長するにつれ、松陰の言動は激しくなるばかりだった。

藩校明倫館で教鞭をとるかたわら、二十歳になった松陰は『水陸戦略』と称する建白書をしたため、重臣らの頭ごしに直接藩主へ送り届けた。

その概要は次のようなものだった。

『いまや長州の馬関《ばかん》海峡は不審外国船の航路になりつつあり、早急に堅牢な防御陣地を下関に構築し、西洋艦隊らの襲来に備えなければならない』

三角州の上に建つ萩城は陸戦では鉄壁だが、その一方で海戦には難があった。城が日本海がわにあるので、沖から西洋艦隊の砲撃をうければ、ひとたまりもなく破砕されて落城してしまう。

藩主敬親は身近に危険を感じとり、若い松陰を海防御用係に抜擢して藩外への視察を許可した。

松陰は奮い立った。

萩城下での長く陰鬱な学究生活から抜け出し、松陰はやっと実践者として旅立つことができた。

出立の朝、心やさしい兄が玄関先で逆に文を励ましてくれた。

「帰ってきたら、文にもたっぷりと諸国の土産話をしちゃる。それまで元気で待っちょれよ。長崎に着いたら手紙も出すけぇな」

「はい。兄さんもお達者で……」

それだけ言うのが精一杯だった。

一寸先は闇である。見知らぬ異郷へ足を踏み入れたら、どんな危難が待ち受けているかもわからない。

前夜、杉一家はもしやの時を想定して松陰と水盃をかわしていた。旅先で落命する者もめずらしくなかったのだ。

肉親らの心配をよそに、松陰は勇躍として遊歴の途についた。

徒歩で領内の下関へと向かい、勤王家の白石正一郎邸で休息し、八月二十九日に船を借りて馬関海峡を渡った。

九州入りしたあと、二日かけて対岸の小倉藩の港湾施設を視察した。それから佐賀へと歩を進め、翌月五日には長崎の長州藩邸に入った。

長崎は新奇なもので満ちあふれていた。

若い松陰の冒険心に火がついた。なかば任務を忘れて、異国の匂いが濃密に漂う港町を夢心地でさまよった。

急な坂道を登りきり、高台から湾内に停泊する唐船や三本マストのオランダ商船を飽きずに眺めやった。

律義な兄は、約束どおり末の妹に手紙を送ってきた。

ひらがなを多用した文面には、異国情緒に満ちあふれた長崎の様子が平明な文章で記されていた。

（……いつも曇り空の山陰の田舎町で沈思にひたっていた兄さまは、長旅を機に大空高く飛翔された）

そのことが、文には無性にうれしかった。

手紙によれば、丘上から観望したオランダ人居留地の出島は、きれいな扇形をしていたという。鎖国を国策とする日本において、長崎湾内の埋立て地は唯一ゆるされた貿易の拠点だった。

だがそれも怪しくなっていると、手紙の末尾に書かれていた。

金の産出国である日本は、マルコポーロの昔から『黄金の国』として西洋人の憧れの的だった。

貿易権を独占する小国オランダを、イギリスやフランスなどの大国が武力で追い落とそうとしているらしい。

長崎を見てまわったことで、松陰の視野は一気に広がった。

同じく貿易港として栄えている平戸へも足をのばし、長逗留して平戸藩の国学者たちとも有益な意見の場をもった。山鹿流一門につながる山鹿左内などは、『夷敵討つべし！』と熱弁をふるった。

長州の年若い兵学指南役は、どこへ行っても歓待された。そして九州にちらばる高名な勤王家への紹介状を何通も渡された。

各藩にいる憂国の志士たちは連携したがっていた。

それほどにアジアの情勢は危機に瀕している。

弱腰の徳川世襲政権では西洋列強の侵攻は防ぎきれない。尊い天皇を奉じて国体を一新することが先決なのだ。

それが勤王の志士たちの共通認識だった。

もはや長州一藩の防衛など、とるに足りぬ問題だった。

松陰は海防御用係の主任務を忘れ、九州全土を歩きまわって尊皇攘夷派の人脈作りに没頭した。

肥後熊本で知己を得た宮部鼎蔵《みやべていぞう》も、同門の山鹿流兵学者だった。

私塾で青年志士たちの育成につとめていた。

情熱家の宮部は、『武力倒幕』という長州のひそかな藩論に賛同し、年下の松陰を指導者として仰いだ。

「今日よりは松陰先生と呼ばしてもらいます。なにとぞ尊皇攘夷の主将として、腐りきった徳川幕府に立ち向かってくだされ。およばずながら、わが身命をあなたさまにあずけます」

二人の下級武士の出会いなど些事《さじ》にすぎない。

だが、この瞬間に『倒幕』の言霊がにわかに現実味を帯び、長州を主体とする革命戦の種火がともった。

松陰と宮部は、敵の牙城ともいえる江戸での再会を誓った。

新たな使命感に燃えた松陰は、その後も精力的に活動をつづけた。

各地の国学者や有志のもとを訪ね歩き、反徳川に与《くみ》する一大派閥を九州につくりあげた。

気がつけば、百日と定められていた遊歴期間はとうに切れていた。

帰還をうながす父からの手紙を旅先でうけとった松陰は、何食わぬ顔で萩にもどってきた。

何のおとがめもなかった。

主君敬親は大らかな人柄だった。若い兵学指南役をゆっくり育てようという気持ちがつよかった。

また几帳面な松陰が、海防に関する旅日記を何冊も提出したので、藩の重臣たちも厳罰を見送った。

結局、九州への長旅は百二十日をこえていた。

大晦日前の十二月二十九日、松陰は松本村の実家に帰ってきた。

囲炉裏ばたに集う杉一族のだれもが生還を喜んでいた。

しかし、父百合之助は不機嫌な顔つきで叱りつけた。

「あと三日遅れて年が明けちょったら、お主《んし》ゃの首は胴から離れとったじゃろう。脱藩は死罪と決まっちょるんで」

「父上、申し訳ありません」

松陰は板の間に平伏し、すなおにあやまった。

まだ小言をつづけようとする父を、母の瀧がやんわりと制した。

「罪科に問われることもなかったし。こうして生きてもどってきただけでもありがたいのう。そうじゃろう、文」

「うちゃ何も心配しちょらんかったよ。旅先の兄さまから何通も楽しい手紙をもろうたしね」

小柄な文がいつものように笑顔でうなずくと、一家の者たちが声をそろえて笑った。

姉の寿が自慢げに言った。

「うちも寅次郎兄さまから手紙をいただいたよ」

「あたしも、ちゃんと手紙をもろうちょった」

長女の芳子も口をはさんだ。女性にやさしくて筆まめな松陰は、わけへだてなく杉家の姉妹たちに手紙を送っていたようだ。

末娘の文は少し悔しくもあった。

その時、家の表戸を軽く叩く音がした。

（きっと兄の知人たちがやって来たのだろう）

真っ先に気づいた文は、玄関先に行って心張り棒をはずした。

だが、表口に立っていたのは見知らぬ若者だった。医者の家柄なのか、頭を青々と剃り上げていた。

唇が少女のように紅色で、目もとは逆に年増女のように妖艶だった。真正面から顔を合わせてしまい、文は言葉をつまらせた。

若者は文を見つめ、声高く名のった。

「久坂義助です。松陰先生がご帰還と聞き、まかりこしました。自分の書いたつたない詩文などを添削してもらいたくて」

「……久坂義助さまですね」

目の前にいる好漢が、やがて生涯の伴侶になるとも知らず、文はうつけた声で相手の名を再確認した。

三

冬ざれの馬関海峡に雪が舞っている。

晴れた日だと、茶屋の階二から対岸の九州が見通せた。だが正月明けの今日は、青ずんだ激しい潮流が粉雪を巻きこみ、まったく遠望がきかなかった。

おうのは、そっと二階座敷の小窓をしめた。

「……ばくだい寒いねァ」

思わず長州なまりのひとりごとが口からもれた。耳ざとい妹芸者の小染が、拭き掃除の手をとめて口をはさんできた。

「こんな日は、お客に呼ばれて『ふく鍋』で温もりたい」

「小染ちゃん。そんなお大尽なんかどこにもおらんじゃろうがね」

「卵を溶かしたぬくぬくのふく雑炊を、腹いっぱい食べさせてくれたら、もう枕代なんかいらん」

「安い枕芸者じゃね」

「三味線の名手で、売れっ妓《こ》のねぇさんとちごうて、芸のない者はお女郎さんと同じように体で稼ぐしかないンよ。おまけに女将から座敷の掃除までさせられちょる。とにかく、ふくを食べたいちゃ」

下関では、近海で獲れる高級魚のフグを、濁点抜きで『ふく』と呼んでいる。それは『福来たる』を意味するめでたい名だった。

「ほほっ、またそれを言う」

おうのは、ゆったりとした笑みを浮かべた。

港町の馬関芸者《ばかんげいしゃ》は気が強いので有名であった。

しかし、おうのだけは例外だ。物腰がやわらかで、酔った客に乳房をまさぐられても、むやみにさからわなかった。

お座敷では、いつも無粋な男客のなすがままだった。

妓楼堺屋お抱えの三味線芸者は、どんな場面でも感情をあらわにせず、どこかしら諦観した様子だった。

「本物の痴呆ではないのか」

あまりに無反応なので、そんな話が広まった。

強引に迫れば、だれにでも肌をゆるすのだという噂も流れた。

それもまんざら嘘ではない。港の荒くれ者たちに、女郎とまちがわれて襲われた時も、あっさりと身をまかせた。

（女の操など何の価値もない）

おうのは本心でそう思っている。

大げさに抵抗してケガをするくらいなら、乱暴な男たちの欲望を満たしてやったほうがいい。

（からだを切り売りする安女郎も、芸を売る三味線芸者も……）

しょせんは身一つの裸虫なのだ。

十一歳の時、母親に妓楼へ売られた少女は、なにもかも笑ってやり過ごす術《すべ》を身につけていたのだった。

父がつけてくれたという幼名は『うの』である。

母からは、父親は油売りの行商人だと聞いている。

またある時は、水戸から流れてきた脱藩浪士だと言われたこともあった。

どちらにせよ、行きずりの仲で生まれたのであろう。

一緒に暮らしたこともなく、顔も名前も知らない父のことなど、いまさら詮索する気もなかった。

呼び名は『おうの』だが、見世での源氏名は『此の糸』だった。

紫の一字を上下二つに分けた隠語らしい。それもまたどうでもよいことだった。

廓に売られた女郎の年季は十年と定められている。

だがおうのは『生涯売り切り』の身の上なので、いくらがんばっても年季が明けるわけではない。

実母は三年前に病死したので、たとえ決められた年季を終えたとしても、おうのには帰るべき家もなかった。

きれいさっぱり天涯孤独の境涯であった。

(気まぐれな客が身請けしてくれないかぎり……)

このまま苦界で身を滅することになる。

二十歳の大台にのったが、上客があらわれるきざしはいっこうになかった。

その夜、遊里の老舗から堺屋のお抱え芸者にお座敷がかかった。

妹芸者の小染は、やたらはしゃいでいた。

「願えば叶うっちゃね。今夜のお客は豪商の白石さま。おねだりしたら、きっとふくをごちそうしてくれる」

「よかったな、小染ちゃん」

気乗り薄におうのはこたえた。

子供のころから食が細く、何かを食べたいという欲求がまったくなかった。それは母子二人の貧窮生活のなかで身についた諦念ともいえる。

上客の白石正一郎は、長州随一の海運業者であった。

下関を拠点にして商船をくりだし、瀬戸内航路をつかって近畿一円に長州米を送っている。そして帰りには、空になった船底に絹製品などを積みこみ下関まで輸送した。一往復で二重の儲け。そんな風評も耳にするが、おうのは白石正一郎のたぐいまれな徳性を信じている。

(目下の者にやさしい人に……)

絶対に悪党はいない。

それが遊里に身を置く女の判断であった。

じっさい巨万の富を築いた正一郎は、算盤勘定よりも道義に生きる男だった。私財を使って下関に寺子屋を建て、地元の子供たちに無料で読み書きを教えていた。

その教導役は、白石邸の食客たちだった。

読書家の白石正一郎は勤王の思いが深い。片道だけの旅費を懐に、下関にやってくる食い詰め浪士をあたたかく迎え入れていた。

そして勤王の志士と自称する若者たちに、たっぷりと飯を食わせた。長居する食客たちは、返礼として寺子屋での勤王教育にたずさわった。

吉田松陰という無名の若者が下関に立ち寄ったときも、白石正一郎は食事をふるまって歓迎した。

老舗の辰巳屋は花街のなだらかな坂上にあり、その二階座敷から見渡す下関港は絶景であった。

だが冬場は海峡から吹きつける潮風がきつく、辰巳屋の小窓や戸はきっちりと閉められていた。

おうのは、妹芸者の小梅を連れて辰巳屋の暖簾をくぐった。

二階座敷に上がると、奥の八畳間には行燈《あんどん》の燈がともり、炬燵《こたつ》の火も赤々と燃えていた。

宴席には三人の年配客がいて、そのうちの一人は顔なじみの山口町奉行井上平右衛門《いのうえへいえもん》だった。下関の豪商に招かれ、山口盆地から馬で下関まで馳せ参じたようだ。

（……長州藩の上士を呼びつけるほど）

白石正一郎の財力は藩内に力をおよぼしているらしい。

座敷の隅で三弦を音締めしながら、おうのは上座にすわる長州藩士たちを値踏みしていた。

芸事もこなす洒脱な豪商は、三味線芸者のおうのをひいきにしてくれている。三味線の音に合わせ、宴席でしっとりと小唄を披露するのがいつもの流れだった。

下座にすわった正一郎が、偉ぶることなく『さんづけ』で声をかけてきた。

「此の糸さん。いつものあれを」

「はい。心得ちょります」

おうのは小声でこたえ、ツツンッと三味線の撥《ばち》を鳴らした。一呼吸おいて、恰幅のよい豪商がしぶい声音を響かせた。

逢うて嬉しい下関
酒が取り持つ八弾きは
惚れた同士の差し向かい
嘘が浮き世か　浮き世が嘘か
そっと見交わす顔と顔
吐息まじりの雪見酒

濁りのない軽い低吟だった。ことさら派手な節回しに流れず、白石正一郎は淡々と歌い終えた。

小唄は季節感を大事にしている。

押しつけがましくなく、すんなりした歌いっぷりは、下関の篤志家の懐の深さを示していた。

おうのはそっと立ち上がり、二階座敷の小窓をあけた。

行燈の薄明かりが窓外の夜景を照らし、ヒュルヒュルと真っ白い小雪が座敷に吹きこんできた。

相客の山口町奉行が感嘆の声をあげた。

「これは一興、まさに雪見酒じゃのう。白石どの、恐れ入った」

「いや、私めの手柄ではござりません。此の糸さんは、何も言わずともこちらの気持ちを察してくれます。すなわち、源氏名の此の糸とは男と女を結ぶ運命の赤い糸にて」

「これほどの名妓は、京の花街でもお目にかかれまい。心持ちがよく、容姿や三味線も一級品じゃ。酒もすすむのう」

山口町奉行の井上は、愉快げに大盃を飲み干した。控えめで言葉数の少ない芸者を、相客たちは気に入ってくれたようだ。

おうのはゆっくりと小窓を閉めた。

無口な三味線芸者の心ばえが光るのは、教養人が集う場所だけだった。

すると正一郎が盃をおき、真顔で思いがけないことを言った。

「花街にあれども、此の糸さんは武家の出なのですよ」

「おっ、それとは知らなんだ」

座の長州藩士たちが話にのってきた。

おうのは顔を伏せた。

(白石さまらしくもない。座興としてもひどすぎる)

身をちぢめながらそう思った。

海運業者は地獄耳だが、生涯売り切りの芸妓の身の上を、いったいどこで調べ上げたのか見当もつかなかった。

だが、読書家の正一郎の推量は古代史からきていた。

「此の糸さんの本名は『うの』でございます。その命名から察するに、父御は尊皇の志を抱く武士か浪士にちがいありません」

「読めた」

相客の井上が、興奮ぎみに言葉を継いだ。

「うのとは、女帝持統天皇《じとうてんのう》の諱《いみな》」

「さよう。日本書紀において『うののさらら』と記されております。天武天皇は、妃でもあった女帝を親しく『おうの』と呼んでおられたとか。尊い持統天皇の若き日の別名を知る者は、水戸藩が編纂した『大日本史』を読みふけった勤王の志士以外におらぬでしょう」

「つまり、此の糸の父親は水戸藩士」

「だと思われます」

正一郎がきっぱりと言った。

長州藩士たちは、おうーっと気勢をあげた。

最下層の遊廓で酔客の相手をする三味線芸者は、古代の女帝と同じ名前を有していたのだ。

貴賤の落差が大きければ大きいほど座は盛り上がる。

だが、当のおうのは別の思いに沈んでいた。

（むごい母が言ったことは、案外……）

本当だったのかもしれない。

実父は地元の行商人ではなく、遠い異郷からやって来た水戸藩士。夢物語だが、そう信じていれば苦界の憂き世もつらくない。

おっとりした仕草で三弦をゆるめていると、そばにいた妹芸者の小梅に袖をひっぱられた。

「おねぇさん。白石さまにふく鍋をねだってください。いまの雰囲気なら、ぜったいにごちそうしてもらえるじゃろう」

おうのが懇願するまでもなかった。

下座にいた正一郎が近寄ってきて、こっくりとうなずいた。

「なんでも食べたいものを頼んだらよろしい。女二人の内緒話も、地獄耳の私には筒抜けですよ」

「では、お言葉に甘えて」

「そのかわり……」

「なにがお望みですか」

一瞬、口説かれるのかと思った。

だが篤実な正一郎の申し出は意外なものだった。

「畏れ多いことですが。天武帝にあやかり、今日からはあなたのことを、親しく『おうの』と呼ばせてもらいますよ」

「それでよければ、どうぞ」

「もう一つだけお願いが。おうのさんの三味線の腕は特等なれば、男弟子をとってみませんか」

「でも、こんなご時世に男が三味線を習おうなんて……」

「軟弱きわまる入門志望者は風狂無頼の若者にて、奔馬と呼ばれる長州男児。姓名は高杉晋作」

おうのは小首をかしげて問いかけた。

「風狂の徒に、なぜそれほどまでに肩入れなさいます」

「身のこなしは疾風迅雷。初めて男惚れいたしました。いやはや、まったくもって男が男に惚れると高くつきますな。そのうちわが家の金蔵もからっぽになることでしょう」

豪商も同じように首をかしげ、照れくさそう笑った。

四

京都の春は少しおくれてやって来る。

その訪れはじれったい。

（盆地ゆえに昼夜の寒暖差が激しいせいか……）

爛漫《らんまん》の季節をじっくりと味わう間もなく、春は足早に行き去ってしまう。女の盛りも同じであろう。

賀茂川の岸辺にたたずむお龍は、すっかり行き暮れていた。

今春は醍醐寺の桜を見に行く余裕もなかった。父の将作が幕吏に捕縛され、大黒柱を失った楢崎家は困窮していた。

気持ちをまぎらすため、お龍は往事の暮らしに思いを馳せた。

曾祖父は長州の藩医だったという。

だが主君の愛息が急死した責任をとらされ、浪々の身となったらしい。やがて京都まで流れ着き、腕利きの町医として暮らしだしたと聞いている。

父将作の代になって、運よく中川宮《なかがわのみや》の侍医として召し出された。

しかし、禍福はあざなえる縄のごとしである。

中川宮家の朝彦親王は神経質で、西洋人を毛嫌いする攘夷論者であった。西洋列強が神戸の開港を迫り、とてもいらだっていた。

近場の神戸港へ異人が上陸すれば、そのまま隊列を組んで都へ攻め上がってくるのではないかと恐れたのだ。

楢崎将作の急激な変化を、長女のお龍は黙って見ているほかはなかった。

(きっと気鬱な親王さまを治療するうちに……)

父はいつしか尊皇攘夷熱に染まったのであろう。

医者としての本分を忘れ、諸国から京へ上がってくる浪士らを自宅へ招き入れ、朝彦親王の真情をしきりに訴えていた。

あれほど家族を大事にしていた穏やかな父が、柄にもなく憂国の志士きどりで熱弁をふるうことが多くなった。

もとを質せば長州藩士。

それが楢崎将作の生きがいとなったようだ。

人変わりした父に、お龍は否応《いやおう》なく来客たちの酒肴の支度までさせられた。

京の町娘として、比較的裕福な暮らしをしてきたお龍は、生け花や茶道だけでなく、護身用に柔術まで習っていた。だが、炊事洗濯などの家事は母や妹らにまかせ、これまで本人はいっさいしてこなかったのだ。

二流志士の楢崎将作家を訪ねてくるのは、やはり大言壮語ばかりの無教養な田舎者ばかりだった。

だが、時にはお龍好みの男も姿を見せる。

ちょうど一年前の春先。七条で医院をひらいていた父の居宅に、野性味たっぷりの他国者がふらりと立ちあらわれた。

お龍が玄関先に応対にでた。

「あいにく父は外出してますんやけど」

「かまわぬ。じつはお父上の留守をねらって来た」

ちぢれ髷の若者が悪びれずに言った。

それからしみとおるような笑顔をむけてきた。

誘い笑いにのってお龍も微笑んだ。

「まるで泥棒や」

「まっこと京女はきついぜよ」

「あんさんのほうが礼儀知らずどっしゃろ。紹介状も持たず、手土産もなく」

「おもしろい、じつにおもしろいのう。噂の七条小町に会うため、はるばるやって来た甲斐があった」

長旅の途中らしく、黒羽織に染め抜かれた《組合わせ桔梗紋》が土ぼこりで消えかけている。それは主君織田信長を本能寺で討った叛臣明智光秀の紋所であった。日ごと諸国から志士たちが訪れるので、出自をあらわす家紋についての知識をお龍は身につけていた。

「気をつけなはれや。京の町で、そんな主君殺しの不吉な五つ紋をつけて歩いてたら袋叩きになりますよって」

「その時は、男の愛嬌できりぬける」

「ほんなら女は……」

「度胸で突き進むさ。男は愛嬌、女は度胸」

「無茶言わはる。あんさん、いったいどなたはんどすか」

「すまん、申し遅れた。土佐郷士の坂本龍馬」

「えっ、龍馬さま……」

「それがどうかしたのか」

「うちの名は楢崎龍。家族からはお龍と呼ばれてます」

「こりゃたまげた。龍馬とお龍か。雌雄の神獣がついにめぐり逢うたぜよ」

「ほんに奇遇やこと」

目の前にいる長身の若者を、お龍はまじまじと見つめた。

一緒に軽口を叩き、笑い合える相手に初めて出逢った気がした。

恐いもの知らずの勝ち気な性格だからこそ、逆に大らかで心やさしい男に惹かれてしまう。

龍馬と名のる爽快な土佐っぽは、全身から暖かい潮の匂いを発散していた。なによりも笑顔がすばらしかった。

都育ちのお龍は、異郷の南国土佐に夢想めいた憧れを抱いた。もし二人が雌雄の龍ならば、結ばれることが宿命だと直感した。

「どうぞ、お上がりやす。すぐに伏見のお酒を用意しますよって」

お龍は立場を忘れ、一見《いちげん》の他国者を誘い入れようとした。

だが、龍馬の返答は期待はずれだった。

「いや、今日はお龍さんとの顔合わせだけで充分。次に来るときはちゃんと手土産を持ってくるきに。では楢崎先生によろしく伝えてくだされ」

笑顔のまま言い残し、叛臣の末裔《まつえい》は飄然《ひょうぜん》と立ち去った。

そして再び龍馬に逢うことはなかった。

追想からさめたお龍は、やるせなく苦笑した。

（……七条小町の顔を見に来たなんてお世辞だったのだ）

今となれば、土佐っぽの心づかいが憎らしい。

あの時、龍馬はやはり父将作と懇談するために楢崎家を訪れたのだろう。応対に出たお龍とすぐにうちとけ、大いに持ち上げて笑わせたのは男の愛嬌だったのだ。

わずか数瞬の出逢いだったが、あの土佐っぽの面影が忘れられなかった。

(今度めぐり逢ったら、かならず龍馬さまの胸にとびこむ)

お龍はそう決めた。

他の京女のように思わせぶりな態度では、国事に奔走する志士たちの心はつなぎとめられない。

春は早くも行きすぎ、五条河原の堤に植えられた桜は枝葉ばかりになっていた。

長女として楢崎家を守るお龍は、わずかな給金を得るため五条通りの一膳飯屋で働いていた。

客に酒も出すので、女中というより酌婦として雇われた。封建の世において、女が就《つ》ける職業はかぎられている。

ほそぼそと着物を仕立て、どうにか安い縫い賃にありつくのだ。

しかし、針仕事の苦手なお龍が務められるのは酌婦しかなかった。ずばぬけた容姿なので言い寄る男も大勢いたが、持ち前の気丈さではねつけた。

昼前に七条の自宅にもどると、母のお貞が半狂乱になっていた。

「どないしょ、光枝が人売りにかどわかされた。早う助けださんと廓に売りとばされて、男らのなぐさみものになってしまう」

「落ちついて、お母はん。妹の光枝の身に何があったか、ちゃんと話さんと手の打ちようがないやろ」

大声でやり合っていると、町内を仕切る番屋の小役人が家に入ってきた。

「親子でもめてる場合やない。一刻を争う事態やがな」

すっかり気が動転している母よりも、小役人の佐吉に聞いたほうが話は早い。番屋の詰所にいながら、むざむざ人さらいを通したのは佐吉なのだ。

お龍は上ずった声で尋ねた。

「光枝はだれにかどわかされたんどすか」

「いや、無理に連れ去られたわけやない。仕事をさがしてた光枝ちゃんは、近くにある島原のやり手婆にだまされたらしい。奉公先は大坂天満の醤油屋と聞いてたけど、ほんまは遊廓やったんや」

「では女郎に……」

「そういうことや。身売りの金も受けとってないし、いまから行って話し合えば、なんとかなるのとちがうか」

「天満遊廓にある見世の名は」

「たしか『松田屋』てら言うてたな」

「佐吉さん、一緒に行ってくださいな。お願いします」

両手を合わせて懇願した。

しかし、京都育ちの男はそろって荒事が苦手だった。

「あかん、あかん。そんな所へ顔を出したら殺されてまう。一家で起こった難事は自分らで解決しなはれ」

小役人はそそくさと退散した。

都人は口は達者だが、いざとなると真っ先に逃げ出す。先祖たちはみんなそうやって京の戦乱を逃れてきたのだろう。

母のお貞は泣くばかりだった。

「ごめんな。あんたは留守やったし、あて一人では無頼漢《ごろつき》に連れられていく光枝を助けることはでけへんかったんや」

「わかってる。あれほど近所仲もよかったのに、お父はんが捕まって牢獄に入れられたら、みんな知らんふりや。それどころか女所帯やとあなどって、幼い妹までだましよった」

「ほんに世間の風の冷たいこと。だれも救ってくれへん」

「かめへんよ。女は度胸や。あてに任せといて」

爽快な土佐っぽが残した言葉を、お龍はそのまま口にした。

そして台所の出刃包丁を手ぬぐいに包み、ぐっと胸帯に差しこんだ。せっぱ詰まった状況なので、迷っている暇などなかった。

(こうなれば死ぬしかない)

瞬時にお龍の覚悟は定まった。

うまくいくはずがないのは最初からわかっている。

場所は土地勘のない大坂だし、相手は女を食いものにしている人でなしだった。天満遊廓に巣くう無頼漢とかけあっても、無事に光枝を返してくれるはずもない。

家計を助けるため、妹は必死に奉公先をさがしていたらしい。

世間の悪い大人たちはそこにつけこみ、純粋無垢な少女のからだを金に換えようとしていた。

元来、お龍は気が短い。

そして、その怒りは沸騰点に達していた。

(力およばずとも……)

悪党どもに一太刀浴びせたかった。

最悪の場合は、みずから包丁をのどに突き立て、妹の光枝と一緒に自刃するつもりだった。

心の腐りきった汚らしい男たちになぶりものにされるぐらいなら、死んだ方がよほどました。

時間の猶予はない。

一刻の遅れが妹の行く末を黒く塗りつぶしてしまう。

有り金ぜんぶを袂に入れ、わらじを履いて家から走り出た。そのままお龍は七条通りを直進して高瀬川へと急いだ。

やはり下駄では動きがとれない。わらじ履きなら争闘になってもすばやい足さばきができる。

賀茂川の一筋奥を流れる川幅三間のせまい運河は、一条の船溜まりを起点として下流の大坂までつながっている。

お龍は、七条の船着き場から高瀬舟にのりこんだ。

下りなので舟足は速い。

伏見を過ぎて運河が賀茂川へと合流すると、舟の速度はさらに増した。お龍は両岸の風景には目もくれず、一点を見据えていた。

「……殺す。かならず殺す」

低くつぶやいたつもりだったが、真横にいた中年の舟客が気味悪がって後方へしりぞいていった。

わずか半時で天満口までたどり着けた。

（これなら、日の高いうちに遊廓内の松田屋にのりこめる）

お龍は船着き場の茶屋で串団子を買いこみ、早足で歩きながら夢中で食った。これが最後の食事になると思った。

高揚しているせいか、恐怖感はまったくなかった。

妹を救い出したい一心だった。

江戸とちがい、上方の遊廓は町に隣接している。遊女らの脱廓を防ぐ深い掘割りはなく、四方を囲む高塀もかたちばかりだった。

無数の千社札が貼り付けられた大門をくぐると、柳道の両側に二階建てのお茶屋が建ちならんでいた。

まだ妓楼の燈は灯っていない。

さすがに昼下がりの色里をのし歩く蕩児の姿はなく、揚げ屋通りは閑散としていた。あたりには安っぽい粉白粉の匂いが漂っているばかりだった。

柳道のどんづまりまでくると、松田屋の箱提灯がぶら下がっていた。お龍は立ちどまらず、ずかずかと見世内へ入っていく。

（一瞬でも気をゆるめれば……）

非道な無頼漢たちの魔手にからめとられてしまうだろう。

前のめりになって、相手を不意打ちするしかないのだ。

案内もこわず、お龍は悪党どもの巣窟に土足でのりこんだ。

階段脇の帳場の戸を荒々しくあけた。やせた中年女が算盤をはじく手をとめてふりむいた。

お龍は出刃包丁をかざし、血走った目で脅しをかけた。

「殺す。かならず殺す」

「待っとくれ。なんでも言うことをきくから殺さないで」

狂女と思ったらしく、帳簿づけの中年女が命乞いをした。

たしかに正常ではなかった。

出刃包丁を手に、たった一人で屈強な男たちに立ち向かおうとしているのだ。どう考えても勝ち目などない。

それでもお龍は、目をぎらつかせて突き進んだ。

「今日連れてこられた娘はどこにおるんや。ちゃんとこたえなさいや。ウソをついたら、あんたの両目をえぐるしな」

「その娘やったら、人買いたちが奥の座敷に集まって値段をつけてます」

「ちくしょうめ！」

はらわたが煮えたぎった。

頭に血がのぼり、怒りで全身がふるえだす。

それはまぎれもない殺意だった。お龍は獣めいた唸り声を発し、出刃包丁を腰だめにして土足で廊下を突っ走った。

「光枝ーッ」

声をかぎりに妹の名を叫んだ。

第二章　奇妙なり長州

一

たった一人の若者のために長州藩は立場を危うくしていた。

呼び名は寅次郎。

正式名は吉田松陰という軽挙妄動の兵学者だった。そして、だれよりも懊悩を深めたのは実父の杉百合之助にちがいなかった。

「あねぇな肝焼き息子はおらんでよ。寅次郎めが、こんどは本当に脱藩してしもうた。いったい何を考えちょるそか」

文が囲炉裏ばたへお茶を運んでいくと、さっそく百合之助の愚痴が始まった。父が弱音をもらす相手は末娘と決まっている。

十五歳になった文は、言葉づかいも大人びてきた。

さとすような、やわらかい口調で言った。

「いつも言うとるでしょう、何も心配いらんて。兄さまは日本の行く末だけを案じておられる」

「国を憂うる志も大事じゃが、わしらァは長州藩の禄を頂戴しちょるんでよ。真っ先に主君敬親《たかちか》公への忠義を」

「それよりもずっと大事なことがあると、本人が手紙で書いてきちょるがね」

「やれんのう。幼いころから寅次郎に勉学を習ったせいで、文まで弁が立つようになってしもうた。こりゃ早う嫁に出したほうがええかもしれん」

「何を言うちょるんよ。うちゃ不細工じゃけぇ、もらい手なんかない。ずっとこの家におる」

少しすねたふりをすると、末娘に弱い父が大仰に右手をふった。

桂小五郎との破談に責任を感じているらしい。

「縁談は降るほどきちょるで。ただのう、話を進めるのは寅次郎の一件が落着してからじゃ。一応いまは『親戚あずかり』となっちょるが、脱藩が重罪であることにかわりはないけぇ」

「脱藩というより、兄さまの場合はごっぽう旅好きなだけ」

「それも狂がつくほどな」

囲炉裏のそばで、百合之助はがっくりと両肩をおとした。

健気《けなげ》な文は決心していた。

（最悪の事態が起ころうとも、寅次郎兄さまの味方でいよう）

次兄から送られてくる手紙は、何にもまさる教科書といえる。

あたりさわりのない各地の名所めぐりの感想や、女として読むべき本などが記されていた。

だが、その文脈に少しずつ影響をうけてしまったらしく、文にも強い自我がめばえだしている。

（もし自分が男なら……）

憂国の志士となって、きっと諸国を駆けまわっているだろう。

そんな想像にかられ、変に高揚して眠られぬ日もあった。

すっかり尊皇思想に感化された文は、一人の女として他家に嫁ぐことなど考えもしなかった。

（それにしても、兄の直情径行ぶりは度をこしている）

文はつくづくそう思う。

九州遊歴の旅では、父が言うように糸の切れた凧みたいに遠方へ飛んでいってしまった。そして定められた期日を二十日以上も超過したあと、平然と故郷へもどってきた。

主君敬親の寛容な計らいがなければ、あの時点で罪人になっていたはずだった。

性懲りもなく、今回は関所越えの通行手形を携帯せずに奥州遊歴の旅に出かけてしまったという。

しかも、他藩の怪しげな友人たちと一緒だった。

『松陰脱藩！』

江戸詰めの上司らはあわてふためいた。

長旅から舞いもどった松陰をどう処置してよいかわからず、ひとまず国許へ送り返して重臣の判断を仰いだらしい。

不謹慎だが、文は思わず笑いがこみあげてきた。

脱藩の発端をたどれば、主君毛利敬親に行き着くのだ。

今年の三月。長州藩参勤交代の折、主君みずからが吉田松陰を江戸留学生として選抜した。

（……すべてはそこから始まった）

そんな風に文は考えている。

そして一従者にすぎない松陰は、またしてもお得意の嘆願書を書き上げて藩庁へ提出した。

道中の詳細な見聞日記を書くことを条件に、先発隊の一員として自由行動を許可してほしいと。

まったく身勝手な要望だった。

茫洋としているが、毛利敬親は藩士たちにとってはまぎれもない名君であった。臣下らの注進をめったに退けることなく、いつも「そうせい」と言って受け入れてくれる。

けっして揶揄《やゆ》ではなく、家臣らは親近感をこめて主君のことを『そうせい侯』と呼んでいた。

少年時から目をかけてきた松陰には、とくに甘かった。

「寅次郎の意見はもっともである。そうせい」

下級藩士の常軌を逸した言動は、『そうせい侯』によってまたもあっさりと許されてしまった。

何度もこのようなことがあったので甘えぐせがつき、松陰の暴走に歯止めがきかなくなったことも確かだった。

松陰は喜び勇んで江戸へと旅立った。

父の百合之助は、無垢な二男の先行きをたえず案じていた。

「わしの目のとどかん所へ行くと、寅次郎は何をしでかすかわかりゃせん。わしは『盗賊改め方』のお役目についちょるが、最後にゃ息子を捕まえることになりゃせんかのう」

老父の心配事は、すぐに現実のものとなった。

江戸に到着した松陰は、九州遊歴の際にかわした約定どおり、肥後熊本藩士の宮部鼎蔵との再会をはたした。

ほかにも全国各藩から、勤王派の俊才らがぞくぞくと江戸に集まってきていた。そうした志士たちの会合の席で、畏友の宮部が長州藩兵学指南役を上座においたことにより、松陰は座主にまつりあげられてしまった。

松陰は小柄で面貌も見栄えがしない。

外見だけだと、とても人をひきいる英傑には映らなかった。

だが長州藩によって純粋培養された年若い兵学者は、だれよりも大義をつらぬく突破力があった。

熱血漢の宮部は、同志たちにそこを訴えた。

「有言実行が志士たる者の根幹ぞ。われらの指導者は彼しかいない。僕は長州の吉田松陰さまについていく。諸君らもそのつもりでいてくれたまえ」

「おうーっ」

各藩の有志らに異存はなかった。

それは松陰個人の力量ではなく、ひそかに『武力倒幕』を悲願とする長州こそ、革命戦の主力だと全員が認識していたからだった。

かれらにとって吉田松陰は希望の星だった。

もはや日本古来の兵学だけでは、最新武器で訓練された西洋式軍隊に太刀打ちできない。そのことは兵学者ならずとも、イギリスの精鋭艦隊に阿片戦争で惨敗した清国の現状をみればわかる。

律義な松陰は、同志たちの期待にこたえるべく努力を重ねた。

西洋流兵学の第一人者である佐久間象山《さくましょうざん》のもとへ弟子入りし、砲術だけでなく欧米の諸事情を教わった。

知の巨人ともいうべき象山は森羅万象《しんらばんしょう》に通じていた。

象山は恐ろしいほどの現実主義者だった。

長州の若い兵学者を前にして、真っ先に尊皇思想の正当性を認め、そのあとで過激な攘夷論をしりぞけた。

実例をあげ、まったくの無理筋だと説いた。

「時代遅れの火縄銃で西洋艦隊は迎撃できぬ。かれらが使用する連発銃一挺は百人の槍隊に匹敵し、大砲一門は弓隊千人よりも強力なのです。虎穴に入らずんば虎児を得ずとか。敵の内懐、すなわち欧米本国へと留学し、その力量をしっかりと見定め、かつ最新技術を習得するのが先決。われらが列強への戦いを挑むのは数十年後でしょう」

講義に触発された松陰は発奮した。

さらなる知識欲に突き動かされ、宮部鼎蔵らと共に奥州旅行へ出かけてしまった。勝手に自分に課した主任務は、『大国ロシアと隣接する奥州の防衛策』であった。

今回の長旅の日数は前回の九州遊歴を超え、なんと百四十日にも達していた。その間、遠い奥州から寅次郎の手紙が何通も杉家に届いている。

奥野越山　天に連なりて白く
平川一条　青龍走る
雪深きこと幾丈なるか　測るべからず
老樹埋没して　枝無からんと欲す

手紙の巻頭に記された詩から察すれば、次兄はまったく自分の将来に不安を抱いている様子などなかった。

(だが主命もなく、また長州藩発行の通行手形も持たず、反幕府の志士たちを引き連れて奥州一帯をうろつきまわっていては……)

脱藩の罪に問われても仕方がない。

寅次郎びいきの文ですら、そう感じていた。

先日、藩庁に呼びだされた父は、重臣の椋梨藤太《むくなしとうた》からきつく注意されたという。政務官の椋梨は、徳川幕府との協調路線を唱えて藩の実権を握りつつあった。

「留学生の吉田松陰に謀叛のきざしありと、江戸長州藩邸から書状が届いた。江戸に集結した九州各藩の尊皇派を束ね、その首領として何事かをたくらんでおったとか」

「まさかそんな大それたことは……」

「ご公儀も今回のかれらの奥州遊歴は、水戸勤王党との連携を謀ったものではないかと疑っておる。よって幕閣らの目をさけ、秘密裏に松陰めを長州にまで護送した。まったく迷惑な話だ」

「申し訳ないことを」

百合之助は困惑するばかりだった。

椋梨が苦々しげに言った。

「なにとぞお父君からも、軽挙妄動をつつしむようお叱りのほどを。本来なら死罪だが、主君毛利敬親さまのおぼし召しにより、『親戚あずかり』といたす」

「おそれいりまする」

下役の百合之助は、切れ者の政務官の前で平伏した。

長州の気風は、あきれるほど若者に寛容だった。

たしかに脱藩の重罪が、『親戚あずかり』では帳尻が合わない。

毛利家は戦国の昔から主従のちぎりが固い。有望な人材を育成するため、少々の失敗をとがめることはなかった。

　それは武士階級だけの美風ではない。下関の豪商白石正一郎なども、身銭を切って勤王派の若い志士たちを後援している。

　長州人のだれもが、何故か順法精神のない若者たちを尊び、乱暴ともみえる行動力に大きな期待をかけていた。

「奇妙。まことに奇妙なり長州」

　きびしい掟にしばられた他藩の者たちは、長州に立ち寄るたびにそう言ってうらやましがっていた。

　それなりの理由はある。

　かつて関ヶ原の敗戦でうけた屈辱を、藩士だけでなく帰農した旧家臣たちの末裔らも忘れてはいないのだ。

　武家娘の文も同様である。

（もし戦時となれば……）

　長州の農民や町人だけでなく、婦女子にいたるまで志願兵となって前線へ出向き、討幕戦に身を投げ出すだろう。

　杉家の娘たちには、その覚悟があった。

　老人や病人までも戦意旺盛だった。長州の潜在的な兵士動員数は、徳川一門を上まわっていた。

そして命題の『打倒幕府』を成就させるためには、藩論を一つにまとめるすぐれた指導者の発掘が第一義だった。

吉田松陰は、周囲からその筆頭と目されていた。

毛利敬親の意向もあり、かたちだけ罪人となった松陰は、松本村に住む親戚筋の久保一族のもとへあずけられた。

たがいの家も近く、久保家若当主の清太郎は松陰とは幼なじみだった。たがいの気心も知れている。

清太郎は自宅の仏間を松陰の蟄居部屋に改造した。

三畳間の出入り口に簡易な格子をはめ、藩の役人が調べに来たときだけ罪人の松陰を蟄居部屋に監禁した。

母に頼まれ、文は差し入れの菜飯を持って久保家を訪ねた。

当主の清太郎が出迎え、わざとよそ見しながら言った。

「わしァ奥の間で昼寝しとったので何も見ちょらんで。仏間の格子が外れとっても気がつかんかった。目がさめるのは夕刻じゃろう」

親戚ならではの好意だった。

さっと片手拝みして、文は仏間へとむかった。

薄暗い三畳間には、やつれきった寅次郎が端座していた。

「兄さま、大丈夫かね。からだの具合が悪そうじゃけど」

「おう、文か。罪人は刃物を持っちゃいけんけぇな。無精ひげが伸びほうだいで、病人みたいに見えるんじゃろ」

「そげかね、安心したっちゃ。母上の焚いた菜飯を持ってきたど」

「あとでいただく。で、家の者は元気かいね」

のほほんとした口調だった。

悪くすれば吉田家は廃絶。杉家の父や兄も連帯責任を負う事態なのに、まったく罪の意識がない様子だった。

浮世離れした次兄を、文は逆にたのもしく思った。

小さな松本村のつながりなど、いまはどうでもいい。広い世間のことを旅帰りの兄に聞いてみたかった。

「それより、聞かせてぇね。花のお江戸はどうじゃったン」

すると勘ちがいした松陰が、言わずもがなの一件を語りだした。

「こうして僕が無事に生きて故郷へもどれたのは、すべて江戸藩邸詰めの来原良蔵《くりはらりょうぞう》さまのおかげなんじゃ。奥州遊歴を許したのは上司の自分だと言い張って罪をかぶってくれた」

「そのお方はたしか……」

「そう、桂小五郎さまの義弟にあたるお人だ」

「やはり桂さまの」

文は久しぶりに愛しい男の名を口にした。

ひたすら男女の仲にうとい木石漢の寅次郎は、少し興奮気味に話をつづけた。

「来原さまは藩校明倫館きっての秀才で、剣の腕も立つ。まさしく本物の志士だよ。縁あって桂さまの妹御のお春どのを嫁に迎えた折に、桂家に仕える伊藤俊輔《いとうしゅんすけ》なる渡り中間《ちゅうげん》の養い親をかって出た。しかも藩籍まで取得させてやったとか。まったく俠気にあふれた硬骨の士だ。僕にとっても、おろそかにはできぬ大恩人じゃ」

「……伊藤俊輔」

はじめて聞く名前だった。

文は、萩の貧しい卒族がつかんだ幸運を陰ながら喜んだ。

人は皆、それぞれせまい曲輪《くるわ》の中でうごめいている。

伊藤俊輔なる若輩者は、面倒見のよい来原良蔵の好意によって長州藩の末端にかろうじて連なった。そして幕末動乱の風雲にのり、回転維新の功績を独り占めにし、日本国初代総理大臣・『伊藤博文《いとうひろふみ》』として明治の政界に君臨することになる。

一方、長州が誇る英傑来原良蔵は、ついに革命の甘い果実を一片すら味わうことはなかった。

真の勇士は、けっして功名など求めない。

いつも率先して死をえらぶ。

幕末期。来原良蔵は伊藤俊輔が加わった長州藩士らの『横浜異人館焼討ち』の責任を一人でとり、江戸長州藩邸で割腹自殺を遂げたのだ。

男たちの苛烈な行く末も知らず、文はいまも桂小五郎への思慕を捨てきれずにいた。

二

夏の古都は夜気が生ぬるい。

祇園祭の喧噪も霧消し、賀茂川越しに黒く沈んだ比叡山が見える。そのなだらかな稜線には、とがった三日月が深ぶかと突き刺さっていた。

一見《いちげん》の客を、木屋町筋の自宅へ誘ったのは初めてだった。

(……もう後戻りはできない)

幾松は、男の手を握りしめて離さなかった。

自分が危うい岐路に立っていることは充分にわかっていた。それでも優柔不断な好男子との出逢いを見逃せば、二度目はないと感じられた。

桂小五郎は恋に受け身の男だった。

そうしたそぶりが、かえって京の名妓の気持ちをゆさぶる。

おのれの財力を誇り、強引に口説いてくる男など何の魅力もありはしない。幼いころから金で苦労してきただけに、よけいに銭勘定の達者な商人がうとましい。

(男の値打ちは一魂にある)

武家娘の幾松は、かたくそう信じている。

餓死寸前だった対馬の島民へ、無償で三千俵の長州米を送った桂小五郎は稀なる義士であろう。

零落した身の上とはいえ、幾松はやはり武家への憧憬をつよく抱いていた。

(……絶対に落とす)

幾松はそうひとり決めして、今夜のお座敷では芸妓としてありったけの手練手管をつかった。

だが、暗い目もとの長州藩士はにえきらなかった。

しっかりと二人で手をつないで夜道を歩いているのに、小五郎がぐずぐずした声調で言った。

「今宵は幾松さんの踊りを堪能でき、本当によかったであります。僕は明日には江戸へ発ちますし。ええ思い出になりました」

「なにを他人行儀なことを言うてはりますのん」

幾松は、楽しい思い出などにしたくなかった。祇園祭の無言詣りでめぐり逢った深い宿縁の二人なのだ。

これほどの美丈夫が江戸へ向かえば、花の吉原の花魁《おいらん》たちが黙って放っておくはずがない。

それにここで別れたら、八坂神社の霊験も霧消してしまう。

先ほど、お座敷の退《ひ》け時に幾松は非常手段をとった。

元は藩医の家柄だという小五郎に腹痛を訴え、哀れな身ぶりで自宅まで送ってほしいと懇願したのだ。

小田原提灯を手にして二人は木屋町筋まで来た。

そばの小五郎がさりげなく手を離し、苦笑しながら言った。

「京のおなごは手ごわいですね」

「あら、なんのことやろか」

「本当は仮病なのでしょ、幾松さん。昔から僕の診断はけっこう当たります」

「ええ。当たり」

「もしかしたら、僕に好意を」

「それも当たり」

幾松はうわついた口調でこたえた。

　すると、またも小五郎がためらいがちな目付きになった。

「あとで面倒なことになるといけんけぇ、先に言うちょくで。僕は独り身を通すつもりじゃ。志士たる者はいつ死ぬかわからんけぇ」

「桂はんの意地悪《いけず》。なんでこないな時に、そんな身もふたもないことを言わはるンどすか」

「すまん。長州の田舎者が、都のおなごに誘われてうろたえちょるんじゃ」

「どんな風に」

「見ればわかるじゃろう。足元がふらついて定まらん」

「そんな風には見えまへんけど」

「酒に酔うたか、それとも恋に酔うたのか……」

　小五郎が、思わせぶりなことを口走った。それは恋のかけひきなどではなく、生来の気質らしい。

　幾松はじれったい。

　芸妓がしつらえた据え膳に手をつける前に、いろいろと弁明を重ねる男が憎らしい。歌舞伎で言う『突っ転ばしの二枚目』とは、小五郎のことなのだと思った。

　大柄な美男なのに、どこかしら弱々しい。片手でぽんと軽く突けば、そのまま地べたへ転びそうな感じがする。

妙に気持ちが高ぶり、幾松はいっそう強気で迫った。

「ほんなら、うちも先に言うときます。無言詣りで出逢《でお》うた尊い縁《えにし》やよって、一夜の遊びとはちがいますえ。いつかは連れ添う仲になれへんのなら女に生まれた甲斐がおへん」

「そうか。幾松さんは武家の生まれじゃったね」

「芸妓でも武家娘でも、女は女……」

「どのおなごも物騒じゃね」

小五郎が曖昧な笑みを浮かべた。

男の本音を聞きたい幾松が、いくら言葉で切りこもうとしても、相手は微妙に間をはずしていく。

容易に胸元にとびこめなかった。

おのぼりさんの田舎武士に、逆に手玉にとられているような気がする。

これまでお座敷でさまざまな客に言い寄られてきた。

（それが今夜にかぎって……）

迷いぐせのある男を必死に口説き落とそうとしている。

京女特有の堅く冷めた殻が一気に破れて、雌獣めいた熱い波動が全身からあふれだしていた。

それが無性に愉しい。幾松は高瀬川の柳道で立ちどまり、しぜんな仕草で小五郎の左肩に寄り添った。

意外に筋肉質でたくましい。

歌弱な突っ転ばしの二枚目などではなかった。歌舞伎の舞台上で荒事をこなす超人めいた体格をしていた。

小五郎が諭すように言った。

「……離れろ」

「えっ、なんどすか」

「僕のそばから離れろと言ってる」

「ひどいことを」

幾松は、その場に茫然と立ちつくした。これほどむごい言葉を、男から投げつけられたのは初めてだ。

小五郎の横顔は恐ろしいほど冷徹だった。

「提灯を前に置き、路地奥で身をひそめちょけ」

そう言って、きびしい目で前方を見据えた。

つられて幾松が視線をむけると、柳道を駆けてくる二人連れの壮漢が見えた。

「あれは……」

「洛中警護の会津藩の連中じゃろう。徳川家の親藩で佐幕一辺倒。われら長州とは昔から折り合いが悪い」

「どないしはりますのん」

「二人までなら何とかしのげる。早く行け」

「いやどす。ここで逃げたら京の芸妓の名折れに」

武家娘の誇りにかけて首を横にふった。

惚れた男の前で臆した様子はみせられない。幾松は、迫り来る敵よりも小五郎に見限られるほうが怖かった。

いざとなれば楯となって、敵の刃をわが身で防ぐつもりだった。

小五郎が感服したように言った。

「強情だな」

「迷惑かけしまへん。自分の身は自分で守りまっさかい」

「それが迷惑なんじゃ。まったくこまったやつだ」

「とにかく提灯だけは置いときます」

柳道に提灯を置くと、小五郎がさっと幾松を背に隠した。

そして刀の鍔《つば》に左手の親指をかけ、いつでも抜刀できる体勢をとった。一連の動作に無駄がなく、見惚れるほどすばやかった。

近くまで走り寄った壮漢たちが、酒臭い息を吐きながらからんできた。

提灯に下から照らされた二人の酔漢は、そろって悪相だった。

年かさの大柄な侍が憎々しげに怒鳴った。

「衣服の家紋は、やはり長州の一文字三ツ星かよ。祇園祭の夜に芸者遊びとはけっこうなご身分だ」

小五郎が、やんわりと切り返した。

「そちらは会津三ツ葉葵。皇都の巡察、ご苦労さまです」

「それで済むと思うなよ」

「なら、どねぇするっちゅうんじゃ」

「京における長州の隠密活動は目にあまる。所司代まで同行せよ」

「断ると言ったら」

「……斬る！」

会津藩士は、少しためらってから大刀に手をかけた。

だが間合いの近い真剣勝負では、わずかな遅れが命取りとなる。

鍔元の鯉口を切っていた小五郎が、一瞬早く鞘走《さやばし》らせた。

「こん外道《げどう》め！」

すばやく身を沈め、家紋と同じく横一文字にザンッと払い斬った。

わずかに踏みこみが浅く、切っ先が相手の右頬をえぐった。

「痛ーッ」

壮漢は刀を抜く間もなかった。顔面を斬り裂かれ、甲高い悲鳴をあげて仰向けざまに倒れていく。

刃を一合もあわせることなく、瞬時に勝負はついた。残る一人は、浅い高瀬川へととびこんで対岸へ逃れ去った。

それでも小五郎は油断せず、残心の構えをくずさなかった。

(剣の位がちがいすぎる！)

幾松は、小五郎のたくましい後ろ姿を呆然と眺めていた。

現場に置き去りにされた会津藩士が、血まみれの顔を押さえながらしきりに訴えた。

「……わしの負けだ。今夜のことは内密に」

「わかっちょる。だれにも言わん」

「すまん。酒に酔ってふざけすぎた」

「傷は浅い。ちゃんと血止めをすれば会津藩邸まで歩いて帰れるじゃろう。僕の診断はけっこう当たる」

血刀を懐紙で吹きながら、小五郎が医師めいた口調で言った。

止血用の布きれを幾松がさしだした。それは、先ほどお座敷で小五郎から渡された手ぬぐいだった。

「これをお使いやす」

半身を起こした会津藩士が黙って受けとった。そして恨みがましい目付きで幾松を見やった。

仇敵の長州人にあっさりと打ち負かされ、京の名妓の前でぶざまな姿をさらしたことが口惜しくてならないようだった。

相手の胸中を察した小五郎が、幾松をせかした。

「さ、行こう」

勝利の余韻にひたることなく、方向を変えて早足で歩き出す。

小田原提灯を置いたまま、二人は柳道の横合いにある細い路地に入りこんだ。

高瀬川ぞいの通りを一本東へ抜ければ、繁華な先斗町《ぽんとちょう》のお茶屋が軒を連ねている。

夜半なので人通りはまばらだった。

小五郎は歩をとめなかった。そのまま先斗町の細道を横断し、賀茂川ぞいの土手道まで上った。

「なんで、そんなに急ぎますのん。勝負《かた》はついたのに」

幾松がいぶかしげに問うと、相手から思いがけないこたえが返ってきた。

「会津の連中が助っ人を連れてくるかもしれん。その前に現場を離れとかんと逆襲される恐れがある」

「その時は。さっきみたいにやっつけたらよろしいやン」

「そうもいかん。ま、ここまで来れば安心じゃが」

まるで敗者の弁だった。森の中の小動物のように、黒目がちな剣士の瞳はしきりに周辺を警戒していた。

幾松は合点がいかなかった。

「あんなにお強いのに」

「いや、僕は弱いよ。竹刀稽古《しないけいこ》では一度も負けたことはないが、真剣勝負の場で三人以上の敵にかこまれたら、包み斬りにされて敗死するじゃろう」

「ほんまの話どすか」

「逃げるが勝ち。必勝法はそれしかない」

他人事のように言って、小五郎がゆっくりと土手道を歩き出した。

鋭利な三日月は中天にあった。

それにしても鮮やかな剣さばきだった。胸の高ぶりがおさまらず、幾松は小五郎の左手をつよく握りしめた。

（強いのか、それとも弱いのか……）

また優しいのか、冷たいのか。

幾松には、桂小五郎という男の実体がまるでつかみきれなかった。

すると、長州の田舎侍がしゃれた俗謡を口ずさんだ。

賀茂の流れに添いとげて
あかぬ眺めの月の夜
柳の風も心地よく
夢をひきずる高瀬川

女心を揺さぶる美声だった。情感たっぷりな歌いっぷりは、幾松の心の奥底にまでしみ渡った。

「ええお声をしてはる」

「長州男児は見栄っ張りなんじゃ。京の宴席で小馬鹿にされんように、みんな小唄の一つぐらいはこなせる。三味線や横笛を習得しとる者もおる」

「おもしろいお国がらどすな」

「多士済々じゃ。僕が敬愛する吉田松陰ちゅう烈志の下、いずれ長州が天下を動かす時がくる」

「ほんなら桂はんも……」

「散る」

短い言葉には激しい士魂が宿っていた。

武家育ちの幾松は、おのれの生きがいをやっと見つけた気がした。

（……なにがあろうと、この長州男児に尽くしぬく）

だが、長州はあまりにも遠い。

本州の西端に位置する異郷は遙かな彼方にあった。

三

三味線を抱え、おうのは坂上の白石邸へとむかった。

だらだら坂の中途でふり向くと、夕陽の馬関海峡を一群の雁が『への字』を描いて渡っていくのが見えた。

（あの渡り鳥たちには、大勢の仲間がいて……）

ちゃんと帰るべき場所もあるのだ。

天涯孤独のおうのは、それが少しうらやましくもあった。

生涯売り切りの身の上なので、廓の置屋暮らしで一生を終えることを運命づけられている。

けれども、おうのはさほど悲観はしていない。

(早々に歳月は過ぎ去り……)

いずれはだれもが彼岸へと旅立つのだ。

三味線芸者ふぜいが、人並みな希望を持ちさえしなければ、深く悩まずに生きていける。

これまでもそうやってきたし、これからもそうするつもりだった。

それは実母によって妓楼へ売られた娘の諦観であった。

下関の高台に建てられた堅牢な浜門は、白石正一郎の勢威を示していた。廻船業者の正一郎は商魂だけでなく、尊皇の志を合わせ持つ政商だった。

その情報網は、瀬戸内から九州の南端にまでのびている。

『薩摩屋』の看板を掲げるほど薩州との縁は深い。藩主島津久光の近臣らが下関の白石邸を訪れることもしばしばだった。

その歓待の席に、おうのも何度か呼ばれたことがあった。

政事とは最も縁遠いおうのに、初めて『薩長連合』の重大性を教えてくれたのも正一郎だった。

「雄藩の薩摩と長州が手を結べば、交易によって両藩がうるおうだけでなく、皇国再興の展望がひらけよう。そのためなら白石家が潰れてもかまわん」と。

宴席での会話にすぎないが、だれよりも先に薩摩と長州の双方合体を図った傑物は、まぎれもなく一介の商人たる白石正一郎であった。

おうのは通い慣れた坂を上りきった。

浜門を開けてくれたのは、例によって当主の正一郎だった。下関の篤志家は義侠心がつよく、目下の者にも心づかいができる。

「よう来てくれたな、おうのさん」

「ごひいきとはいえ、『さん』づけは心苦しくて」

「女帝持統天皇の幼名を呼び捨てにはできん。そうじゃろう、おうのさん」

「なら、ご自由に」

何事もさからわず、客の好きなように運ぶのが、おうのの流儀だった。

離れ座敷まで先導した正一郎が、床の間を背に着座した。

「今日は宴席ではない。さる人と夜半まで付き合ってもらいたい」

「……高杉晋作さまですね」

「のんびりしている風に見えるが、やはりおうのさんの勘働きは特等だ」

「以前、お聞きいたしました。白石さまが男惚れしたと」

「そう、ぞっこんなのだよ」

「風狂無頼の徒だとか。ご気楽でよろしいな」

わざと興味なげに言うと、正一郎が蕩児をかばった。

「それも高杉さまの持ち味。お家柄は長州藩上士で二百石取りの長男坊。いずれは一番家老となって、戦いの先陣を切るお立場にある。だれもが認める快男児だ」

「お年は」

「まだ二十歳前じゃろう。いまは藩主毛利敬親さまの小姓、つまり親衛隊の士官として務めておられる。尊皇攘夷を声高に叫ぶ者は浪士や郷士が多いが、一人ぐらいは藩政を牛耳ることができる身分の者が必要となる。われら年配者が大事に育てなければならん」

「では、切り札だと」

「たぶん王政再興の戦いの口火を切るのは、高杉さまのほかにあるまい。剣術ばかりに励んでおられるが、大戦の謀将には遊び心も必要なれば。水戸藩士の忘れ形見のおうのさんなら、お相手としてぴったりだ」

驚くことに尊皇家の白石正一郎は、薩長連合後の王政復古まで視野に入れているようだった。

おうのは寂しげに笑った。

やり手の政商が、身寄りのない芸妓をひいきしてくれた深意が見えた気がする。血気盛んな若者を、女の柔肌で安らげようとしているらしい。

「……わかりました。しょせん遊里の芸者は売りもの買いもの。今夜は風狂なるお人と褥《しとね》を共にいたします」

「早とちりじゃ」

「えっ、なにが……」

「おうのさんはおもしろいのう。高杉さまが習いたいのは寝所の技ではなく、三味線だと言うたじゃろうがね」

「あれまァ。恥ずかしいこと」

「くわっはは、久しぶりに大笑いしたでよ」

豪放な正一郎の高笑いが離れ座敷に響きわたった。

おうのも左の袂で口を隠して笑った。

「こほほ、その気になって損しました」

「いや、損はさせない」

白石家の当主は、あいた右袂に心付けの一朱金を差し入れ、そそくさと部屋から出ていった。

入れ替わるようにして、痩身の若者が荒々しく座敷に押し入ってきた。

印象は最悪だった。かなり酔っているらしく、薄い唇が駄々っ子のようにゆがんでいた。

両頬に疱瘡《ほうそう》の痕《あと》があり、赤黒く染まって見苦しい。そして細く横流れした目付きが険しかった。

人の美醜は疱瘡に罹《かか》るかどうかで決定づけられる。

年ごろの娘なら致命的だ。また上士の家に生まれた男子だとしても、あばたづらでは見栄えが悪い。

とくに武士は見た目を気にする。芸妓に三味線を習おうとする鬱屈した心根が、少しだけ理解できた。

（酒気をおびて現れたのも、きっと……）

若者らしい照れ隠しなのだろう。

おうのは、そう判断した。

だが、上士の道楽息子は一筋縄ではいかない人物だった。

両刀と一緒に手持ちの小さな木箱を脇に置き、どっかりと上座に大あぐらかいた。

それからあけすけな態度でおうのを眺めまわし、放り投げるように言った。

「気に入った。おれの好きな顔立ちだ」

「どうぞ、お好きなように」

おうのは、けだるい声調で応じた。

大人たちに甘やかされて育った若者など、好かれようが嫌われようがどうでもよかった。あばたづらの酔漢に、この場で押し倒されても抵抗せず、身をまかせるつもりだった。

（前渡しされた一朱金は……）

政商がつけた妥当な値段だろう。

乱暴に帯をとかれ、丸裸にされても何も文句はない。一朱あれば、十日は安穏に暮らせるのだ。

相手が野放図な口ぶりで言った。

「白石邸は食客が多いので、余り物をねらうカラスが群れてうるさすぎるな。おい、酒はないのか」

「……ありません」

「では、食いものは」

「……見当たらない」

「どうした、お主《んし》ァ返事がおそすぎるぞ」

「これがいつもの調子です。まだお名前も聞いちょりませんし、応対のしかたもようわからんちゃ」

おうのは、ゆったりとした声でこたえた。

間拍子をはずされた高杉が、ぺこりと頭を下げた。

「そげか、こっちが悪かった。おれは高杉晋作じゃ」

「此の糸と申します。どうぞごひいきに」

「いや、白石どのと同じように、おれも『おうの』と呼ぼう」

「白石の大旦那さまは、うちのことを『おうのさん』と呼んでいますけど、どちらでもかまいません」

話がもたれて、うまく嚙み合わない。

生来せっかちな高杉が、貧乏ゆすりをしながら言った。

「こりゃ下関の豪商にはめられたな」

「言うちょる意味がわからん」

「男はのう、自分にないものをおんなに求める」

「……高杉さまにないものは、落ち着きと思いやり」

おうのは、感じたままのことを口にした。

高杉がこらえきれずに笑いだした。

「やれんでよ。おれの欠点をずばり言い当てられた。どんな気むずかしい男も楽しい気分にさせる魅力を持っちょると、白石どのが言ってたな。お主ァ本物の人たらしじゃな」

「そんなつもりはありませんけど」

「だったら、よけいに始末におえん。良く言えばおっとりした性格。悪く言えばどうにでもなれという捨て鉢な心」

「こまった。お返しに、うちの本性を見事に言い当てられました」

「おれは性根が悪いので、逆に玄人女の真心が見通せる」

「さて、本日の三味線のお稽古は……」

おうのが話を転じると、高杉が脇に手をのばした。

「ちゃんと用意はできちょるでよ」

小ぶりな木箱から取り出されたのは、携帯用の簡易な道中三味線だった。棹の部分が三つにわかれ、はめこみ式になっていた。

手早くつなぎ合わせた高杉が手柄顔で言った。

「特別製じゃ」

「ええ、長棹の三味線は運びにくい。うちみたいな場末の芸妓にゃ箱屋の男衆も付いちょらんし」

「おうの。お主ァにも『陣中三味線』を一棹作っちゃろうか。両親が甘くてな、おれはやたら金回りがいいんだ」

「おや、早くも呼び捨てかいね。それに陣中三味線という言葉は初耳。おだやかではないちゃ」

「戦場に持っていくのは槍や鉄砲とはかぎらん」

「まさか三味線持参の陣中見舞いじゃろか」

「そのまさかだよ。どんな激励や差し入れより、派手に三味線をかき鳴らしたほうが陣中の士気も高まる」

三味線の音締めをしながら、高杉がいたずらっ子のような笑みを浮かべた。

とりとめのない会話の中で、しだいに言葉の波長が合ってきた。

おうのも長棹の三味線を引き寄せた。

「お腕前を見てから教え方を決めます」

「まるで剣術の道場主じゃな」

「失礼ながら、この場では師弟。それをお忘れなく」

「おもしれぇのう。なら、師匠に一本打ちこんでみよう」

撥《ばち》を使わず、蕩児が軽くツンッと爪弾《つまび》いた。そして何やら艶《つや》っぽい俗謡をさらりと唄い流した。

三千世界のカラスを殺し
ぬしと朝寝がしてみたい

若いのに遊び慣れた風情だった。

だが、声質には独自の哀傷があった。歌詞にこめられた深い虚無感を、おうのはきっちりと受けとめた。

(浅薄な見かけとちがい……)

尊皇家の政商が言うように、長州の切り札となるべき快男児なのかもしれない。

おうのは、めずらしく眉を張りつめて言った。

「一本とられました。うちが教えることは何もないです」

「勝って嬉しい花いちもんめか」

「……たぶん練達の作詞も高杉さまが」

「即興でつくった。離れ座敷で物憂げに横座りするおうのを一目見て、よからぬ妄想にふけったまでのこと」

「詩文の才能はけたはずれ。感服しました」

お世辞ではなかった。

わずか二十六語の単文の中に、しっとりとした男女の情景が活写され、しゃれた諧《かい》謔《ぎゃく》精神がたっぷりとこもっていた。

黒ずくめのカラスは冥土の使者である。

白石邸に巣くう死神たちを逆に撃ち払い、連日女の肌に耽溺する。まさに生と死が渾然一体となった巧妙な戯《ざ》れ唄だった。

高杉が、ぽろりと本音をもらした。

「詩人として立ちたいと思ったころもあった」

「だれよりも似合います」

「じゃがのう、長州にゃすごい俊才がいる」

「奔馬と呼ばれる高杉さまよりも……」

「詩作も武芸も、すべてやつのほうが上だ。子供のころから、おれはずっと後塵を拝しちょる」

「……で、御名は」

「久坂玄瑞。藩医の息子だ」

若者はみな競争心が強い。

おうのは興にかられて焚きつけた。

「宿敵ですね」

「ちがう。生涯の友だよ。やつが長州を引っぱっていくだろう」

「なら、高杉さまは」

「寝て暮らすさ。人の世は一瞬の夢じゃ。酔うて翌朝、美女の膝枕に目をさます。これぞ男子の本懐」

ひねくれ者の即興詩人が、畳の上にごろりと転がった。そして自然な仕草で、おうのの膝に頭を横向きにのせた。

四

お龍は迷わず悪の巣窟にのりこんだ。

人買いたちが集まった奥座敷に乱入し、血走った目で出刃包丁をふりまわした。女の武勇伝というには、あまりに無謀な強行突破だった。

もはや知恵も思案もなかった。

女を売り買いする悪党どもに、しゃにむに突っかかっていった。

「殺すぞ、死ぬぞッ。妹を返せ！」

金切り声で狂女のごとく叫びまくった。

不意をつかれた無頼漢たちは、はだしで外庭にまで逃げ出した。一味の頭目とおぼしき老人だけが片膝立ちになり、さっと匕首《あいくち》を抜きはなった。

「おのれはだれや。事のしだいをちゃんと話さんかい」

聞き取れないほどの静かな声調だった。

出鼻をくじかれたお龍は、はっと正気に戻った。相手が老齢なので、青光りする刃物をひっこめた。

老人も匕首を胸元の短い鞘におさめ、さらに低い声で言った。

「ええ度胸やな」

「さるお人に、『女は度胸』だと教わりましたンや」

「そやけど、死ぬ気で実行できる女はめったにおらへん」

お龍は呼吸を整え、きっぱりと言い放った。

「あての用件はわかってますやろ。人買いにかどわかされた妹の光枝を連れて帰ります。身売りの金など一銭も受けとってないし、証文もありまへん」

「話の筋道が通っとるな。妹は女中部屋で早めの夕飯を食うとるから、手土産などを持たして帰したる」

「おおきに。そないさせてもらいます」

「ここでおまはんを殺すのは簡単やが、それでは寝覚めが悪いがな。こんなわしにも孫娘がおるしな」

悪事を重ねた頭目も、家庭の中では好々爺《こうこうや》らしい。妹思いのお龍の心意気にうたれたのか、帰りの船賃まで出してくれた。

大坂から京への船旅は、川の流れに逆行するので倍以上の時間がかかる。夜更け時に、姉妹二人はどうにか七条の自宅へ帰り着いた。

しかし、喜びもつかの間だった。

さらなる不幸が待ち構えていた。素行を怪しまれて入牢した父が、一月後に獄死してしまった。

楢崎家の家長として、父の遺体はお龍がひきとった。

拷問をうけた傷跡はなかったが、身体はやせ細っていた。満足な食事もあたえられず、不衛生な牢獄で衰弱死したらしい。

洛外の菩提寺に埋葬し、お龍は楢崎将作の墓前に花を手向けた。

（……父は死んだことで、念願どおり勤王の志士となった）

喪主をつとめたお龍は、そう思い定めた。

京都には各地から尊攘派の浪士たちが集まってきている。そのため都では反幕分子への弾圧が激しくなっていた。

密告や強制連行が横行し、連日のように浪士狩りがとりおこなわれた。そうした中で、何の活動歴もない町医者までが捕まり、生きて牢獄からもどれなかったのだ。

都人は首をすくめ、ひたすら陰口に徹した。

「すべて彦根の赤鬼のしわざや」

町娘のお龍も赤鬼の正体を知っている。

真っ赤な返り血を全身に浴びた悪鬼とは井伊直弼《いいなおすけ》のことだった。茶人として名高かった彦根藩主は、新大老の重責を担ってから大きく変貌した。

男は権力を手中にすると、それまで培った教養が一気に剝がれ落ちるらしい。耳学問だが、お龍も少しは尊皇の志は身につけている。そして、いつしか井伊大老への嫌悪感も高まった。

かつて楢崎家へ到来した諸国の浪士たちは、だれもが彦根の赤鬼を憎み、また何よりも恐れていた。

中川宮家の侍医たる父も、しきりに憤慨していた。

「不忠な赤鬼め。ペリー提督がひきいる黒船の威容に腰砕けとなり、帝の勅許を得ずに日米通商条約を調印しおった。のみならず、失政を質した御三卿の一橋慶喜《ひとつばしよしのぶ》さまを蟄居《ちっきょ》させ、尊皇攘夷の志士たちを迫害するとは」

密偵はどこにでもひそんでいる。今になって思えば、座談の場でもらした父の幕政批判が命取りとなったようだ。

真っ先に捕縛されたのは、京で尊皇活動を行っていた朱子学者の梅田雲浜《うめだうんぴん》だった。かれは反幕派の急先鋒として東奔西走した。

各地の志士たちに檄文を送りつけた。井伊大老の排斥運動を煽動し、幕府の密偵に目をつけられていた。

捕まった雲浜は獄中で黙秘をつづけ、食事もとらなかった。

そして志士たちに先んじて獄死した。

（井伊直弼の打つ手は……）

赤鬼よりも酷烈だとお龍は思う。

将軍家の継嗣問題でも豪腕ぶりを見せつけた。大老就任の翌日から、慣例を廃してあらゆる案件を自分一人で決済しはじめた。

次期将軍として本命視されていた水戸家出身の一橋慶喜を追い落とし、紀州藩主の徳川家茂《とくがわいえもち》を推して十四代将軍に据えたという。

さらには京の御所にまで魔手をのばした。

公武合体の美名のもと、なんと皇女和宮《かずのみや》を降嫁させて徳川家茂と添わせたのだ。

尊皇派から見れば、ゆるしがたい暴挙であった。

公卿や志士たちは怒り狂った。京娘たちも江戸城へと向かう和宮の華麗な腰輿《たごし》を涙ながらに見送った。

（……あの時は、数万人の町衆が別離を嘆き悲しんだ）

お龍もその中の一人だった。

厳かな帝や美麗な皇女が座してこそ京の都である。

貴い御皇妹が、武家の頭領ごときに降嫁するようなことが頻繁に起こっては、いずれ古都の繁栄は霧消してしまうだろう。

京女のお龍は、蛮地の江戸へ東下した和宮が哀れでならなかった。

しかし、一家の主を失った楢崎家は窮乏のどん底にあった。暮らしに追われるお龍には、雲上人の運命を思いやる余裕もない。

心ならずも酌婦となって日銭を稼ぎ、客からつがれた安酒をくらって気分をまぎらしていた。

しだいに酒量もふえ、生来の勝ち気な性格もあいまって怒りっぽくなっていた。そして酒がきれると、とたんに意気消沈した。

（……いっそ妾にでもなろうか）

そんな思いにもとらわれる。

女の盛りは短い。七条小町とうたわれた美貌も、荒れた生活の中でしだいに失われつつあった。

おせっかいな親戚筋から、いくつか妾奉公の話もきていた。

やはり気持ちがぐらついた。勤王家の娘という誇りだけが、からくもお龍を踏み止まらせていた。

洛中に風花が舞っている。

比叡山につもった雪が風にのり、小さな光の粒子となってキラキラと京都盆地へふりそいだ。

季節の変わりめは、とくに寒さがきびしい。

「……遠い」

お龍は独りごちて、三条小橋で立ちどまった。

ひたすら春を待つ心を風花に託したくなる。

欄干の上には残り雪がうっすらと積もっている。高瀬川へ舞い落ちる風花は、川面にふれると瞬時に溶けていった。

三条小橋下を音もなく高瀬舟がくぐり抜けていく。

二条の一之舟入を始点として、さまざまな人々が運河を下る。京の重罪人らも高瀬舟に乗せられ、いったん大坂へと向かったあとに絶海の孤島へ島流しされるのだった。

「ほんに哀しい川やなァ……」

遠島された流刑囚の憂愁が、いまのお龍にはわかる気がした。

気まぐれに柳の小枝を折ると、そのわずかな空間に早春の光がサッとさしこんだ。

これまで何度も夢に描いた場面が、高瀬川ぞいの柳道に浮かび上がった。

前方から、ずばぬけた長身の若者が大股で歩いてきた。

独特のちぢれ髷に白い粉雪がのっている。季節にかかわりなく、黒紋服ひとつで押し通す土佐っぽはこの世に一人しかいない。

「龍馬さまーっ」

お龍は三条小橋から大きく手をふった。

二年ぶりの邂逅だった。

神のめぐり合わせだとしか思えない。暗い奈落の底であえいでいたお龍は、明るい一条の光に包まれた気がした。

近視の龍馬は両目をしばたたいた。

やっと焦点が合ったらしい。南蛮渡りの革の長靴《ちょうか》を踏み鳴らし、小橋へと駆けてきた。

そして、しみとおるような笑顔で言った。

「お龍、やっと逢えたぜよ」

「ずっと待ってたのに。どこをほっつき歩いてたんどすか」

あまりの嬉しさに、気が動転して相手を責める口調になった。

考えて見れば、たった一度だけ楢崎家の玄関先で言葉をかわした仲だった。だが、心やさしい土佐っぽは話を合わせてくれた。

「ほいじゃきに、今度はちゃんと手土産を持ってきた」

「えっ、何のことやろか」

「手ぶらで訪問し、七条小町にえろう叱られたしな」

「よう憶えてはりますな」

「忘れるわけがなかろうが。龍馬とお龍。一対の神獣はいつかは結ばれる運命にある。雌雄の龍がそろえば無敵じゃきに」

「あてもしっかり憶えてますえ」

「何じゃろ」

「女は度胸」

「言うた」

「男は愛嬌だと」

「はっはは、たしかに言うたな」

龍馬が笑うと、健康的な白い門歯がはっきりと見える。

語らっているだけで胸が躍る。

憂いは瞬時に消え去って、喜色だけが顔に浮かんできた。龍馬と一緒にいるときだけ、自分の美点が浮き彫りとなる。

（他人から見れば傲慢な態度も……）

また気位が高くて男どもに屈しない勝ち気な精神も、龍馬はすべて良い方へ解釈してくれる。

行く末がまったく予測できない他国者だが、これほど相性のよい男に出逢えたことが嬉しくてたまらなかった。

楢崎家の長女として張りつめていた気持ちがゆるみ、何もかも相手に任せたくなった。

気丈だからこそ、お龍は甘えたかった。

そし甘えてもいい相手だった。

すがるような目で長身の若者を見つめた。

「あてはもう昔の京娘やおへん。日銭稼ぎの一膳飯屋の酌婦どす。こんなみすぼらしい女になってしもて……」

龍馬がふっと真顔になった。そして袂から昇り龍が彫られた銀かんざしをとりだした。

「手土産じゃ。受けとってくれ」

「こんな高価なもの……」

「結納品なら安いもんじゃろ」

「本気にしますよ」

「本気さ。浪士仲間から父御の災難は聞いちょるきに。お龍、苦労したな」

「はい。生きてるのが嫌になるほど」

「安心しろ、今日からはわしがお前《まん》を守るぜよ」

「……うれしいこと言わはる」

お龍は泣き笑いの表情になった。

手渡された銀細工のかんざしに目をやると、雌雄の龍がしっかりと絡み合って天空へと飛翔していた。

第三章　恋忘れがたく

一

待罪人の吉田松陰は長州藩の士籍を剝奪された。

兵学指南役の職を解かれ、五十七石六斗の家禄もすべて召し上げられた。今後は浪人として生きるほかはない。

（……脱藩の罪はそれほどに重いのか）

文は兄が犯した不忠をわが事のように嘆いた。

藩からの内意を伝えられ、父百合之助は頭をかかえて寝込んでしまった。

しかし、親戚あずかりの身だった松陰だけは意気軒昂だった。

罪科を清算して半年ぶりに実家へ戻ってくると、杉一族を前にして澄みきった笑顔で言った。

「色々とご迷惑をおかけしましたが、これでやっと僕も自由に動けます」

「寅次郎、お主ァ何を言うちょるそか。名門吉田家は廃絶され、浪々の身に落ちただけじゃろうがね。しっかりせぇ」

百合之助があきれかえった顔つきで注意した。

いつものように末娘の文が兄をかばった。

「家や士籍を失のうても、やらにゃいけんことが兄さまにはあるンよ。しばらくは実家で晴耕雨読の暮らしをすりァええがね」

「すまんのう、文。そうもいかんのじゃ」

「兄さま、どねぇするるちゅうン」

「旅に出る」

性懲りもなく松陰が宣言した。

文は目を白黒させて問いかけた。

「えっ、いつね」

「すぐに支度をする。今度は長旅になるで」

「どんくらい」

「十年」

なんでもなさそうに松陰はこたえた。

文は唖然とした。

「むちゃくちゃじゃ」

するとそばに坐っていた母の瀧が確信したように言った。

「ぜったいに十年経っても帰って来んじゃろ」

囲炉裏のまわりにいた親戚一同が大きくうなずいた。

松陰はいったん旅に出ると物狂いにとらわれる質だった。これまで二度までも帰藩が遅れて大事を引き起こしていた。

たとえ浪人になったとしても、勝手に藩外へ出れば重罪に問われる。出奔ぐせがおさまらない兄の行く末を文は案じた。

「心配でたまらんちゃ。兄さま、わかるように説明して」

「じつはのう、藩重役の周布政之助《すふまさのすけ》さまから内々にお達しがあった。山鹿流兵学を僕の代で終わらせるのは忍びないので、藩庁にかけあってくれたらしい」

「うむ、それで」

長男の民治がひざをのりだした。

松陰は笑顔のままで話をつづけた。

「藩主毛利敬親さまの鶴の一声で、こんどは兵学研鑽のため十年の諸国遊歴が認められたんじゃ」

「おおうっ……」

囲炉裏ばたで静かな歓声が上がった。

藩主敬親は温情主義である。とくに少年時から見知っている松陰には大甘だった。定められた藩の刑罰は変えられないが、ちゃんと逃げ道を用意してくれていた。

寛大な敬親は、百日や千日では短いと感じたようだ。

(十年もあれば、兄の寅次郎も……)

諸国の有志たちをつのって世直しができるだろう。

兄の薫陶をうけた文はそう思った。

儒学者でもある周布政之助は、藩内の尊皇派を束ねる有力者だった。親幕派の椋梨藤太に対抗するため、有能な桂小五郎や来原良蔵らを育て上げて組織の強化を図っていた。

かれらと同年代の吉田松陰こそ長州の指導者にちがいなかった。そして尊皇派の主眼は、『武力討幕』にほかならない。

年明けを待たず、松陰は晴れやかな面貌で諸国遊歴の旅にでた。

だが、実母の予言は大きく外れた。

わずか一年後。旅先でまたも物狂いにとらわれた松陰が、脱藩を超える大罪を犯したのである。

海外密航！

国許で急報をきいた父百合之助は天を仰いだ。

「あの肝焼き息子は、いったいどこまで行くつもりなんじゃ」

今度ばかりは、兄思いの文も口がはさめなかった。

（……兄さまは何をなさりたいのか）

文は理解に苦しんだ。

鎖国を国是とする神国において、海外への留学や逃亡は想定外の椿事であった。

まさに前代未聞の無謀な冒険だった。藩主が許した諸国遊歴を、松陰は諸外国にまで広げてしまったのだ。

松陰は弟子の金子重輔をともない、だれもが恐れる黒船へむけて平然と小舟を漕ぎ出した。下田沖をなかば漂流しながら、どうにか乗船してアメリカへの密出国を請うたという。

（西洋列強のアジア侵略を、あれほど憎んでいた兄さまが……）

一転して、なぜ急に渡米を図ったのか。

兄の心情が文には読みとれない。

兵学者としての遠謀により、敵の内懐へとびこもうとしたのだろうか。そうとでも考えるしかなかった。

当時、浦賀沖にあらわれたペリー艦隊は、日米和親条約の締結を幕府に迫っていた。

返答しだいでは艦隊を江戸湾に侵入させ、八重洲の海辺近くに建つ江戸城を艦砲射撃しかねない。

黒船の甲板に立った松陰は、臆することなく和文の懇願書を海兵へさしだした。

ほどなくアメリカ艦隊の通訳官が一読し、つたない日本語で返答した。

「海外に知識を求めようとする貴殿らの勇気はすばらしい。しかし、いまは日米通商条約の締結間際である。今回の密航志願は見なかったことにするから、小舟で下田へ帰りなさい」

アメリカがわは、日本において密航は極刑だと知っていたらしい。

国禁を犯した若者二人を将校らはかばおうとしていたようだ。

だが密出国に失敗した松陰は、そのまま下田奉行所へ自首してしまった。

国外脱出は死罪と決まっている。

企てが達せられなかった松陰は逃げ隠れせず、いさぎよく死をえらんだ。

処置にこまった地方官吏は、二人の密航者を牢屋へ収容して幕閣からの御沙汰を待つことにした。

三日後。幕閣らの判決が届く前に、ペリー提督から派遣されたアメリカの海軍将校が、書面を持って下田奉行所へ乗りこんできた。

「日本の法律は充分に承知している。しかし今回だけは、知識欲の高い二人の青年になにとぞ寛大な裁きをお願いしたい。それがペリー提督のお考えです」

この一片の走り書きが松陰たちの命を救った。

松陰らは足枷《あしかせ》され、罪人用の唐丸駕籠《とうまるかご》に押しこまれた。

そして、いったん江戸まで連行されたあと、減刑されて長州へと護送されることになった。

ペリー提督のご機嫌を損ねないため、幕府は死刑にすべき大罪人の処置を長州藩へ丸投げしたらしい。

萩城下の野山獄につながれた松陰は嘆き悲しんだ。

自身の不運にではなく、弟子の金子重輔が野山獄で死んでしまったことを悔やんだのだ。

武士階級ではない金子は、獄中でのあつかいがひどかった。病気になっても医者に診てもらえず、苛酷な囚縛生活の末に肺炎をわずらって獄死した。

同じく獄中にいた松陰は、金子重輔の追悼文を書き上げ、長州第一の義士と讃えて墓まで建てた。

長州藩は幕府からの裁決を待った。

だが、一年以上経っても幕閣から何の連絡もなかった。

海外密航は極刑と決まっているが、しょせんは未遂事件である。

しかも自首しているし、ペリー提督の減刑嘆願もある。

長州藩の思惑をよそに、外交に忙殺されている幕府は密航を企てた浪人のことなど、すっかり忘れ去っていた。西洋列強から次々と通商や開港を迫られ、目の前のことで手一杯だったらしい。

頃合いを見計らって、藩重役の周布政之助が藩主にさりげなく提案した。

「野山獄につながれし吉田松陰のこと、そろそろ召し放ってもよろしいのではありますまいか」

予想通り、『そうせい侯』の主命が下された。

「……そうせい」

長州の名君は、どこまでも寛大だった。

今回も自宅禁固の微罪ですんだ。仮釈放された松陰は、松本川の下流にある実家の杉家に舞いもどった。

まるで反省した様子はなかった。

国事犯の松陰は、さっそく庭に建てられた小屋で近在の足軽の師弟たちを教導しはじめた。

初代塾長の玉木文之進は城務めになって忙しかった。休講状態だった松下村塾を甥の松陰が代替わりしたのだった。

妹の文と再会した松陰は、いつもの温顔でのべた。

「すまんが、塾を手伝ってくれぇや」

「なに言うちょるン。うちは学問もできんし」

「客の受付をしてくれるだけでええ。塾費無料のせいか、おおぜい入門者が来ちょる。文が気にいらんかったらその場で断ってくれ」

「えっ、うちが面接官かいね」

「そうじゃ。目の濁った大人より、純な娘のほうがずっと人を見る目がある。文の両の瞳は澄みきっちょる」

「なんのかんの言うて、ほんとはお茶運びの雑用係じゃろ」

「ご名答」

「なら、兄さま。うちからも頼み事がある」

「言うてみ、文」

「もう二度と長旅に出ないでくだされ。お願いじゃ」

文は板の間にぺったりと額をこすりつけた。

しかし兄の松陰は何もこたえず、腕組みするばかりだった。

入塾資格を問わず、学費もいらない私塾は、藩内で埋もれていた軽輩たちの絶好の受け入れ先となった。

しかも塾長は藩校明倫館の元教授であり、アメリカの黒船に乗りこんだという剛胆な志士だった。

長州の若者たちの目には、吉田松陰は国事犯というより、鬼退治へむかった豪傑として映っていた。

だが当人は、しごくやさしい語り口の小柄な青年であった。

「僕は教授ではありません。共に学ぶ同志です」

その言葉に嘘はなかった。

松陰は上座に立たず、淡々と門下生たちのそばにすわって講義した。どれほど塾生が増えても、基本姿勢は一対一。未熟な少年らと五分に語り合った。

松下村塾に足を運んだ来訪者から見れば、師松陰と門下生たちの区別がつかなかった。

時に熱弁をふるうこともあった。

「百聞は一見に如かずとか。噂などに惑わされず、じっさいに自分の目で確かめなければ実像は見えてこない。アメリカから襲来した巨大な黒船も同じことだよ。みんなが思うような頑丈な鉄鋼船ではない。僕が間近で観察してみたら、船虫除けの黒い塗料をぬったふつうの木造船じゃった。むやみに敵を恐れることはないんじゃ」

松陰の講義はわかりやすかった。

塾生たちの年齢や知識に合わせて教えていった。

開講して一月後、あの美少年が杉家の母屋を訪ねてきた。以前とちがって医師風の総髪なので、いっそう色白の美貌がきわだっていた。

「お見忘れでしょうか。久坂玄瑞です」

玄関先で文は小さな目を見張った。

「おぼえてますよ。一年前、自作の詩文を持って来られましたね」

「はい。あの時は松陰先生に会わずじまいでしたが……」

「あとで詩を熟読した兄は、とても感服しておりました。これほどの詩才を持つ人物が長州にいたのかと」

「ありがとう」

嬉しげに言って、久坂が少女のように頬を染めた。

もはや入塾志願者の面接官どころではなかった。

文も真っ赤になって目をふせた。

「どうぞ、講義室へ。きっと兄も喜びます」

それだけ言うのがやっとだった。

久坂玄瑞の入塾後、血気盛んな若者たちが続々と松下村塾の門を叩いた。伊藤俊輔《いとうしゅんすけ》、吉田稔麿《よしだとしまろ》、入江九一《いりえくいち》、品川弥二郎《しながわやじろう》など十数名である。足軽や中間などの軽輩が多いのは、かれらが藩校明倫館に入る資格がないからだった。

士分の子弟はきわめて少ない。

学問好きの山田顕義《やまだあきよし》と前原一誠《まえばらいっせい》ぐらいだった。藩医の二男である久坂玄瑞も士分と同格だった。

塾内で身分差などはなく、平等にとりあつかわれた。

師松陰はわけへだてなく弟子たちに接し、それぞれの美点を可能なかぎりほめたたえた。

士分の前原をこう評した。

「一誠には勇があり、知があり、誠がある。才は少しばかり久坂に劣るが、完全な人格においては第一等」だと。

学業も武術もさえない伊藤俊輔に対しては、『周旋の才あり』と持ち上げた。

たしかに腰の軽い伊藤はどこへでも顔を出し、だれよりも段取りをつけるのがうまかった。

文は苦笑するしかなかった。

（ほめ上手な兄も……）

凡庸非才な軽輩を奮起させるのに苦労していると思った。

塾生の中で傑出しているのは、やはり久坂玄瑞だった。詩才にあふれ、学業もすぐれていた。また兵学の盤上特訓においても群を抜いた名采配ぶりをみせた。

長身で凛々しい面貌。

まさに次代の指導者であった。

松門筆頭は知勇兼備の久坂玄瑞。

この位置づけに異論をはさむ者はいなかった。

（……でも、たった一人）

三月遅れで入塾した若者が、秀才久坂玄瑞への対抗心をむきだしにした。

名は高杉晋作。禄高二百石の上士の家柄だった。若くして下関の遊里に入りびたり、その一方で柳生心陰流を学んで免許皆伝の腕前だった。

文はおかしくてならない。兄が若い二人の俊英を競わせているのが丸わかりだったのだ。

高杉は詩文において久坂を凌いでいた。

だが学業では根気がなく、古くさい山鹿流兵学などは小馬鹿にしていた。

「真剣勝負は一度きりだ。どちらかが死ぬのだから、やりなおしはきかない。その時の天候や運気によって勝敗は左右される。定められた必勝法などあるわけがない」

高杉は持論を展開し、師松陰に舌鋒鋭く迫ったりしていた。

松陰は笑って受け流し、門下生たちの前でことさら久坂の才智をほめちぎった。高杉にとって、久坂は幼少時から机をならべた友であり、最も負けたくない競争相手だった。

講義室に出入りする文は、興味深く成り行きを見守っていた。

（そして兄のもくろみどおり、お二人は……）

いっそう勉学に励み、議論の場でも丁々発止とやりあった。

やがて、高杉晋作と久坂玄瑞は松陰門下の双璧と言われるようになった。

門下生はのびのびと発言し、眠っていた才能が連鎖的に開花していった。松下村塾の成熟期が訪れたのだ。

そんな折、文にとって不可思議なことが起こりだした。

（……みんなの見る目がちがう）

あれほど親しく接していた塾生たちが急によそよそしくなった。

お茶をさしだすと照れ笑いを浮かべ、また笑顔で挨拶するとぷいと横をむいたりする。

まったく意味がわからず、文は兄の松陰に相談してみた。

「どねぇしたんじゃろうか。うちゃ皆に嫌われとるみたい。だれも話しかけてくれんようになった」

しばらく考えこんでいた松陰が、居住まいを正して言った。

「文、嫁に行け」

「兄さま、何の話なン」

唐突に婚儀をせかされ、文はうろたえた。

いつもやさしい兄が、教え諭すようにのべた。

「いいか。うぬぼれちゃいけんよ。男子ばかりの講義室にお茶を運んでくるおなごはお主ァひとりじゃ。年ごろになれば、男子は勉学よりも異性に心を奪われる。それをひた隠しにするために、そっぽをむいたりする」

「ようわからんちゃ。なら、兄さまは……」

「僕は嫁はとらんと決めちょる。国事犯の身の上だし、とても三十路まで生き長らえることはできんけぇな。後事を託せる若者らァがこんなに集まってくれて、嬉しいかぎりィね」

「ますますわからん。いったいどこへ嫁に行けと」

「じつは藩重役の周布政之助さまから、それとなく打診がきちょる。上士の高杉くんなら不都合はなかろうと。あの暴れ馬を鎮めることができるのは、杉家の娘しかおらんと」

「高杉さま……」

二の句がつげなかった。

薄給の下級武士の娘が、二百石の俸禄を頂く高杉家に嫁入りするなど考えたこともなかった。

（それよりも……）

自分の容姿に自信がない。

以前も勤王僧から桂小五郎との縁談話が持ちこまれたが、不手際があって破談になってしまった。

今回はもっと厄介だった。

相手は廓通いの蕩児なのだ。遊び慣れているらしく、文にも平気で話しかけて雑用を言いつける。

その上、女の好みも偏っていた。

格式張った武家娘が何よりも嫌いで、無学で気の良い遊里の玄人女が好きだと高言していた。

文は両肩を張り、はっきりと言った。

「高杉さまは苦手です」

「わかっちょる。お主ァの手に負える男じゃない。婚儀は男女個人の結びつきではのうて、家と家との合併。高杉家と杉家では釣り合いがとれん。それに僕は、何よりも文の気持ちを大事にしたい。もし塾生たちの中に好きな男がいるのなら、このさい言うてみぃや」

「……久坂さま」

「文、よう言うた」

「でも、容姿の釣り合いがとれません」

「心配するな。僕にまかせちょけ」

松陰は快笑し、ぽんと胸を叩いてみせた。

どうやら、兄も久坂のことを最も信頼していたらしい。

弟子が恩師の妹をめとるということは、後継者に指名されたも同然であった。だが清廉な久坂は、そうした大人の思惑を何よりも嫌う質だった。

悪くすると、また破談になる恐れがあった。

可愛い妹のために、松陰は策を練ったらしい。久坂を母屋へ呼び寄せ、こう言って頭を下げたという。

「どうか、僕の義弟になってくれ」と。

師に低頭されては断ることもできない。しかも、妹の文との婚儀を横に置き、自分の弟になってほしい懇願されたのだ。

追いつめられた久坂はその場での返答をしぶり、しばらく講義室にも姿をあらわさなかった。

昔から久坂は、眉目麗《みめうるわ》しい新妻をめとることを念願としていた。

事態を知った塾生たちが放ってはおかなかった。次々と久坂家を訪れ、士分の前原などは頭ごなしに怒鳴りつけた。

「久坂、それでも長州男児かッ。恩師たる松陰先生に頭まで下げさせちょいて、文さんを袖にするとは」

「熟考しているだけだ」

「まさか器量のことを申しておるのではないだろうな。憂国の志士が、おなごの容姿を問題にするなどもってのほかだ」

「いや、心身の美を追い求めることが必要だと松陰先生もおっしゃってた」

「文さんほど心のきれいなおなごはいないだろ」

「それは知っている。だが、僕は心身と言ったのだ。どれほど心が美しくとも、姿かたちは理想には程遠い」

論客の久坂には歯が立たなかった。

講義室に舞いもどった前原は塾生たちに報告した。

「論戦に負けた。久坂は弁が立つからどうにもならん。わしなら喜んで文さんを嫁にもらうのじゃが」

「それじゃと、今度は文さんのほうが断るんじゃないですか」

伊藤俊輔が口をはさみ、どっと笑声があがった。

前原も一緒に笑い、それから思案顔で言った。

「調整役は高杉しかいない。しかし蕩児めは陣中三味線の稽古とかぬかして下関へ行ったきりじゃしな」

「僭越ながら僕が久坂さんと話してみましょう。『周旋の才あり』と松陰先生の折り紙付きですから」

天居の伊藤が屈託のない口調で請け負った。

渡り中間には、やはり仲立ちの才能があったらしい。どう説得したのか、久坂が十日ぶりに杉家を訪れた。

その場に文はいなかったが、久坂の申し出は松陰の納得のいくものだった。

伊藤が手柄顔で塾生たちに伝えた。

「婚儀が決まったぞ。久坂の姓はそのまま残し、年明けから杉家の母屋で松陰先生たちと一緒に暮らすそうじゃ」

ひさしぶりに講義室に顔をのぞかせた高杉が、なげやりな態度で言った。

「遠出していて事情は知らなかったが、めでたいかぎりだ。久坂くんは松門の筆頭弟子だし、晴れて後継者になったわけだ」

お調子者の伊藤が問いかけた。

「高杉さん。もし松陰先生から文さんを嫁にもろうてくれと頼まれてたら、どねぇしました」

「電光石火、迷わず『もらう』と言ったろう」

対抗意識のぬけない高杉は塾生たちの笑いをさそい、結婚を迷い抜いた久坂に一矢むくいた。

翌年正月、久坂玄瑞と杉文は祝言をあげた。

玄瑞は十八歳。

文は十五歳。

二人は、まるで段上に飾られた雛人形《ひなにんぎょう》のように愛らしかった。

幼妻の文は幸せの絶頂にあった。まさかすぐそこに恐ろしい死魔が迫っているとは考えもしなかった。

二

いつ見ても港町の夕焼けは美しい。

海沿いの商家通りを、おうのはけだるい足どりで歩いていた。

状況は何も変ってはいない。置屋で寝泊まりし、お座敷があれば三味線を横抱きにして見世へとむかう。

そして酔客を相手に音曲をかなで、作り笑いで心のこもらない相づちを打ったりする。また上客のご祝儀が多ければ、そのまま奥の寝所へと誘う。

やはり三味線一本で芸者の暮らしは成り立たない。つかの間の性愛を、おうのは少しも恥じてはいなかった。

後方から下駄の音が近づいてきた。

ふりむくと、馬関芸者の梅子が極端な内股で駆け寄ってきた。

下関随一の売れっ妓《こ》は、裾の乱れを気にしていた。いつも悠長なおうのとちがって、客との会話が達者で座持ちもよかった。

「おうのさん、急ぎなさるの」

源氏名の此の糸ではなく、本名で呼ばれた。

おうのは怪訝《けげん》な面持《おもも》ちで立ちどまった。

「えっ、梅子さん。どねぇかしました」

「ごめん。最近はお座敷であんたのことをそう呼ぶお客が多いじゃろ。うちのなじみの伊藤俊輔さんもそねぇ言うちょるし」

「いつからそんな仲に」

「あんたが三味線を教えちょる高杉さんのお供をして、たんびたんび萩から下関の『いろは』に通うてくるようになった。そのことでちょっと相談にのってほしい」

「うちは、いつもぼうっとしちょるし」

「いいえ、いざとなるといちばん頼りになる。それに身近な芸者衆は口が軽すぎる。ほかの置屋にいるおうのさんしか話せる相手がおらんのよ」

「そりァそれいいね」

「伊藤さんは無給じゃけぇ、お金を持っちょらん。あと三年すりゃうちの年季も明けるけど、それまで待てんと」

「よっぽど惚れられたンじゃやね」

「それで二人で駈け落ちしようかと。捕まったら殺されるけど、伊藤さんはそれでもかまわんと言うてくれちょる」

恋におぼれた梅子の語り口が熱っぽい。

『いろは』とは、梅子が籍をおく稲荷町の置屋だった。

それに伊藤俊輔の名は何度か高杉から聞いたことがある。気の良い遊び好きな後輩で、身分は萩の卒族であった。

(あれほどの聡い梅子が、何を好んで……)

金も身分もない軽輩と深間の仲になったのだろうか。

相談と言われてても的確にこたえられそうもない。運命に流されっぱなしおうのには、梅子の情熱がまったく理解できなかった。

わかっているのは、置屋暮らしの芸者にとって、下関の港町全体が巨大な鳥かごだということぐらいである。

（……かごの鳥は）

他の客に買われるか、死なないかぎり曲輪《くるわ》から抜け出せない。

それはおうのも梅子も同じであろう。

妓楼に売られた芸者二人が、恋の先行きをいくら話し合っても、解決策などみつかるはずもなかった。

面倒くさくなったおうのは、結論だけをきいた。

「梅子さん。あんたの気持ちはもう決まっとるンでしょ」

「なにがあろうと伊藤さんと所帯を持つ」

「なら、そうしんさい」

「え、それだけ」

「うん、それだけ」

こっくりとうなずき、おうのは海峡に沈みゆく夕陽に目をやった。

（仮に若い芸者と渡り中間が所帯を持ったとしても……）

息が詰まるほど長い困窮生活が続くだけだろう。おうのは二人の行く末を危ぶむばかりだった。

しかし、人の世は何が起こるかわからない。

大半の者は暗い奈落の底に転げ落ちるが、稀《まれ》にけた外れの僥倖《ぎょうこう》にめぐまれることもある。

まさか目の前にいる馬関芸者の梅子が、明治維新後に日本国総理大臣夫人になろうとは露ほどにも思っていなかった。

刻限が迫った。

おうのは梅子と別れて歩を早めた。今夜は遊里のお座敷ではなく、送別の席に呼ばれていた。

白石正一郎が営む廻船問屋は、赤間神社近くの竹崎の地にあった。

赤間神社には、壇ノ浦の海戦で源氏に敗れた平家一門と、その際に入水自殺した安徳天皇の霊がまつられている。

共に都からおちのびた官女や平家の姫君は行き場を失った。

京の美女たちは、しかたなく地元の漁師たちに身を売って暮らし、からくも生きのびたという。

それが下関遊廓の始まりであった。

馬関芸者がそろって美麗なのは、いまも当地に官女の末裔らが住みついているからだと言われていた。

それが作り話であることは、馬関芸者のおうの自身がいちばんよく知っている。けれども琵琶法師たちが弾き語りする『平家物語』の言霊は、数百年経っても消えることはなかった。

豪商の店先には早くも大勢の来訪者が詰めかけていた。だが取引先の商人たちではなく、二本差しの侍ばかりだった。

玄関先でしきりに来客たちに低頭していた若者が、おうのを見て近寄ってきた。

貧相な上に粗衣をまとっている。

とても萩の正規藩士とは思えなかった。

「おうのさんですよね。お待ち申しておりました」

「あなたは……」

「松下村塾で高杉さんと席をならべちょる伊藤俊輔であります」

「……どうも」

おうのは曖昧な笑みを浮かべた。

伊藤と深間の梅子とは先ほど話したばかりである。自分の話題が出たとも知らず、貧弱な若者は快活な口ぶりだった。

「奥庭の離れで高杉さんが待っちょられます。僕が案内役を仰せつかっちょるから付いてきんさい」

「もしかして今夜の送別の宴は」

「えっ、何も知らずに来たんですか。高杉晋作なる男は長州の将来を担う人物じゃからして、藩主毛利敬親さまの主命により江戸へ留学することになりました。上士の家柄ゆえ、送別の場には萩から大勢の藩士たちがやって来よりますが、気むずかしい高杉さんが招待したのはたった一人。おうのさんだけですちゃ。まことに女冥利に尽きますな」

伊藤は多弁だった。

しかも話の盛り上げかたがうまい。

（……この話術で売れっ妓芸者を落としたのだろう）

おうのは得心がいった。

連れ添う男しだいで、苦界でもがく女も娑婆《しゃば》に這い上がれる。聡い梅子は、自分にふさわしい連れ合いを見つけ出したのだ。

下関の廻船問屋は間口だけでなく心も広い。

長州における勤王派の活動資金の大半は、豪商白石正一郎の懐から出ていた。また他藩から流れ着いた浪士たちも、わけへだてなく食客としてもてなした。

今夜は高杉に男惚れした正一郎が送別の宴を催し、江戸出立の門出を祝おうとしているらしい。場ちがいな席におうのを呼んでくれたのも、太っ腹な豪商の好意であろう。

飛び石づたいに中庭へ先導された。その間、伊藤はたえず高杉をほめたたえ、おうのへの世辞も忘れなかった。

英傑の資質はまったく垣間見えないが、小回りの利く渡り中間に、おうのは親愛感を抱いた。

こんもりと土盛りされた白石邸の中庭には、六畳ほどの離れ座敷が造られていた。月見の宴や海峡を遠望するには絶好の場所だった。

「では、あとはお二人で」

気をきかせた伊藤が軽く会釈して立ち去った。

おうのは室内に声をかけるのをためらい、離れ座敷の出入り口で立ちどまった。活発な梅子とちがい、話すことなど何もなかった。勘ちがいして男に心をひらけば、後でかならず泣きを見る。

高杉との仲はいっこうに進展していない。

月に一度ほど座敷に呼ばれ、三味線をひいたあとに膝枕をして耳掃除をする。それだけの間柄であった。

長州の奔馬と呼ばれる高杉は、他の酔客のように三味線芸者の肌にふれることもなく、いつも静かに盃をかたむけていた。

（送別の夜に、いまさら……）

抱かれるつもりはなかった。

逡巡していると、室内から声が降ってきた。

「おうのだろ、入れよ。話したいことがある」

「……はい」

いつものように返事の間拍子が外れた。

離れ座敷に入ると、高杉が六畳間に手枕で寝転がっていた。

おうのがしぜんな仕草で膝を貸すと、行燈の薄明かりの中で高杉がうっすらと笑っているのが見えた。

「これがおれの安息の場さ」

「他人さまには見せられませんね」

「お前とこうしている時がいちばんくつろげる」

「……三千世界のカラスを殺し」

「そう。ぬしと朝寝がしてみたい」

「口ばっかりじゃね。一度も誘われたこともないし」

梅子と伊藤の熱い恋模様を聞いたばかりなので、おうのはめずらしくすねた声調になっていた。

膝枕のまま高杉が言った。

「こまっちょる」

「えっ……」

「同輩の久坂玄瑞と共に江戸留学生に選ばれたが、なんだか嬉しゅうない。お前を放っておけんのじゃ。可哀想でたまらん」

「何を言いだすン。うちと高杉さまは」

「客と芸者、それだけの仲。じゃがのう、『可哀想なは惚れたが証拠』という戯れ唄もあるし……」

いつも歯切れのいい高杉が言いしぶった。

おうのはこらえきれなくなった。

さっと邪険に膝枕を外した。

そして半身を起こした高杉の顔を真正面から見つめた。

「そんな遊び半分の言葉なんかいらんちゃ。よけいにつらくなるだけじゃろうがね。好きなら好きと言うてください」

「惚れた。惚れてしもうた。お前が他の客に抱かれたという噂を聞くたびに、胸が張り裂けそうになる」

「置屋暮らしの女は、金を積まれたらどんな客にでも体をゆるす。やりとうてやっちょるんじゃない。それがうちの仕事なんよ。それしか生きる道が残っちょらんのよ」

おうのは初めて気持ちをぶちまけた。

涙がとまらない。

苦界に沈んだ娘のつらさが、上士の道楽息子にわかるはずがないと思った。

三

古都の四季はめりはりがある。

油照りの盛夏も大文字の送り火と共に消え去り、気がつけば京の花街は秋冷の空気に包まれていた。

祇園町を横切る白川は清冽な水質を保っている。その名どおり川床にきれいな白砂が沈潜し、流れが速まるとサラサラと水中で踊りだす。

その源流は比叡山にあり、麓の鹿ヶ谷から知恩院の横合いをかすめて祇園へ流れ下ってくる。

お座敷を終えた幾松は、箱屋の甚助を連れて白川ぞいの小道を歩んだ。木屋町筋の自宅に帰るには時刻が早すぎる。

いったん三本木の置屋にもどり、次のお座敷を夜更けまで待たねばならない。山科屋に落籍《ひか》されて一人立ちしているが、ここまで育ててくれた『吉田屋』には恩義があった。

察した甚助が立ちどまり、助け船をだしてくれた。

「まつ子、無理すんなよ。吉田屋の女将には、風邪気味やとわしが伝えとくよって。もう充分すぎるほど恩は返したがな」

たしかに甚助の言う通りだった。山科屋が出した身請けの二百両は、すべて女将の懐へ収まっている。

幾松も柳の樹下に身を寄せた。

「そないする。なんやしらん気鬱で、何をする気もおこらへん」

「長州のお侍のことで頭がいっぱいなんやろ。色男やし、金離れもええ。まつ子が夢中になるのも当然や」

「江戸へ行ったきりやねん。一月後には京へもどって来ると言うてはったけど顔をみせはらへん。桂はんは勤王の志士やよって、だれぞに襲われたのかも……」

幾松は心細げに言った。

幼なじみの甚助とは何でも話し合える仲だった。そしていつでも年下の幾松をかばってくれてきた。

だが、今夜にかぎって甚助が突き放すように言った。

「やめとき、まつ子。あの男は情が薄い」

「甚ちゃん、何を言いだすのん」

「わしかて怒るときもある。長州の田舎侍が京の名妓をたぶらかしてからに」

「どないしたん、恐い顔して」

「男衆は早耳や。花街の裏話にも通じてんねん。あの桂小五郎ていう長州の偉いさんは、十日も前に京都へ舞いもどっとる」

「えっ、知らなんだわ」

幾松はぐっと奥歯を嚙みしめた。

上京すれば、真っ先に連絡してくれると思いこんでいた。

(そうしないのは……)

ほかに女がいるとしか考えられない。

口惜しくてはらわたが煮えくりかえった。嫉妬心など無縁だと思っていたが、いったん発火した焰は燃え盛るばかりだった。

頭に血がのぼり、そばの甚助に詰め寄った。

「教えて、甚ちゃん。何を聞いても泣かへんから」

「もう半泣きやないかい」

「ちがう、目もとに汗をかいてるだけ」

「あいかわらず負けず嫌いやな。ほんなら言うたる。あの色男には半年前からなじみの芸妓がおる。まつ子とも仲のええ備前屋《びぜんや》の増勇《ますゆう》ねぇさんや」

「……ひどい」

「笛や踊りは大したことないが、寝間では抜群やともっぱらの噂。多情な家付き娘やし、自由に男をひっぱりこめる。『長州さま』と尊称される桂はんも骨抜きにされて備前屋に流連《いつづけ》しとる」

「ひどすぎる」

幾松は下唇を血がにじむほど噛んだ。

増勇はお座敷の先輩で、一緒に嵐山へ遊びに行くほど親しかった。五つ年上なので話をうけとめてくれる。一人では気持ちが抑えられず、三日前にも小五郎への恋情を打ち明けてしまっていた。

その時、増勇からもらった助言は『大恩ある山科屋さんの顔をつぶしてはいけない』というものだった。

理にかなった答えだともいえる。

(でも、きっと腹の底であざ笑っていたはずだ)

慕う小五郎が見知らぬ女に走ったのなら、まだしも許せた。

だが、目の前にあらわれた恋敵は同じ京の芸妓であった。しかも祇園の老舗茶屋で育った備前屋の跡取り娘なのだ。

新興地の三本木が格下の花街であることはいなめない。増勇が身にまとう着物も、締める帯も高価な金糸銀糸に綾どられている。

増勇はいたって平凡な顔立ちだが、きらびやかな衣装や白塗りの化粧でどんな美女にも化けられる。

勤王派の長州は、都人の期待を一身に集めていた。

武家政権を打破して王政復古が成れば、帝の座す古都はふたたび輝きをとりもどせる。現にペリー来航以来、江戸幕府は急激に衰退し、政事の主体は京へと移りつつあった。

そして、京の芸妓のあいだでは『情夫《いろ》に持つなら長州縮《ちょうしゅうちぢみ》』という言葉が流行っている。端正な顔立ちの長州藩士たちは、高価な縮の肌着を身につけていた。

洛中での活動資金も潤沢だった。

藩名を高めるため、惜しげもなく花街で金をばらまいていた。

名のある芸妓たちはこぞって長州の志士たちに入れあげ、いっぱしの女志士きどりだった。

利に走る備前屋が、実の娘をさしむけてまで桂小五郎を優待するのは、『長州さま』の大きな見返りがあるからだろう。

芸妓増勇の後ろには、祇園の総意が横たわっているのだ。

材木屋の旦那に囲われた幾松に勝ち目はない。

祇園で浮き名を流す小五郎をふりむかせるには、男衆の甚助を味方につけるしかなかった。

幾松は息を整えてから言った。

「相手が祇園の芸妓ならよけいに負けられへん。わかるやろ、甚ちゃん」

「そうきたか。わしとしたことが、火に油をそそいだようやな」

「うちら三本木の者は、ずっと祇園にあなどられてきた」

「それを打ち破ったのが芸妓幾松やったな。三本木の妓楼主たちは総力をあげて武家の血をひくまつ子を売り出したンや」

「これは、うちと増勇ねぇさんの争いやない」

「そうかもしれん。財力のある長州さまをやっと取り込んだのに、ここで祇園の増勇ねぇさんに持っていかれたら、せっかく客足が伸びた三本木も一気にすたるやろ」

「がまんできひん」

「わしもや」

「ほんなら、助けてくれるンやね」

川端で甚助が苦笑いした。

「しかたないやっちゃな。わしがいっぺんでもまつ子の頼みを断ったことがあったか。

まかせとけ、かならず桂さまに会わせたる」

「おおきに、甚ちゃん」

「恋路で二兎は追えへん。山科屋の大旦那ときっぱり別れろ」

「覚悟はでけてますえ。いま住んでる木屋町筋の家も、買うてもろた着物もぜんぶ山科屋はんにお返しして、身一つで出直すよって」

幾松はすっきりと言った。

迷いはない。底意地の悪い増勇の助言を無視し、大恩ある山科屋の顔をつぶす覚悟を定めた。

（やっと見つけた生きがいを手放すぐらいなら……）

ぼろをまとった乞食女となっても、見果てぬ夢を追いかけようと思った。

二日後の早朝、賀茂川に面する自宅の裏戸を叩く者がいた。

幾松は高枕を外し、さっと寝床から跳ね起きた。裏戸の出入り口を知っているのは甚助だけだった。

だが戸を叩く音が微妙にちがう。

幾松は直感した。

（……来てくれた）

外に声もかけず、いそいで裏戸の心張り棒を外す。

表口は高瀬川が流れる木屋町筋だが、裏口には二条河原が広がっていて見晴らしがすばらしい。

裏戸がひらき、東山の稜線から朝陽が室内へさしこんできた。

まぶしい光彩を背に長身の男が立っていた。感極まった幾松は、その男の胸にとびこんだ。

「桂さま……」

「すまん、待たせたのう。とにかく戸は閉めておこう」

小五郎は冷静に言って、きっちりと心張り棒をはめた。

幾松とは心の温度差がちがう。長州藩幹部は必要以上に用心深かった。

伝えたいことは山ほどある。

布団はしまわず、幾松はその上に坐って話しだした。

いっそのこと、この場で抱かれた方が気持ちが通い合う気もする。

「こうして裏口から来てくれはったのは、男衆の甚ちゃんの手配でっしゃろ」

「そういえば、出石《いずし》出身の廣戸屋甚助《ひろとやじんすけ》とか名のっていたな」

「十三の時から都へ出稼ぎに来て、うちと同じ吉田屋で世話になってます」

「ひとかどの人物じゃ。単身で祇園の備前屋にのりこんできて、僕をひっぱり出してくれた」

話が横道にそれて、なかなか本題が切り出せなかった。

しかし甚助の労にむくいるためにも、小五郎の本心を聞き出さねばならない。幾松は思い切って言った。

「うちは桂さまに心命をあずけるつもりどす。体面があるのやったら、ひっそりと日陰で生きてもかめしまへん。そやけど他の芸妓にとられるぐらいなら……」

「わかっちょる。僕が備前屋に長居したのは、なじみの増勇と手を切るのに難儀しちょったからじゃ。そこへ折良く甚助さんが来て、話をつけてくれた。おかげですっぱりと別れることができた」

「……ほんまに」

「跡取り娘の増勇は、ほかにも男が何人もいたらしい。甚助さんはそこをきびしく突いていた」

「男衆は地獄耳ですよって」

そうは言ったが、幾松も旦那持ちである。

小五郎の身持ちを疑っていた自分が恥ずかしかった。

(相手はこれまでの関係を清算したのに、うちは……)

まだ山科屋へ別れ話を持ち出してはいなかった。

身請けしてくれた山科屋徳兵衛は、芸妓にとって最良の旦那といえる。一等地に居宅を買いあたえ、お座敷にでることも大目に見てくれていた。

だが年老いるにつれ、しだいに若い妾への執着心が強くなってきた。月に一度の約束が守れず、十日に一度は木屋町筋の妾宅へやって来るようになった。

幾松にとっては大恩人であり、初めて肌を交わした男だった。けれども小五郎と出逢ってからは、老商への生理的な嫌悪感は増すばかりだった。

幾松が言いよどんでいると、例によって小五郎が悩ましげな顔つきになった。そして寝間にはふさわしくない、志士としての立場をおもむろに語りだした。

「前にも話した長州の吉田松陰先生のことじゃが、まことにもって残念至極なことに相成った」

「なにがあったンどすか」

「幕府に、いや彦根の赤鬼に殺された」

「えっ、どない言うたらええのやろ」

「朝廷からの勅許を待たず、勝手にアメリカと通商条約を結んだ幕府は、国内へは強攻策に打って出たんじゃ。萩で謹慎されちょった松陰先生を江戸まで送還し、問答無用で首を刎《は》ねた」

「むごい……」

「井伊大老の暴政により、尊皇攘夷派の指導者たちは次々に捕殺されちょる。もちろん僕の身も危ういが、このままやられっぱなしにはならん。藩から一任された朝廷活動を成し遂げて形勢挽回を図るつもりじゃ」

「ほんなら、桂はんも京都に」

幾松は愁眉を開いた。

佐幕対尊皇。

そんなことはどうでもよかった。

（……ずっと、おそばにいたい）

いまの幾松はその一心だった。

戦好きな男たちの思惑など眼中になかった。東奔西走していた小五郎が、京に腰を落ちつけることがひたすら嬉しかった。

憂い顔の小五郎が虚空を見すえた。

「政争の場は皇都に移った……」

それだけ言い残し、小五郎はそそくさと裏口から抜け出していった。

幾松は独り寝間に取り残された。

内から心張り棒をはめるのも忘れ、薄情な男の後ろ影をうつろなまなざしで追い求めていた。

四

京の町は騒然としていた。

井伊直弼が敢行した大弾圧の反動は、予想を超えた結果をもたらした。その年の三月三日、張本人の井伊大老が衆人環視のなか、桜田門外で水戸浪士らに討ち取られたのだ。

『赤鬼退治』の急報はすぐさま京へ伝わった。大名らの総登城を見物する江戸っ子たちが千人以上もいたので、幕府も大老暗殺を隠蔽しきれなかったらしい。

帝を神と崇める都人は快哉を叫んだ。

事変を耳にしたお龍も手を拍って喜んだ。勤王家の父を殺された無念を、水戸浪士たちが晴らしてくれたのだ。

切れぎれに伝わってくる話には臨場感があった。

五節句総登城の際、見物人を装った襲撃隊が彦根の大名駕籠に殺到し、井伊直弼を血祭りに挙げた。

折しも降りしきっていた早春の雪中に、赤鬼の生首はごろりと転がった。襲撃から殺害まで、要した時間はわずか喫煙一服だったという。

いつの場合も、戦いは先手必勝。

駕籠を護衛していた多数の彦根藩士たちは、不意を突かれて一方的に斬りまくられ、むきだしの指や耳を切断された。

幕府の最高実力者が、わずか十数名の過激浪士に首を獲られたという事実は、各方面にとてつもない衝撃をあたえた。

『どんな強権者も、殺してしまえば無力な骸《むくろ》となる』

この発見は反幕派の志士たちを勢いづかせ、同時に親幕派の要人たちの心胆を震えあがらせた。

陰惨な暗殺の時代が、ついに姿を現したのだ。

路地奥にひそんでいた浪士たちは、抜き身の白刃をかざして京の大通りを闊歩するようになった。

お龍が暮らす七条の楢崎家にも、ずっと疎遠だった者たちがちょくちょく顔を見せはじめた。

（父が獄死した時にはそしらぬふりだったのに……）

まるで旧友きどりで来訪する浪士たちを、強情なお龍は門前払いにした。

いまさら同志づらで楢崎将作の勤王魂を賞賛されても、獄中で惨死した父は生き返ってこない。

しかし、一人だけ例外があった。

しみとおるような笑顔の土佐郷士である。

高知の裕福な商家で育った龍馬は、窮乏中の楢崎家を訪れるたびに気前よく持ち金を置いていった。そればかりか、俗事に長けた土佐っぽは一家の苦境を手際よくかたづけてくれた。

いまの洛中は危険地帯である。

暗殺横行の巷と化していた。殺人はゆるされない大罪だが、暗殺は政治的手段なので罪の意識はない。

『天誅』の美名の下、次々と佐幕派の者たちが襲われた。浪士狩りに狂奔していた幕吏らは、一転して追われる身となったのだ。

尊攘派の過激浪士らが獲物を付け狙うなか、ひょっこりと龍馬がお龍のもとを訪ねてきた。

父が使っていた奥座敷に通すと、じゃれてお龍の耳たぶをくすぐった。

「お龍、ええ話を持ってきたぞ」

「もう、子供みたいに悪戯《てんご》しなはんな」

耳たぶを押さえ、お龍もくすくすと笑った。

龍馬に逢うと、しぜんに眉間の縦じわが消えて柔和な表情になる。それがお龍本来の姿であった。

「師匠筋の勝海舟さまが女中を探しとるきに。わしが楢崎家の下の妹を神戸の別宅へ連れて行っちゃろう。給金も悪うないぜよ」

顔の広い龍馬が、妹の光枝の奉公先を見つけてくれたらしい。

「よかった、女の働き場所などめったにあらへんし。そやけど勝先生はどこのお生まれどすか」

「べらんめぇ調の江戸のお旗本で、日本第一の傑物じゃ。わしも弟子入りをゆるされて、お側に付いちょる」

「ようわかれへん。龍馬さまは土佐藩の家来では」

「脱藩したんじゃ」

龍馬がさらりと言い流した。

それがどれほど重い罪か、お龍でさえも知っている。

「ほんまに無茶しはる。藩からの追っ手も来るやろし、都では人斬りたちがうろついてるし。土佐の岡田以蔵てらいう暴れ者は、通りがかりの人を見境なく襲うとか」

「そいつは、わしの弟分やきに」

「えっ、なんですて」

「土佐勤王党を主宰する武市瑞山《たけちずいざん》さんの秘蔵っ子だ。わしの推薦で、岡田以蔵は先ほど話に出た勝先生の護衛をしとる」

「よけいにわからへん」

お龍は頭をかかえた。

すると、龍馬が経緯をまとめて話してくれた。

前年、江戸での剣術修業を終えた龍馬はいったん土佐へ帰郷した。

ペリー来航以来、熱い攘夷気分は四国の僻地にも蔓延《まんえん》していた。

尊皇攘夷を掲げる長州に遅れまいとして、武市瑞山は龍馬に一通の密書を託したという。その宛先は、故吉田松陰の後継者となった長州の久坂玄瑞だった。

脱藩した龍馬は萩へとむかった。

久坂に密書を届け、長州の若き指導者と懇談して友誼を結んだ。

土佐勤王党の土俗的な攘夷思想とちがい、吉田松陰の薫陶をうけた松下村塾の志士たちは理論武装ができていた。

長州の主眼は、あくまで『武力討幕』であった。

一大名にすぎない徳川世襲政権を打破し、王政復古を成さねば西洋列強にはとうてい太刀打ちできない。

それは自明の理である。

「大義のために小異を捨てて一つにまとまろう。われら長州が先陣を切るが、土佐勤王党も藩をのっとって参陣してほしい」

浅学の龍馬は、久坂の高説を拝聴するばかりだった。

だが当の久坂は、刑死した松陰の義弟にあたる人物なのだ。かれにとって、討幕は義兄の仇討ちを意味している。

そして四国山脈の険路をこえてやって来た龍馬を、あたたかくもてなしてくれた妻女こそ、松陰の妹の文であった。

私憤なのではないか。

龍馬は、ふとそんな思いにかられたという。

単純な攘夷論や私的な討幕論に疑問を感じた龍馬は、視野を広めるため江戸へと舞いもどった。

しばらく千葉道場に寄宿していた。塾頭として働くかたわら、幕府軍艦奉行の勝海舟宅を訪ねた。

開明派の勝は、遣米使節として太平洋を横断した人物だった。尊攘派の志士たちからは、西洋かぶれの奸臣と見られていた。

出方しだいで奸臣を斬る覚悟だった。

だが、勝のほうが一枚上だった。

「兄さんよ。おいらを斬る気できたんだろ」

「それを知った上で、わしに会ってくれたんですか」

「ちょうどいいと思ってな。知ってのとおり、馬鹿な連中に付け狙われてる。北辰一刀流の達人なら、おいらの用心棒にぴったりだ。今日から泊まりこみで警護してくれ」

「では、斬りに来たわしを家に置くと」

「おいらは小柄だしよ。でかい剣士に護ってもらいたい」

先手をうたれた龍馬は、あっさりと軍門に下った。

「勝先生、ご指導ください」と。

黙って聞いていたお龍は首をかしげ、龍馬の話をさえぎった。

「待っとくれやす。勤王派のはずやのに、幕臣に弟子入りするやなんて聞いたことがおへん。それに脱藩中にもかかわらず、平気で諸国を歩きまわってはるし」

「まっことおかしいのう」

「ご自分で笑うてたら世話はない。さ、話のつづきを」

「勝先生が言うには、列強のアジア侵略を防ぐには日本の海軍力強化が第一義じゃと。その進言を幕府も受け入れて、神戸に操練所が造られることになった。そして勝先生がその総指揮官となられた」

「では、龍馬さまは……」

「幕府海軍操練所の生徒らを指導する塾頭じゃ」

「信じられへん」

「土佐の荒波育ちじゃきに、ちゃんと操船術ぐらい心得とる。船を沖へ漕ぎ出して大クジラを釣ったこともある」

「ぜんぶ大ボラの作り話でしょ」

「ボラなどクジラが一呑みしちゃる」

「あははっ、お腹が痛い」

愉快すぎて笑いがとまらなかった。

斬ろうとした相手に言い負かされ、身辺を護る用心棒になったとは、いかにも龍馬らしかった。

男は愛嬌だと広言していた龍馬だが、勝海舟なる旗本はそれを上まわるしゃれた江戸っ子のようだ。

脱藩した罪人が幕府海軍の教官として取り立てられるはずもない。

しかし、龍馬ならそれが成せる気もする。

お龍は笑ってばかりもいられなかった。

（もし本当だとしたら……）

土佐勤王党に在籍する龍馬は、同志たちからみれば裏切り者と映るだろう。脱藩の罪で土佐藩から追尾され、また仲間たちからも命を狙われる。

お龍は表情をひきしめた。

「……大丈夫やろか」

「すべて順調に進んどるきに。操練所の年間予算は三千両。敷地も神戸の海岸べりに一万八千坪ほど下げ渡された。で、勝先生の別宅で女中が必要となったわけじゃ。話の帳尻はちゃんと合うとる」

「ほんまやったんどすね。龍馬さまと逢うてから、なんもかんも事がうまく運んで、自分の頬をつねりたくなる」

「言うたろ、お前《まん》のことはわしが守ると」

「おおきに。うちも龍馬さまを命がけで守りますよって」

「心強いのう。大坂天満の遊廓へ単身でのりこみ、ごろつきどもを蹴散らし、妹を救い出した女傑の後ろ盾があれば、この龍馬も恐いものなしじゃ」

「えっ、だれに聞かはったんどすか」

「光枝が自慢しとったきに。『うちの姉さまは女金太郎』じゃと。きっと赤い腹掛けがよう似合うじゃろう」

「また笑わせてからに」

お龍は、土佐っぽのぶ厚い胸をじゃれるように叩いた。

その手を握り、龍馬が笑みをくずさずに言った。

「そこでお前の身の振り方じゃが、伏見の船宿寺田屋であずかってもらうことにした。女将のお登勢《とせ》さんは、わしにとって姉代わりのようなお人。仮祝言を挙げたら、そちらへ身を移せ」

「仮祝言……」

「脱藩の身で、土佐の親戚は京都へ呼べんからのう。かたちだけでも挙式して花嫁衣装を着せてやりたい」

お龍は膝からくずれ落ちそうになった。

龍馬のやさしさは度をこえている。窮乏に耐えきれず、酌婦に身を落とした女を嫁にすると言ってくれたのだ。

「土佐の朋友の中岡慎太郎くんに仲人を頼んじょるきに」

茫洋とした見かけとちがい、なにかにつけて手回しがよかった。あきれるほど繊細で、女に対しても心配りができる。

男尊女卑の極まった封建社会において、龍馬は稀有《けう》な存在だった。

お龍は、茶簞笥《ちゃだんす》にしまっておいた銀かんざしを取り出した。

「もったいのうて、いちども使ったことがおへん」

「おう、以前渡したかんざしか。一対の龍が天空へ駆けのぼっちょるのう」

「そんな日が来るとは思うてなかったけど、もし龍馬さまの嫁になれる時があったなら髷《まげ》に飾ろうと……」

「いとしいやつめ」

龍馬が笑って抱きしめてくれた。

あまりに幸せすぎて、お龍は怖くなった。

「絶対に、絶対にうちを残して死なんといておくれやす」

龍馬の不在時、お龍は毎朝近くの石井神社の境内でお百度詣りをつづけている。夏の酷暑の日も、極寒の雪の日も参拝を欠かしたことはなかった。

願い事はただ一つ。

『龍馬の無事』であった。

第四章　暗殺の森

一

今夜もお座敷をしくじった。

下関の米問屋らが集まった宴席で、酔った客に話しぶりが鈍《のろ》いといって足蹴にされたのだ。

金払いの悪い客だったので、寝所への誘いをやんわりと断った。どうやら、それが男の怒りを誘発したようだ。

おうのは、芸一本で生活することの困難さを思い知らされた。

（……やはり三味線だけて食っていくのは）

並大抵のことではない。

色里をおとずれる客の大半は、遊女のからだ目当てである。

あさましい欲情に取り憑かれた男たちにとって、踊りや音曲などの至芸は何の価値もありはしない。

そのことは充分に承知している。

けれども、高杉晋作の残した言葉におうのは縛られていた。

「お主《んし》ァが可哀想でならん。心底惚れた」と。

江戸留学生として旅立つ直前、高杉はおうのを呼び寄せて心情を吐露した。

おうのもまた、初めて秘めた思いを高杉にぶつけた。

そのまま情に流されて一夜を共にした。

だが歓喜はなく、言い知れぬさびしさだけが肌に残った。しょせん相手は、甘やかされて育った上士の子息だった。

(場末の三味線芸者が……)

金銭以上のものを男に求めるのがまちがっているのだ。

紅灯が夜の港町をわびしく照らしている。お座敷帰りのおうのは、三味線を横抱きにしてだらだら坂を下っていった。

胸に巣くう諦観は重くなるばかりだった。

つい先日。芸者仲間の梅子から思いがけない話を聞かされた。何の悪気もなく語られた内容が、ぐさりと胸をえぐった。

「伊藤俊輔さんから聞いたんじゃけど、江戸から急きょ帰郷なされた高杉さまが、今年の正月に萩一番の美人を嫁にもらわれたンよ。お相手は、あんたもよう知っちょるらやましいね」

井上平右衛門さまの次女なんじゃて。毛並みも家柄もぴったりのお二人。ごっぽうう

「そうじゃね。うらやましいね」

おうのは、作り笑顔で梅子の言葉をなぞるしかなかった。

山口町奉行の井上とは何度か白石正一郎の宴席で顔を合わしたことがあった。家格も高く、上品で穏やかな人物だった。

上士の両家は、共にふさわしい相手をえらんだ。

そして高杉家嫡男の晋作は、それに従っただけのことであろう。

(派手な言動の高杉さまは……)

長州の奔馬などではなかった。

家を守ろうとするただの孝行息子だったのだ。

思い返せば、おうのへの接し方も微妙であった。

詩才に長じた若者は、思わせぶりなせりふを駆使して玄人女の真心をひきだし、一人で悦に入っていたのかもしれない。

(……それならそれでいい)

三月《みつき》もすれば、忘れ去る出来事だとおうのは思った。

年端のいかぬ女童のころは、もっとつらいことがあった。家に食べる物がなく、母

親に手を引かれて下関の町を物乞いをして歩いた日々にくらべれば、色恋ざたなど贅沢な悩みだろう。

　切ない思い出にひたりながら、おうのは海岸べりの商家通りをのろのろと歩いていた。

　廻船問屋の『薩摩屋』の前を通りかかったとき、店の主人の白石正一郎と玄関先で出くわした。

「あ、大旦那さま……」

「奇遇だと言いたいが、海辺の一本道だし出逢うのは当然じゃな。ちょうど帳簿付けを終えて、坂上の自宅へ帰ろうとしておった」

「お仕事、ご苦労さまです」

「よければ、ちょっと話に付き合ってくれないか」

「……はい」

　一拍遅れておうのは首を縦にふった。

　酔客にからまれて疲れ切っていたが、いつもひいきにしてくれている豪商の誘いを断るわけにはいかない。

　正一郎の背に付いて店内へと入り、そのまま帳場口で対座した。

　篤志家としても名高い大商人が、神妙な顔つきで言った。

「すでに聞いているかもしれぬが、高杉さまが妻をめとられた」

「ごひいき筋の井上さまの娘御ですね」

「知っているのなら話が早い。高杉さまが江戸留学を切りあげて萩へもどったのは、嫁取りが目的ではなく、藩のお偉方が吉田松陰門下生の暴走を食い止めるための処置だったのじゃ」

「……たしか松陰先生は、国事犯としてお江戸で刑死なされたと」

「その処刑直前に、高杉さまは藩から帰国を命じられた。松陰さまの死の悲報が耳に入ったのは京都に着いたときだったとか」

「でも何故……」

　おうのは腑に落ちなかった。

　恩師の刑死と、めでたい婚儀がどうしても結びつかない。

「おうのさんの言いたいことはわかる。あれほどの熱血漢が、唯々諾々と萩へもどり、どうして親の勧める結婚を受け入れたのか。たぶん親の立場とすれば、危険思想に染まった嫡男に嫁をあてがい、家庭に落ちつかせようとしたのだろうな。嫁入りした雅子どのは才色兼備じゃし、きっと良妻になられよう」

「どちらも親孝行でなによりです」

「だが、それにしても高杉さまらしくもない。私としたことが、少し買いかぶっていたようじゃ」

「……大旦那さまのお目は確かです」

おうのは、あたりさわりのない返事に終始した。

しかし、それが逆に皮肉っぽく聞こえたらしい。

正一郎が弁明じみた声調になった。

「高杉さまには、何か秘策があるにちがいない」

「……詩人になりたいとかおっしゃってましたよ。あンお方にゃそのほうが似合うちょる」

魂のこもらない声でおうのは応じた。

高杉とおうのを結びつけたのは、当の白石正一郎だった。これ以上、楽観的な感想など聞きたくもなかった。

三味線芸者の澱んだ心中を見抜けず、正一郎が話をつづけた。

「尊皇攘夷の大義をつらぬき、松陰先生は一命を投げ出された。享年三十じゃった。処刑を前にして、江戸伝馬町の牢獄で『留魂録《りゅうこんろく》』なる遺言書をしたため、冒頭の辞世の一首にはこう記されておった。『身はたとひ武蔵の野辺に朽ちぬとも留め置かまし大和魂』と」

同じ尊攘思想を有する白石正一郎は、はらはらと男泣きした。

おうのも顔を伏せたが、涙などあふれてはこなかった。

商人は金を出しても、命までは投げ出さない。

若くして散った吉田松陰を惜しみ、辞世の歌に共感する下関の豪商に、志士としての限界を見た気がした。

それよりも、恩師が無惨な死を遂げたのに、江戸へは戻らず、のうのうと萩で祝言を挙げた高杉の気持ちが理解できなかった。

(反り返って声高に思想信条を口にする男など、やはり……)

信用するに足りないと思った。

だれよりも弱者に目配りができる篤志家の正一郎でさえ、おうのに因果を含めようとしていた。

「わしが思うに、高杉さまは父小忠太どのの配慮を受け入れ、長州藩一番家老への道を選んだのではなかろうかのう。藩の実権を握れば、討幕の道も早まるしな。おうのさん、もしこれからも家庭持ちの高杉さまと付き合うのなら、そのことを御承知の上で」

「いいえ。もう二度と高杉さまとは逢いません」

おうのは即答した。

いつも一拍遅れる返答が、すらりと口にでた。

じっさい、おうのの肌を通り過ぎた男は幾人もいる。どれも金がらみで、情愛のかけらもなかった。

高杉晋作も、そうした行きずりの男の一人にすぎないのだ。

下層であえぐ置屋暮らしの女を、『可哀想でならん』と言った詩人きどりの若者は、吉田松陰のような本物の義士ではなく、遊里通いのありきたりな蕩児だったようだ。

翌日の昼下がり。下関の置屋へ貧相な足軽が駆けこんできた。

妹芸者の小染が、上がりがまちで応対した。話しぶりがだれよりも流暢なので、おうのは訪問者を特定できた。

ほどなく、廊下奥にある個室の襖がそっと押しひらかれた。

一人で花札遊びをしていたおうのは、ふり向きもせず、ぼんやりとした声調で言った。

「伊藤俊輔さんじゃね。どうぞ中へ」

「では、遠慮なく」

入室した伊藤は、きょろきょろとあたりを見まわした。

置屋のせまい三畳間が、おうのが遠慮なく手足をのばせる空間である。所有物は着物と三味線だけなので、それだけの広さがあれば充分だった。

伊藤が感心したように言った。

「おうのさん、意外に小さな部屋で暮らしちょるんじゃね」

「梅子さんのおる『いろは』では、子飼いの芸者衆が住んどる部屋は四畳半もあるンよ。女将さんがやさしい人じゃし」

「僕は金を持っちょらんので、やさしい女将もたちまち鬼将に変身じゃ。いっぺんも部屋へ入れてもろうたことがない」

「大丈夫。伊藤さんと添えるなら、どんな暮らしでもかまわないと梅子さんが言うちょった」

「梅子が相談にのってもろうたそうで、ありがたく思うちょる」

「伊藤さんにゃ独自の気づかいがある。おなごにもやさしいし、梅子さんは幸せ者じゃね」

「なにが起ころうと、かならず梅子を落籍《ひか》して嫁にする」

「うちが証人じゃけぇ、約束をたがえたらゆるさんよ」

「いつもおとなしいおうのさんに、そんな風に睨みつけられたら怖いでよ。これからも浮気はするじゃろうが、正妻の座には梅子をすえるけぇ」

　おどけた仕草で、自分の頭をぽんと右手で叩いてみせた。

　座をなごます話術は特等だった。

「そねぇなことより、なンね、今日の用事は」

花札を並べながら、おうのは興味なげに問いかけた。

伊藤が札をのぞきこんだ。

「おっ、花札の吉凶占いですか」

「札が一組もそろわんちゃ。大凶じゃね」

「どっこい占いは大外れ。宝船が入港したけぇな」

「……宝船って」

「高杉さんの乗った洋式軍艦の丙辰丸《へいしんまる》が、ついさっき下関埠頭に横着けされたんですちゃ。四月十三日に船出した実習船は、萩から馬関海峡を抜けて瀬戸内海へと入り、紀伊半島を横切って江戸へむかうそうです。航海術の習得を名目に、高杉さんも乗船しちょる。その途中、下関に寄港したというわけじゃ」

菜種油でうがいをしたような、なめらかな口調だった。

おうのは、視線も合わさずに言った。

「うちとは何の関係もない話じゃね」

「やはり怒っとられますな、おうのさん」

「だれとだれが祝言を挙げようが、他人さまの出来事じゃやし」

「まずは聞いてつかァさい。高杉さんには一つだけ弱点があるんじゃ。老父を悲しませることが何よりも苦手で、今回の婚儀も断りきれんかった。じゃが、亡き松陰先生の無念を忘れたわけじゃない。実習船の丙辰丸は江戸にも立ち寄る。きっと下船して、恩師の仇討ちを果たすはずです」

「そうじゃろうか。たぶん埋葬地に行って、恩師を偲ぶ詩など記すのでは」

手の中で花札をそろえながら、おうのは伊藤の言葉をやんわりと否定した。

志士たちは、いまなお高杉の決起を信じているらしい。だが、おうのが見知っているのは、女の膝枕でくつろぐ蕩児の姿だった。

弁論術に長けた伊藤が、ぐっと膝をのりだした。

「なら、はっきりと言います。高杉さんがあんたを想う気持ちは本物じゃ。その証拠に、高杉さんは艦長の松島剛蔵《まつしまごうぞう》さまにかけあって、むりに下関港で実習船を停泊させたんじゃから。おうのさんに逢いたい一心で」

おうのは、一拍遅れて切り返した。

「……気持ちが本物なら、雅子さまと祝言など挙げんちゃ。それにご本人は姿をあらわさんし、伊藤さんは使い走りなんじゃろ」

「そう、僕はあごで使われちょる。高杉さんからの言伝《ことづて》は、今までどおり、三味線の師匠と弟子の関係を続けたいと」

「お断りいたします。苦労人の伊藤さんなら、その訳はわかるはず」

即座に突っぱねた。

高杉の提案は虫が良すぎる。

言葉を換えれば、おうのを妾として囲おうとしていた。男尊女卑の迷妄から抜けきらない上士の息子は、二人の女を裏切ったのだ。

（惚れた男に妾あつかいされるぐらいなら……）

売女《ばいた》に徹し、多くの男たちに金で買われたほうがましだ。

おうのは、一人の女として最後の意地をみせた。

得心したように伊藤がうなずいた。

「すまんかったのう。周旋屋の僕も、一途なおうのさんを言いくるめることはできん。丙辰丸は夕刻にゃ出港するけぇな。それだけは伝えちょく」

軽く一礼し、伊藤は部屋から出ていった。

独り残されたおうのは、もういちど花札を切って運勢を占ってみた。

やはり次も凶札ばかりがならんだ。

（……これが自分の背負った宿命なのだ）

妙に安堵し、おうのは三畳間に寝転がって大の字になった。

遠く近くカモメの鳴く声がする。

おうのは、うたた寝から覚めた。垣間見た夢の中では、花嫁衣装に身を包んだ自分がいた。しかし、そばに連れ添う新郎の姿がなく、遠ざかる男の影を必死になって追っていた。

おうのは三畳間に半身を起こした。

身内に湧きあがる激しい恋情を抑えきれなくなった。

「……逢う」

口に出して言った。

逢って、もういちど高杉の心情をじかに確かめたい。

おうのは手早く着衣し、置屋から走り出た。

だが、すでに陽は落ちかけている。下関の港湾へ目をやると、ひときわ巨大な洋式軍艦が埠頭から離れていくのが見えた。

おうのは、海辺の一本道でがっくりと両膝をついた。

（……二人の縁は完全に切れた）

諦観が指先にまでしみわたる。

これでいいと思った。

心は冷え切っているのに、とめどなく熱い涙がこぼれ落ちた。

二

比叡山麓に端を発する白川の流れは、花崗岩を切り崩して運び、川底を清冽な白砂で埋めてつくしている。そして濁りのない白さゆえに、すくいあげられた砂は枯山水の名園などに使われてきた。

白川の流れをさかのぼり、知恩院の近くまで来ると、友禅洗いをする職人たちの姿が見うけられる。清流はいったん朱や藍に色変わりするが、一町もいかぬ間に元の白さをとりもどす。

幾松は、男衆の甚助と連れだって白川べりを歩いていた。

一歩前を行く甚助が、桜並木の落花の下で立ちどまった。ふりむいた目は、いつになく険しかった。

「お別れや、まつ子」

「えっ、何を言いだすのン。こんな所へ呼び出して」

「思い出の場所や。夏場には、よう二人でここへ来て川の中ではしゃいどったな」

「あとで、吉田屋の女将さんにたんと叱られたけど」

「……楽しかったな、あのころは」

甚助が遠くを見る目になった。たがいに寝食を共にし、暗い置屋の布団部屋で十代を過ごしてきたのだ。

しかし、幾松は往事を懐かしむ気にはなれない。

「楽しいことなんか、何もなかったやないの。食事も日にいっぺんだけやったし。甚ちゃんは朝から晩まで働かされて、しもやけがひどかった」

「なんともなかった。出石の田舎から出稼ぎにきた小僧っ子に、住む場所をあたえてもろただけでも感謝してる。それに、いつもそばにまつ子もおったしな」

「うちも甚ちゃんと一緒なので心強かった」

「そやけど、もう潮時や」

「見世をやめるのんか」

「女将さんに言われてん。芸妓幾松のもとを離れて、ほかの芸者衆に付けと。阿呆くそうて、やってられへん。今月いっぱいで吉田屋を退くことにした」

「ごめんな、甚ちゃん。最近うちが体をこわしてお座敷にも出ぇへんし、女将さんの怒りの矛先がそっちにむいたんやろ」

幾松の言葉を聞いて、甚助が頭《かぶり》をふった。

「体調が悪いことなんかあらへんやろ。前よりずっと顔色も良さそうやし、いっそう元気になってるがな」

「ま、そうやけど……」

幾松は目を伏せた。

男衆は、芸妓の影法師であった。いつもそばから離れず、本体の動向をしっかりと見守っているのだ。

桂小五郎と再会できたのは、甚助の助力によるものだった。

折良く小五郎が京都の長州藩邸詰めとなったので、木屋町の別宅へも通ってくるようになった。

そのためお座敷を断り、幾松はいつ来るともしれない勤王の志士を待つ日々を送っている。

小五郎と枕を交わすうちに、情愛は一段と深まった。

若い肌が艶めき、そのくせどこかしら心身がけだるかった。水底に溶けていくような陶酔感。男と契る愉悦を初めて知らされた。

幾松は、十四歳の春に老商に水揚げされている。

(否応なく、つぼみのまま散らした花も……)

季節が至れば、あざやかによみがえる。

そうした機微を、男衆の甚助は読み取っているらしい。

兄がわりの甚助が、幾松のもとを去る決心を固めたのは、庇護者としての立場を放棄したとしか考えられなかった。

　頑固者の甚助が、自分の言葉をひるがえすことはないだろう。

　幾松はそっと聞いた。

「……甚ちゃん、行く所はあるのン」

「引く手あまたや。新京極の小さな荒物屋から、入り婿の話がきとる。わしの実家が、出石で同じ荒物屋をしてると知って、声をかけられたんや。おへちゃな家付き娘と所帯を持つことにした」

「ほんとにそれでええのか」

「ええもなにも、わしの役目は終わっとるがな。これからまつ子を守ってくれるのは、神道無念流の剣豪やしな」

「あの桂さまが剣豪……」

　初耳だった。

　小五郎が、自分の剣技を誇ったことは一度もない。

（以前、洛中警護の会津藩士たちと斬り合ったときも……）

　相手に軽傷をあたえた後、すぐに現場から逃げ去った。

　捕食されるがわの小動物のごとく、小五郎はいつも警戒《もさ》をおこたらなかった。だが地獄耳の甚助が仕入れた情報は、まったく正反対の猛者ぶりだった。

「凄いお人やで。江戸三大道場の一つ、練兵館の塾頭やし、藩対抗の試合では十人抜きして息もみださなかったとか。わしなんかより、ずっと頼りになる」

「そんな言い方せんといて。ほんとに困ったとき、最後にすがれるのは甚ちゃんしかいてへんし」

「おおきに。その言葉だけで充分や」

「わかった、甚ちゃん。落ちついたら、新京極の店に会いに行く」

これを永遠の別れにしたくなかった。

しかし、甚助の決意はゆるがない。

「あかん。ぜったいに来るなよ。京都随一の名妓が荒物屋に顔をのぞかせたら、おへちゃな嫁はんが悋気《りんき》しよる」

別れの愁嘆場を笑いでごまかし、廣戸屋甚助はさっと背をむけた。

呼びかけることもできず、幾松は遠ざかる人影をいつまでも見送っていた。

翌朝、最良の男衆が三本木から姿を消した。

幾松は、芸妓としての後ろ盾を失ってしまった。三味線や小物の持ち運びだけでなく、ろくに衣装合わせもできなくなった。

名妓あっての花街である。

あれほど大事にしてきたお座敷も休みがちになり、たちまち新興地の三本木の賑わいは薄れていった。

木屋町の自宅で、幾松はひたすら小五郎を待ちつづけた。

朝廷との折衝役を受け持つ小五郎は重大な任務をおびている。連日忙しく立ち働き、逢いに来るのは月に一、二度だった。

幾松も、京洛の政情を小五郎から少しは聞きかじっていた。

公卿の中には佐幕派も混じっているので、めったに隙はみせられない。言動を誤れば、すぐさま暗殺の標的となってしまう。

現に、浪士狩りで辣腕をふるった島田左近も、関白九条家の臣下であるにも関わらず、薩摩の田中新兵衛に斬殺された。

都で暮らすかぎり、だれも凶刃をまぬがれない。

井伊大老暗殺後、勢力図は尊皇一色に塗り替えられた。佐幕派の千種有文《ちぐさありふみ》卿は和宮《かずのみや》降嫁《こうか》に尽力したことで付け狙われ、家来の賀川肇《かがわはじめ》がなぶり殺しにされた。

賀川の死体は首と両腕が切断され、首は将軍後見職の一橋慶喜の宿舎へと投げこまれた。腕は千種卿と岩倉卿の屋敷に一本ずつ届けられたという。

岩倉具視《いわくらともみ》も、公武合体を推し進めた公卿の一人だった。

他人事のように小五郎は話したが、暗殺犯と目されているのは尊攘派の長州藩にほかならない。

そして手だれの刺客たちに暗殺命令を下せるのは、まぎれもなく長州藩最高幹部の桂小五郎だった。

いつも受け身な好男子が、そんな謀略を主導するとはとうてい思えなかった。幾松は正体の知れぬ男を信じるしかなかった。

（……やはり源氏名には言霊が宿るらしい）

あまりに待たされすぎて、そんな思いにかられることもあった。

初代から引き継いだ『幾松』の名は、皮肉にも『幾夜待つ』に通じる。不幸な芸妓の境涯を示す源氏名など、一日も早く捨て去りたかった。

兄妹のように暮らしてきた甚助が去り、情夫と言われている小五郎とも会えない。木屋町に足しげく通ってくるのは山科屋徳兵衛だけだった。

若い情夫の存在を知った老商は、いっそう未練心にとらわれたらしい。都でも知られた上品な趣味人は、分別をなくして木屋町界隈を徘徊するようになっていた。

そして、今日もまた徳兵衛がやってきた。

表戸を固く閉めていたが、しつこく声をかけてくる。

「おるんやろ。開けてくれ、幾松。ちゃんと話をつけよう」

「……旦さん。ほんまに、これが最後どっせ」

幾松は根負けして心張り棒を外した。

よろけながら入ってきた徳兵衛が、身も世もなく幾松の足首へすがりついた。

「わしが悪かった。かんにんしてくれ」

「離しとくれやす」

老商の手を邪険にふりはらった。

少しふれられただけでも虫酸が走る。こんな醜悪な老人の囲い者になっていたことが、自分でも信じられない。

畳に坐りなおした徳兵衛が、おもむろに懐から書類をとりだした。

身請けの証文を突きつけて脅すのだろうと思った。だが幾松に手渡されたのは、山科屋が有する家財産の権利書だった。

「ぜんぶお前の物や。幾松、黙って受けとってくれ」

「何を言うてはるのか、ようわかりまへん」

「武家娘に妾奉公させ、ふんぞりかえっていたわしが悪い。古女房の三回忌も済ませたし、正妻として迎えたいと思うてる」

「旦さん、そんなことしたら世間の笑いものになりまっせ」

年下の幾松が諭すと、老商が悔しげな面相で居直った。

「とっくにあざ笑われてる。『寝取られ徳兵衛』とか言われてな」

「ほんなら、すべて知ってはるんどすね」

「知らいでか。名妓幾松と長州の若侍の恋模様は花街でも有名や。おかげで、わしが都で長年かけて積み上げてきた名声も地に落ちた。そやから、意地でも負けられへんねん。商人がお侍に勝てるのは金銭だけ。山科屋の身代はすべてお前にゆずるから、どうかわしの女房になってくれ」

この期におよんで、まだ金で女を縛ろうとする老人が憎らしかった。

身請けの恩義は、幼い身体で返した。

男女の真の性愛を知ったいまは、徳兵衛のそばで同じ空気を吸うのも嫌だった。

幾松は、老残の商人にきつい言葉を浴びせた。

「旦さんからさずかった物は、ぜんぶお返しします。月末にはこの家を出て、もとのように置屋で暮らしますよって。二度と顔を見せんといてほしい」

「幾松、そこまで言うか」

「もし、それでも旦さんの気持ちがおさまらへんのやったら……」

幾松は、台所から菜切り包丁を持ち出して畳の上に置いた。

一瞬、徳兵衛の腰がひけた。

「……まさか、わしを」

「いいえ。この場でうちを殺してください。その覚悟がないのやったら、すぐにここから出ていって」

「よしっ、殺《や》ったる」

目を血走らせた徳兵衛が、菜切り包丁を手にとった。

幾松は平然と端座していた。

我慢と信用で財を築いてきた商人に、女殺しの大罪を犯す度胸などない。

老商はすぐに刃物を捨てた。

そして、憑きものが剝がれ落ちたように淡々と語りだした。

「幾松、お前は思った以上の女やったな。わずか五、六年の仲やったけど、一緒におれたことを誇りに思う。わしも充分に満たされた。もちろんこの家や衣装はお前のものや。月々の送金もつづける。京の商人としての見栄もあるよって、それだけはさせてくれ」

妄執を捨てた山科屋徳兵衛は、いつもの温顔をとりもどしていた。

幾松は表情をゆるめず、「お世話になりました」とだけこたえた。

置屋がらみの後始末は、ちゃんと徳兵衛がつけてくれた。おかげで、幾松はだれにも束縛されない身の上となった。

木屋町は志士の聖地ともいえる。

(何かに導かれるように……)

幾松はそこに住み着いた。

場所がちがっていたら、小五郎とも結ばれなかった気がする。

高瀬川の掘削にともない、川沿いに長くのびた新しい町なので、地代も安かった。薩摩や長州、土佐の藩邸などが次々と建てられ、反幕府勢力の一大拠点となりつつあった。

だが昨年夏、長州藩は御所守衛の任を解かれてしまった。

長州の突出を嫌った薩摩が、なんと佐幕一辺倒の会津と『薩会同盟』を結び、御所を護る長州軍を京から追い払ったのだ。

薩摩の西郷吉之助が、朝廷に働きかけて勅令を発布したという。

孝明帝の勅令に逆らえば、文字どおり逆賊の烙印を押されてしまう。八月十八日の政変に破れた長州は、七人の尊皇派公卿と共に都落ちした。

長州びいきの京都人は、これを『七卿落ち』と呼んで、西下した公卿たちの行く末を案じた。

しかし最高幹部の桂小五郎は、藩邸勤務の特権によって京の都に居残った。

(二条の長州藩邸にいるかぎり……)

治外法権の御定法によって小五郎の身は守られる。

幾松にとって、それが唯一の救いだった。

年が明けて葉桜の季節となったころ、噂に高い長州の俊英が木屋町筋に姿をあらわした。

吉田松陰の遺志を受け継ぐ久坂玄瑞である。

山口政事堂から密命をうけて入京した久坂は、小五郎の隠れ家ともいえる幾松の居宅を訪ねてきた。木屋町の裏通りにあるので、二人の密談場所として好都合だったようだ。

玄関口で久坂を出迎えた幾松は目を見張った。

評判以上の美男子だった。

「お待ちしてました、久坂さま。せまい家どすけど、どうぞ奥へ」

「では、失礼します」

「桂さまは奥座敷で待ってはります。まさかのときは裏戸をあけると、二条河原に出られますよってに」

「さすが守りのかたい桂さんですね。お茶などはけっこうですので、お構いなく」

他藩の者にくらべ、長州藩士たちは洗練されている。

久坂の言動には、心地好いめりはりがあった。

（……さすが尊攘派の指導者だ）

幾松は、長州の人材の豊富さに舌を巻いた。

高杉晋作とも一度お座敷で逢ったことがある。芸妓の三味線を借りて、あざやかな弾き語りを披露した。旦那芸ではなく、玄人はだしの腕前だった。

（それにくらべ、関東の幕臣たちは……）

宴席で詩を強吟《ごうぎん》するくらいしか芸がなかった。

野暮の骨頂であった。

京女から見れば、関東者など軽薄な田舎者にすぎない。祇園の芸妓たちが、長州藩士らに入れあげるのは当然の成り行きだった。

縦長のせまい家屋なので、男たちの熱い議論が洩れ聞こえる。

久坂の論調は激しかった。

「遊撃隊総監の来島又兵衛《きじままたべえ》さんも、十数名の精鋭を引き連れて上京してきちょります。京都の実権を奪い返すには、議論ではなく開戦あるのみだと。国許の長州は暴発寸前です」

「久坂くん、あなた個人の意見はどうなのだ」

例によって、小五郎が冷めた声調で応じていた。

「時期尚早と見えますが、それではいつまで待っても御所奪取は果たせない」

「では、京都進発論に同調すると」

「来島さんのなだめ役として同行しましたが、京の政情は一刻の猶予もありません。このままでは薩摩の西郷が、長州をさしおいて討幕の主導権を握ってしまいます。その対抗策として、若い長州兵らを徴集して一気に洛中へと攻め入り、『薩会同盟』を結んだ両藩を叩き潰すほかはない」

「それは危険な賭けだ。藩主毛利敬親さまがお許しにはならんじゃろう」

「世子の定広さまは進発論に興味を示されてます。新たな展望がひらけるのなら、みずから軍勢をひきいて入京してもよいと。二条城にいる将軍家茂を威嚇し、また朝廷にも長州の立場をのべて信頼を回復したいと。もし薩摩と会津が妨害するなら、定広さまは一戦交える覚悟です」

「同じ松陰門下の高杉くんはどう言うちょる」

「上士という微妙な立場なので、腰を上げようとせんのですよ。しびれを切らした来島さんなどは、『お主ァ二百石の家禄を捨てきれんのか』と怒鳴りつける有様で。満座の中で恥をかかされた高杉は怒って席を立ち、そのまま脱藩して行方知れずです」

「いかにも高杉くんらしいな。僕も耳が痛いよ」

　小五郎が、聞き取れないほどの小声で言った。

　松陰の後継者とされる久坂の立場は、高杉とちがって明快だった。

「藩邸の総責任者である桂さんが、京都進攻の下準備をしてくださるなら、いつでも五千の兵をひきいて上京できます。それを武力討幕の足がかりとし、朝廷からも『徳川討伐』の勅令をもらい受け、西国の尊皇諸藩を結集して江戸へ攻めこみましょう」

「他藩は抑えられるとしても、同じ尊皇派の薩摩を打ち倒すのは容易ではないじゃろう。西郷は汚い策士だし、何をしでかすかわかりゃせん。それに薩長が争えば、幕府の思うつぼだ」

聞き耳を立てていた幾松は、小五郎の弁が正しいと思った。

京において薩摩の力はずば抜けている。訓練された洋式鉄砲隊の実力は、長州を遙かに上まわっていた。

洛中警護の会津藩士だけでなく、壬生に駐屯する新撰組の連中も、薩摩藩士に出逢うと道をゆずった。

『壬生浪《みぶろ》』、もしくは『壬生狼《みぶろう》』とさげすまれている武闘集団は、十四代将軍徳川家茂の入京に合わせて徴募された江戸のならず者たちだった。

幾松から見れば、命知らずの狂暴な傭兵軍団である。

花街の噂では、会津藩から多額の給金を下げ渡されているので、金まわりがいいらしい。かれらは祇園を避け、場末の島原遊廓で散財していた。

局長の近藤勇と、副長の土方歳三は天領の多摩出身だという。百姓身分だが、将軍家への忠誠心は高いようだ。

近藤は天然理心流の道場主であった。

新撰組隊士の大半は、近藤の弟子たちである。実戦的な田舎剣法で、夜ごと洛中に血の雨を降らせていた。

とくに新撰組一番隊長の沖田総司は危険人物だった。

出自は白河藩の武士階級だと言われている。天然理心流の後継者とされ、若年ながら隊内では副長に次ぐ地位にあった。

幾松も、何度か巡察中の一番隊長を物陰から見かけた。

きゃしゃな体つきで、表情もやさしかった。通りで子供を見つけると、笑顔で近寄ってじゃれ合っていた。

どこに強さを秘めているのかわからなかった。

それは小五郎も同じである。江戸で鳴らした剣豪らしいが、まったく武張ったところがない。

一方の沖田も自然体だった。決め技の強烈な三段突きを放ち、多くの志士たちが刺殺された。いつも警戒を怠らない小五郎は、沖田の突き技を恐れてか、新撰組が巡回する地域にはけっして出向かなかった。

奥座敷での密談は長びいた。

切れ者の久坂はぬかりがなかった。独力で藩論をまとめあげ、長州藩の世子まで抱きこんでいた。

この場で桂小五郎が賛同すれば、長州の京都進発は決行される段階にまできているようだった。

だが小五郎は決断しきれない。

けっして反対とは口にしないが、にえきらない態度に終始した。

久坂も先輩の性癖を知っているらしい。

「では、一晩ほど熟考してください。いいですね、明日は来島さんを連れてきます。その時にきちんと返事をいただきますので」

強めの口調で言って、久坂がすっと席を立った。

年配者に対する礼儀は忘れてはいないが、迷いぐせのある小五郎の性根をあきらかに見切っていた。

玄関口で久坂を見送った幾松は、やっと思い知った。

（いまの長州を牽引しているのは……）

桂小五郎ではなく、弱冠二十四歳の久坂玄瑞なのだと。

奥座敷にもどると、小五郎が旅支度をしていた。

「そんなにあわてて、いったい何してはりますのン」

「論戦に強い久坂くんと、剛情な来島さんに囲まれたら、『京都進発』をのまされてしまう。しばらく身を潜める。来客があれば急用で江戸へ旅立ったとでも言ってくれ」

「わかりました」

短くこたえ、幾松は小五郎の旅装を手伝った。

武士らしくない逃げぐせを、けっして卑怯だとは思わない。仲間たちに何と言われようと、生きのびてくれることが大切だった。

例によって、小五郎は裏口から出ていった。幾松に別れの言葉も残さず、「薩摩の西郷が憎い」とつぶやいていた。

結局、久坂の謀った洛中突入案は先送りとなった。

二条城に滞在していた徳川家茂が、持病の脚気が悪化して江戸へ帰東したのだ。長州は狙い撃つ標的をなくしてしまった。

また京都長州藩邸の最高責任者が雲隠れしてしまい、戦の下準備ができなくなったのも素因の一つだった。

小五郎は、またも逃げ切った。

三

幼妻の文は来客の対応に追われていた。

藩内が『京都進発論』で沸きかえり、軽輩たちが久坂玄瑞のもとへ集まってきていた。大半は萩の卒族だが、長州の正規藩士も混じっている。

身分に関わりなく、かれらの闘志は燃え盛っていた。

いわば、全員が討幕戦の志願兵だった。

（……ついに亡兄の遺志は長州全土に伝わった）

文は小躍りするほど嬉しかった。

吉田松陰が教導したのは、松下村塾の塾生たちだけはない。兵学指南役として藩校明倫館でも教鞭をとっていたので、弟子の総数は千人をこえている。

師松陰の刑死に涙し、仇討ちを誓った者は塾生以外にも大勢いたようだ。

久坂の留守中、文は志願兵たちを自宅に招き入れて温かくもてなした。長州の若き指導者は、山口政事堂に出向くことが多く、文は夫と語り合う時間さえ持てなかった。

久坂玄瑞の声望は高まっている。

一年前、久坂は藩主敬親から学習院御用係に任じられた。京の学習院とは、公卿の子弟らの学問所であった。そこへ出仕することで、久坂は反幕府派の公卿たちと親密になり、朝廷内部へ密接な関わりを持った。

同志の真木和泉《まきいずみ》が、久留米藩を脱藩後に捕縛されたと聞いて迅速に動きだした。傍観すれば、真木を首領とする大勢の志士たちが処刑されてしまう。

久坂は御用係の職権を最大限に利用した。有力公卿たちを動かし、久留米藩にゆさぶりをかけたのである。

なんと帝の勅諚《ちょくじょう》まで手に入れ、中山忠光《なかやまただみつ》卿から直接に久留米藩主へ受けとらせようと図った。

恐懼した藩主は、真木和泉ほか二十七名を釈放して京へと送りとどけた。

志士たちの救出を独力で成し遂げた久坂玄瑞は、一躍尊皇派の巨魁として名をとどろかせた。

故吉田松陰の義弟という立場も有利に働いた。

長州の悲願である武力討幕を果たせる者は、上士の桂小五郎や高杉晋作ではなかった。

衆目の一致するところ、久坂玄瑞こそが真の英傑であった。

立場が人を変えるらしい。

『久坂待望論』が志士たちのあいだで広まっている。

文も夫の変貌ぶりに驚いている。

藩の重役たちと五分に渡り合い、毎日のように進言書を書き上げて藩主敬親へ提出していた。人の心を打つ美文なので、裁可されることもしばしばだった。

内容も、しだいに過激になっていった。

藩主も久坂には甘かった。

毛利敬親は、久坂の義兄にあたる吉田松陰を、むざむざ幕府へ渡したことを後悔していたようだ。

(夫はだんだん兄さまに似てきた……)

そのことが心配だった。

兄寅次郎と同じように、いずれ歯止めが利かなくなるのではないかと思われた。

久坂の影響下にある藩内の若者たちの怒りは、長州沿岸を航行する外国船にむけられた。

先年の五月十一日未明、下関の砲台が火を吹いた。眼下の馬関海峡を通航する米国商船ペンブローク号を砲撃したのである。

予告なしの砲撃はつづき、不意打ちされたフランスやオランダの艦船は外洋へと逃げ去った。

長州人らは勝鬨《かちどき》を挙げた。夷狄《いてき》嫌いの孝明天皇の意をくみとり、『外国船撃ち払い』を見事に長州一藩で成し遂げたのだ。

しかし、それはつかの間の勝利だった。

このあと長州を次々と襲う大災厄を、予測した者はだれもいなかった。

明敏な久坂でさえ、危うい先行きを読み切れてはいない。

物事を楽観視するところまで、師松陰に似てきていた。白面の久坂の言動は尖鋭化するばかりだった。

そして、まがまがしい暗雲が夏の京都に立ちこめた。

祇園宵山で賑わう洛中で、三十数人の西国志士たちが皆殺しにされたのである。

この惨劇は三日後に萩へと伝わった。京都の長州藩邸から早馬が到着し、事件の詳細がわかった。

早朝。杉家の母屋にいた久坂のもとへ、伝令の若者が走りこんできた。

「大変じゃ、三条小橋脇の池田屋で吉田稔麿《よしだとしまろ》さんが闘死されました。ほかにも肥後《ひご》の宮部鼎蔵《みやべていぞう》先生も自刃されたとか」

「だれに殺《や》られたんじゃ！」

朝餉の膳をひっくり返して久坂が叫んだ。

そばにいた文も立ち上がり、夫の愛刀を取りに奥の間へと走った。

顔見知りの若者が、悔し泣きしながら報告した。

「襲ったのは新撰組の連中ですちゃ」

「くそっ、壬生《みぶ》の外道《げどう》めが……」

久坂は激昂し、愛刀の柄を握りしめた。

伝令の話は、斬り死にした吉田稔麿の激闘から始まった。

「宵山の夜、二条の長州藩邸へ稔麿さんが駆けこんできたんです。返り血を浴びて鬼神のごとくじゃった……」

吉田稔麿は松門四天王の一人で、その積極果敢な働きぶりを恩師松陰は高く評価していた。

松陰は稔麿に対し、「今の君は小さな苗だ。精進すれば、かならずや黄金色の実をつけるだろう。勉学に励めば逸することは無い。なので、これからは『無逸』と呼ぼう」と述べた。

だが藩内には越えられない身分差があった。足軽だった稔麿は、姓を名のることさえゆるされなかった。

国事犯の松陰は受け身ではない。

いつの場合も、みずから渦中へとびこんだ。

ひそかに『幕閣暗殺』の計画を推し進め、尊攘派の梅田雲浜《うめだうんぴん》を萩に呼び寄せて襲撃計画を練っていた。

その秘事が幕府の耳に入り、松陰の刑死を決定づけたのだ。

師の大罪を弁護した塾生たちも自宅謹慎となった。士分の者は早々にゆるされたが、足軽の稔麿だけ謹慎処分が解けなかった。

やがて井伊大老が桜田門外で横死し、藩内では親幕派が力を失って尊攘派が勢いづいた。

稔麿も久坂の後援をうけて免罪され、晴れて士分となった。そして師と同じ吉田姓を自称した。

「……僕が稔麿を死なせてしもうた」

夫が嘆く理由を文は知っている。

今回、稔麿は久坂の代理として池田屋の会合に出席したのだ。

同年代の二人はとても仲がよかった。

そのことは、身近にいた文がいちばんよくわかっている。久坂は先輩風を吹かせることもなく、稔麿を重宝して情報収集を一手にまかせていた。

稔麿は体躯壮健で機転も利く。

身分制度に疑問を抱き、下級志士たちを糾合して『屠勇隊』を結成した。領袖となった吉田稔麿は、友愛を旗印に西日本を遊説してまわった。

久坂もそれを後押しした。

松下村塾の双璧と呼ばれている上士の高杉晋作より、いまは松門四天王の吉田稔麿や入江九一たちを信頼している風だった。

若い伝令が、涙まじりに語った。

「桂小五郎さまが会合の座主じゃったそうです。在京志士たちが長州藩近くの旅籠《はたご》に集合した直後、突然そこへ新撰組が白刃をかざして斬りこんできた。腕の立つ稔麿さんは果敢に応戦し、血路をひらいて近くの長州藩邸へ走りこんできました。助勢を求められましたが、責任者の桂さまがいないので、無断で出兵できんかった。すると新妻をめとったばかりの杉山松助さんが立ち上がり、『わしが行く』と言いだした。藩邸の外では、すでに敵方の会津兵や桑名兵らが取り囲んじょった。恐れることなく、お二人は手槍を抱えて門外へ打って出ました」

「たった二人の援軍か……」

そう言って泣きくずれる夫を、文は脇から支えた。

伝令も号泣しながら二人の最期を話した
「杉山さんは、囮《おとり》となって幕兵たちの中へ突っこみました。その間隙をついて稔麿さんは池田屋へと走りもどり、新撰組一番隊長の沖田総司と対決して敗死したとか」

「では、池田屋にいた同志たちは……」

「全滅です」

「……座主の桂さんも」

「近藤勇に斬り殺されたと思われます」

「もうゆるせんッ、決戦じゃ！」

白面を朱に染め、久坂が怒号した。

指導者が冷静さを失えば、集団の行き着く先は暗い奈落だと決まっている。

（だが理性を超えた行動力こそ、兄寅次郎の……）

真骨頂だったと文は思う。

脱藩。

海外密航。

老中暗殺。

長州の若き兵学者は、三つの大罪を犯した末に刑死したのだ。これほどの罪科を一人で続けざまに為したのは、長州の吉田松陰しかいない。

松陰こそ、古今に類をみない純粋無垢な無法者だった。

松下村塾の根幹は、『無分別』で成り立っている。

亡き松陰の薫陶をうけた筆頭弟子の玄瑞も、今まさに勝ち負けを度外視した戦いへ身を投じようとしていた。

四

お龍が階段脇の帳場に顔をのぞかせると、寺田屋お登勢が笑って手招きをした。伏見の船宿を仕切る大柄な女将は、いつもどっしりと構えている。

「こっちおいない、お龍さん」

「なんどすか」

帳場の横手にすわり、お龍も笑みを浮かべた。

酌婦をしていたころは、眉間に楯じわを刻んで安酒をあおっていた。だが龍馬と仮祝言を挙げてから、すっかり表情が柔和になった気がする。

龍馬の計らいで寺田屋にあずけられたお龍は、すぐにお登勢とうちとけた。これほど包容力のある女性に初めて出逢った。

お登勢の唯一の道楽は、人の面倒をみることだった。

「雑巾がけなんかせんとき。あんたは寺田屋の養女なんやで。ぼんやりお茶などすすってたらよろしい」

「そんなわけにもいきません。実母への仕送りまでしてもろて」

「気にしなはんな、それもあての道楽や。坂本さんが大出世したら、ちゃんと返してもらいますよって。この前も越前へ行って、千両箱を五つも持って帰ったやないの」

お登勢の話は誇大ではない。

そばにいたお龍も、夫を持ち上げた。

「龍馬さまの温かくてしみとおるような笑顔は、どんな人の心も溶かしてしまいますよって。福井のお殿様も、いっぺん会うただけで魅せられてしまいはったんやろな」

「あても、その一人どっせ。これでもう少し若かったら、あんたを押しのけて嫁にしてもらう」

「ほほっ、無茶言いはる」

二人は声を合わせて笑った。

龍馬ほど頼りがいのある男はいなかった。

（人との接し方が……）

他の男たちとはまるでちがっていた。

後輩らに偉ぶらず、上役には卑屈にならず、いつも自然体で人と語り合った。それは女子供に対しても同じだった。

高知城下の商家で育ったので、ちゃんと算盤勘定もできた。神戸海軍操練所の塾頭となった龍馬は、見事な資金繰りをみせた。

幕府から下される年三千両の給付金では、艦船の燃料費も買えず、集まった塾生たちの食費すらまかなえなかった。

龍馬は一策を講じた。

上司の勝海舟の手紙を持って越前へと出向き、松平春嶽侯《まつだいらしゅんがくこう》から金五千両を借り受けたのである。

一介の脱藩浪士が、福井藩主と差しで面談することじたい異例だった。その上、信用貸しで大金を借用したのだ。

松平春嶽は謹慎処分が解けたばかりだった。

龍馬はそこに目をつけたらしい。春嶽は、井伊大老が独断で日米修好通商条約を結んだことに異を唱え、幕府から隠居謹慎を命じられた。春嶽の腹心として、幕政改革を主張していた橋本左内も極刑に処された。

だが井伊直弼が桜田門外で暗殺され、事態は一気に好転した。

中央政界へ復帰した春嶽は、開明派の勝海舟と連携することで新たな道を探ろうとしているらしい。

（それよりも、きっと越前のお殿様は……）

龍馬の個人的な魅力にはまったのだ。

お龍はそう思っている。

龍馬の行動範囲は広がるばかりだった。

勝の補佐役として長崎へ同行し、旅先から痛快な文面の手紙を送ってくれている。

外国船の入港する港町が気に入ったらしく、『いずれこの地で貿易を始め、商船で七つの海を押し渡る』と記されていた。

そんな壮大な未来がひらけるとは、お龍には想像もできない。

軍艦奉行の役職を持つ勝には、幕府から委託された職務があった。外国船撃ち払いを決行した長州と、復讐戦を企図する西洋列強を調停するという難題である。

弟子思いの勝は、その交渉の場に龍馬を同席させ、きびしい外交の実地教育をほどこそうとしたらしい。

お龍は、多弁な龍馬から無数の逸話を耳にしている。

（もしかすると、長州過激派の凶刃を避けるため……）

龍馬が、勝の護衛を買って出たのかもしれない。

京都で勝の警護を受け持っていた弟分の岡田以蔵は、土佐藩の下命に従って国許へ帰っている。

開明派の勝は、たえず過激志士たちに付け狙われていた。尊攘派の多い九州の地で、勝海舟の身を護り切れるのは、千葉門の筆頭剣士と呼ばれる龍馬しかいなかった。

夫の龍馬からじかに聞く話は、どれも躍動感があっておもしろかった。

二年前に長州の久坂玄瑞と江戸で再会し、高杉晋作をまじえて『英国公使館焼討ち』を話し合ったという。

十一月十二日、品川の料亭万年屋で酒を酌みかわして議論した。その時点で、三人は無名の若者にすぎなかった。

土佐脱藩浪士の坂本龍馬。

江戸留学生の高杉晋作。

松門筆頭の久坂玄瑞。

三人がそろったのは、それが最初で最後となった。

白面の久坂の意見は過激だった。

「幕閣を何人殺しても幕府の屋台骨は崩れない。ならばイギリス公使館に火を放ち、弱腰外交の幕府を内側から瓦解させよう。ぜひとも土佐の坂本さんにも手を貸してほしい」

「奇策じゃな。かならずや外交問題に発展し、幕府に揺さぶりをかけられる。だが、もしそれが松陰先生の弔い合戦の口火となるのなら、長州一藩で実行すべきじゃろう。今回はご両人に花を持たせるきに」

攘夷論に与しない龍馬は、うまく受け流した。

一月後の十二月十二日。松下村塾の双璧と呼ばれる久坂と高杉は、同志らを引き連れて品川御殿山の英国公使館を放火した。その中には、士分となったばかりの伊藤俊輔も加わっていた。

京の辻では、今年に入って血なまぐさい事件が頻発している。

いったん勢力を盛り返した尊攘派は、またしても幕吏に追われる身となった。三条の池田屋で多数の志士たちが捕殺され、実行部隊の新撰組は一夜にして武名を高めた。

多摩の百姓剣法を学んだ者たちが、実戦向きな武闘集団であることに幕府はやっと気づいたらしい。

近藤勇たちは、剛胆にもわずか五人で池田屋に斬りこんだのだ。

白刃をふるっての乱戦では、突き技を得意とする近藤一派は異様に強かった。二階座敷に集結していた三十数名の西国志士たちを制圧し、応援の土方隊が来るまで釘付けにしていたという。

会津藩から八百両もの特段金が新撰組に給付され、若い隊士らは祇園の茶屋にも出入りしはじめている。

都人は眉をひそめた。

洛外の伏見で暮らしているお龍も、連中を見下していた。

(多摩の田舎者たちは……)

みずからの命を切り売りして、刹那の快楽を追い求めているのだろう。

局長の近藤勇などは、高瀬川を舟で下って薩摩御用宿の寺田屋へも顔をのぞかすようになった。とかく政事好きな近藤は、しきりに薩摩との接触を図ろうとしていた。

百姓身分だった近藤は、いまでは旗本格として遇され、洛中警護の報告を兼ねて二条城へも登城する立場である。気丈な寺田屋お登勢も、こわもての新撰組局長を座敷に上げるしかなかった。

本人と何度か顔を合わせるうちに、お龍の評価は変った。

(いかつい見かけとちがって……)

近藤はすなおで人なつっこい男だった。

金払いもいいので、船宿にとっては上客ともいえる。他の客と悶着を起こすこともなかった。

活発なお龍が気に入り、近藤は鮒鮨などの土産を持ってくることもあった。内臓を取り去って塩漬けにした鮒鮨は大津の名産品で、一年物はお龍の大好物だった。

酒席で酔いがまわると、近藤は大きな口に自分のこぶしを突っこむという荒技を披露した。

「よっく見ておけよ。これが拳骨の丸呑み術とござーい」

芸なしの素朴な関東者を、お龍は微笑ましく見ていた。

龍馬との仲は伏せているので、他にも言い寄ってくる男たちがいた。

中村半次郎は薩摩示現流の達人で、いつも油断なく西郷の身辺を護っている。新撰組でさえ激剣を恐れ、捕吏たちからは『人斬り半次郎』と呼ばれていた。

西郷の前ではおとなしいが、宴席での酒ぐせは悪かった。深酔いし、お龍の寝所へ夜這いをかけてきたこともあった。

怒ったお龍は爪で顔面をひっかいた。それから大声で叫ぶと、『人斬り半次郎』はあわてて寝所から逃げ出した。

しかし翌日にはけろりと忘れ、半次郎は気安くお龍に朝の挨拶をした。薩摩隼人は、みじんも悪びれたところがなかった。

（どうやら夜這いは……）

昔から薩摩の若者たちに伝わる風習らしい。

いつも女将のお登勢が目を光らせてくれている。お龍は、伏見の船宿で何一つ不安なく暮らしていた。

池田屋騒動の余波が広がるなか、革の長靴《ちょうか》を履いた龍馬が三ヶ月ぶりに寺田屋へもどってきた。

旅装もとかず、龍馬が奥の寝所の襖をあけた。

「お龍、帰ってきたぜよ」

「……こんな早朝に。またあてを驚かせて」

寝床に横ずわりしたお龍は、女童のようにねぼけまなこをこすった。

個室に入ってきた龍馬は忍び笑いをもらし、健康的な白い門歯を見せた。

「すまん。京都は捕吏らの検問がきついきに、大坂から夜明けの一番舟に乗ってきた。元気そうでなによりじゃ」

「龍馬さまこそお気をつけて。最近は新撰組の連中が、わがもの顔で洛中を巡察し、浪士を見つけたらすぐに斬り殺してますのや」

「ここは薩摩の御用宿じゃきに、連中も手は出せん」

「毎日、龍馬さまのご無事を神棚にお祈りしてました」

「心配無用。笑顔一つが通行手形さ」

そう言って、しみとおるような笑みを浮かべた。

お龍は甲斐甲斐《かいがい》しく、土埃《つちぼこり》で白くなった龍馬の黒紋服をぬがした。

「洗濯しときます。衣類が乾くまで、この部屋で寝てはったらよろし。長旅で疲れてはるやろし」

「衣服なんぞ、どうでもええ。お龍、お前《まん》も横になって眠れ。土産代わりの寝物語を沢山抱えてきた」

「ほんなら、あと一刻ほど。こっちゃも聞きたいことは仰山ありますえ。どこぞの町に可愛いおなごがいてるかもしれへんし」

「懐かしいのう、そのきついまなざし。たまらんぜよ」

龍馬に抱き寄せられ、二人は布団の上にもつれるように横たわった。

土佐っぽの汗まみれの体臭も、お龍にとっては好ましい。

(たまにしか逢えないから……)

愛撫も新鮮で、深い愉悦が全身にしみわたる。

お龍は背後から横抱きにされたまま、話し上手な龍馬の語り口を愉しんだ。

「長崎の出島には、赤毛で青い目をした巨人たちがうろうろしとるきに。ちがう異国の言語を話し、おなごへも礼儀正しい。館に入るときはかならず男が扉を開け、おなごを招き入れる。西洋人は野蛮だと言われとるが、妻女に威張るばかりの日本男児のほうが、ずっと性根が悪いぜよ」

「ほんなら龍馬さまは本物の西洋人どすな。いっつもおなごにやさしいやおへんか」

「まっこと、わしゃ夷狄《いてき》じゃで。童《わらべ》のころから、怖い乙女姉《おとめねえ》さんに剣術や行儀作法を教わって育ったきに、おなごにゃ頭があがらん」

「以前は、攘夷てら言うてはったけど……」

「勝先生に活を入れられ、やっと迷妄からさめた。でなきゃ、品川宿で長州の久坂くんや高杉くんに『異人館焼討ち』を持ちかけられた時、襲撃隊に加わっていたろうな」

「その長州がえらいことになってしもて」

　お龍が眉を曇らすと、龍馬の声が低まった。

「……じつはのう、神戸海軍操練所の塾生だった望月亀彌太くんが、事件当日に三条池田屋におったんじゃ。土佐出身で、わしも目をかけておった優秀な若者だ」

「望月はんは、どないなりました」

「斬り死にしたらしい。それが発端となり、神戸の操練所も家宅捜索をうけた。運悪く塾生たちが寝具用に使っていた西洋毛布が、密貿易品だと断定されてたんじゃ。調子づいた幕府の守旧派が、操練所の解散命令を発し、政敵の勝先生は追い落とされてしもうた」

「では龍馬さまも……」

「当然、塾頭の職を失った。心配いらん、もとの脱藩浪士にもどっただけじゃ。まだ運はたっぷり残っちょるきに」

「勤王と佐幕の争いは、二転三転して先が見えしまへんな」

お龍が何気なく言うと、龍馬の声が高調子になった。

よほどその事で頭を悩ませているらしい。

「勝先生が九州へおもむき、オランダ総領事のポルスブルック氏と会談した折、大事な助言をうけた。『日本はアジアでいちばん優れた国だが、同国人が二手に別れて争う姿は醜い』とな。そばで聞いていたわしも、とても恥ずかしい思いをした」

「ほんまにそうどすな」

「せまい国内や藩内で争っている場合じゃない。勝先生の護衛をしとった岡田以蔵などは、土佐に呼びもどされて処刑されとる。土佐勤王党の盟主武市瑞山さんも切腹して果てた」

「龍馬さまも土佐勤王党出身どっしゃろ」

「いや、わしが土佐を脱藩したのは、藩内の佐幕派に対抗するためではないぜよ。どちらかというと、天誅をくりかえす土佐勤王党に見切りをつけたからじゃ」

「つらい世の中どすなァ……」

どうしても話が暗いほうへと流れ落ちていく。

お龍は生返事をするしかなかった。

龍馬の置かれた現況は最悪であった。

恩師の勝海舟が幕府軍艦奉行の重職を罷免され、塾頭だった龍馬も路頭に迷うことになった。

だが龍馬の話は、かならず明るい未来が示される。

「渡りに舟の例えもあるきに。今回の難儀も、一から出直すには絶好の機会を得たと思えばよい。わしと行動を共にしてきた塾生たちは、京都の薩摩屋敷にひさしを借りることにした。いずれ海軍力強化をはかる薩摩へと出向き、艦船に乗りこんで操舵などを藩士たちに教える。そのうち独立して、長崎に貿易商社を創設する。世界を股にかけた冒険の旅じゃ。お龍、長崎へ付いてこい」

この着想は、わずか一年後に現実のものとなる。

しかし、ずっと京都盆地で暮らしてきたお龍には、世界にひらけた貿易港での未来図は寝物語にすぎない。

「夢のようなお話どすなァ……」

横抱きにされていたお龍は、うつけた声で言った。

そしてゆっくりと体を反転させ、たくましい男の背中に両手をまわした。

第五章　燃え落ちる皇都

一

恋は思案のほかにある。

たえず敵に付け狙われ、人目を避けて暮らす身の上も、幾松にとっては最上の日々であった。

（……桂さまとご一緒なら）

どんな状況でも笑って受け入れられる。

六角堂近くの潜伏場所で、幾松と小五郎は濃密な月日を過ごしていた。訳はどうあれ、二人で居られることが無性に嬉しかった。

都において、桂小五郎は長州の顔であった。

朝廷との渉外役を一人で背負っていた。そのため佐幕派の連中に追尾され、行動も制限された。

前年夏の政変後、御所警護の職を解かれた長州は、洛中に兵を駐屯させることを禁じられていた。

　謹慎中なので、二条の藩邸にも十五人ほどしか滞留できなかった。最高幹部の小五郎は『新堀公輔《にいぼりこうすけ》』の偽名を使い、ひそかに長州寄りの公卿たちと連絡をとっていた。

　当然、木屋町筋の幾松の私宅は、幕吏たちに目星をつけられている。小五郎は幾松の身を案じ、長州藩御用商人の大黒屋太郎右衛門《だいこくやたろうえもん》に話を持ちかけた。

　こころよく応じた大黒屋は、新京極にある自宅の離れ屋を提供してくれた。

　庭奥に建てられた六畳二間は、入り組んだ路地裏に面しているので幕吏らの探索の目も届かない。

　絶好の隠れ家だった。

　京の路地は迷路である。

　夜を待って、小五郎も路地伝いに出入りしていた。

　新妻気分の幾松は、いっそう艶めいてきた。だが小五郎の顔色はさえない。困難な状況下で、持病の胃痛が悪化していた。

　六畳間の壁にもたれた小五郎が、つぶやくように言った。

「……胃が痛む。池田屋の会合には行きたくない」

「この期におよんで何を言いだしますのん。刻限も迫ってますし、今夜の集まりは桂さまが座主どっしゃろ」

「僕はお飾りにすぎん。じっさいは松陰先生の朋友で、志士歴の古い肥後の宮部鼎蔵さんが主宰者だ」

「諸国からお仲間が三条池田屋に集まらはるのに、欠席することなんかでけしまへんやろ。それに古高俊太郎はんが新撰組に捕まってますし」

「あれは古高の失策だ。どうにもならん」

「では見捨てると」

幾松は眉根を寄せた。

狷介な小五郎の性根を目の当たりにして、心の中に映じていた美剣士像が大きくゆらいだ。

古高俊太郎は長州の密偵だった。

古物商の『枡屋喜右衛門』と名のり、在京各藩に出入りして情報収集の任にあたっていた。

三日前の早朝、西木町の古物商宅へ新撰組が押し入った。副長の土方歳三が指揮し、主人の枡屋喜右衛門こと古高俊太郎を捕縛したという。

裏庭の土蔵からは武器弾薬なども見つかった。

そればかりか、土方が古高の寝所の隠し戸棚を打ち壊すと、血痕跡も生々しい血判状まで発見された。ほかにも、古高に宛てた桂小五郎の手紙も敵の手中に落ちたらしい。

作成された血判状の中身を見て、幕閣らは仰天した。

『強風の夜。在京の志士たちが集結し、御所に通じる商家通り二箇所に火を放つ。禁裏に座す孝明天皇を守ろうとして、参内してくる京都守護職松平容保《まつだいらかたもり》を今出川御門付近で待ち伏せて討ち取る。その後は混乱に乗じ、貴い帝を連れ去って西下し、『玉座』を長州へと移す』

無謀ともいえる計画は、密偵の古高俊太郎が新撰組に捕縛されたことで中止になるはずだった。

だが過激浪士たちの意見はちがっていた。

「剛毅な古高さんは口を割っていない。その証拠に、だれ一人として潜伏場所に踏みこまれた者はいないではないか。拷問に耐えている古高さんを救出するため、新撰組屯所を襲撃して近藤一派を撃滅すべきだ」と。

とかく論議の場では強行論が優位に立つ。そのことを嫌って、座主の小五郎は三条池田屋へ出向くことをためらっているらしい。

幾松は、小五郎配下の古高と何度か逢ったことがある。

（直属の部下を見殺しにしては……）

桂小五郎の面子《めんつ》は丸つぶれとなるだろう。

それでも小五郎は腰を上げようとはしなかった。煮え切らぬ男の態度に、幾松は初めて怒りをおぼえた。

「うちは、ずっと桂さまのご無事だけを祈ってきました。そやから今回だけは言わせてもらいます。ここで会合を欠席したら、あとで同志たちから詰め腹を切らされるのやおへんか。匢主のお立場なら、とにかく池田屋へ行って、会議の席でお仲間の暴発を止めたらどないどすか」

「君まで僕を責めるのか……」

小五郎がきつい横目で幾松をにらんだ。

女の諫言など、まったく耳に入らない様子だった。独特の迷いぐせは、もはや病的ですらあった。

「……悪い予感がする」

ぼそっと言って、小五郎が視線を宙におよがせた。

過剰な防衛本能のせいか、かれの言う『悪い予感』はいつも的中する。

(それが無敵の剣士の……)

資質なのかもしれないと幾松は思った。

無理強いしても、自分の殻にとじこもるだけだろう。

幾松は何も言えなくなった。

すると小五郎が立ち上がり、ズンッと大刀を腰帯に落としこんだ。

「決めた」

「よかった。池田屋に行かはるんどすね」

「そのつもりだが、胃痛がひどくなったら気が変るかもしれん」

「そんな……」

「もし宮部さんの使いの者が来たら、入れちがいに外出したと伝えてくれ」

幾松の返事を待たず、小五郎は裏木戸から暗い路地裏へと抜け出していった。

離れ屋の小窓をひらくと、幾松の耳に祇園囃子の規則正しい音律が切れぎれに伝わってきた。

（……今夜は宵山だったのか）

大きく吐息し、幾松は寝所に蚊帳《かや》を吊った。

小五郎を行かせたあと、すぐに後悔の念にかられた。

じわじわと胸騒ぎが高まった。小五郎の持病がうつったかのように猛烈に胃が痛くなった。

蚊帳の中でじっと堪えていると、長州藩御用商人の大黒屋が乱れた足どりで離れ屋に駆けこんできた。

「えらいこってす。ついさっき三条池田屋に新撰組が斬りこんで、二階座敷にいた三十数人の志士たちを皆殺しにしたとか」

「そんなことが……」

「武装した数千人の会津兵らが四つ辻で篝火《かがりび》を焚き、三条通りは蟻の這いでる隙もあらしまへんで」

「どないしょ。うちが急《せ》かしたばっかりに、桂さまは三条池田屋へ」

「えっ、行ってしもたんどすか。それは大変や」

取り返しのつかない事態だった。

嫌がる小五郎の背を押し、死地へむかわせてしまった。

いくら悔やんでも遅い。座主の小五郎は池田屋で密談中に新撰組に襲われ、落命したかに思える。

だが迷いぐせの抜けない小五郎なら、途中で引き返した可能性もあった。

幾松はさっと蚊帳から抜け出た。そして大黒屋の視線も気にせず、手早く朝顔模様の浴衣に着替えた。

察した大黒屋が出口に立ちふさがった。

「外に出たらあきまへんで」

「お願い、止めんといて」

「家主としてそんなことはさせられん。いまのところ新京極は平穏やし、へたに動かどす」


「へんほうがええ」

幾松は、『新京極』の地名に触発された。

苦境に陥ったとき、かならず助けてくれる男が近くにいた。

「廣戸屋甚助という古くからの知り合いが、新京極で荒物屋をひらいてますねン。甚ちゃんは桂さまと面識もあるし、洛中の抜け道も知ってる。池田屋へも近づけるはずどす」

「ほう、そんな知人が……」

「用件を伝えたら、すぐに戻りますから」

幾松は大黒屋の脇をすり抜けた。

暗い路地から六角通りに出ると、祇園祭の見物客たちが団扇《うちわ》を片手にのんびりと夜道を歩いていた。

風雅な都人は三条池田屋の惨劇を知らず、祭気分にひたっている。

大半の町衆は勤王対佐幕の争闘に興味を示さなかった。

（帝が御所に座すかぎり……）

どちらが勝とうが、千年の都はゆるがない。

そんな風に思いこんでいるようだ。

しかし、玉座はけっして安泰ではなかった。権力奪取を謀る者たちが動けば、帝ごと玉座は西下してしまう。

幾松は冨小路を抜け、角地にある荒物屋へ走りこんだ。

店じまいをしていた店主がふりむいた。

『廣戸屋』の前掛けをした甚助が、寝乱れ髪の幾松をみて近寄ってきた。

「どないしたんや、まつ子。血相を変えて」

「ごめんな、甚ちゃん。とにかく一緒に来て」

「また無茶言いよる。昔のまんまや」

甚助がさっと前掛けをはずした。

芸妓に用を頼まれたら、なんでもすぐに聞き入れる。それは身に染みついた男衆の習性だった。

すると、かん高い女の声が店奥から聞こえた。

「あんた、どこ行くのンッ」

小走りに表口に出てきた妻女が、亭主の袖をひっぱった。幾松の噂は耳に入っているらしく、目もあわせなかった。

甚助が言っていたような醜女ではなく、すらりとした細身の京美人だった。

「すんまへん、お忙しい時にお邪魔して。幾松と申します」

きっちりと頭を下げたが、無視されてしまった。

花街で男たちに色香を売る芸妓は、素人の妻女にとっては見るもおぞましい存在であろう。

そばにいた甚助が、新妻を平手打ちした。

「訪問客になんちゅう態度や！」

「やめて、甚ちゃん。夜中に訪ねて来たうちが悪い」

「芸妓を見下すのは、男衆やったわしを馬鹿にしてるのんと同じや。ええか、教えといたる。芸妓の『妓』の字は、女偏に十一と書き、その下に人と記すんや。お前みたいな十人並み素人女やのうて、京の芸妓は十一並みのすぐれた玄人女やねん。ようおぼえとけッ」

新妻を叱りつけ、甚助は幾松の手をひいて表通りに出て行った。

その顔は実直な商人ではなく、世馴れた男衆にもどっていた。

「あかんで、甚ちゃん。お嫁さんに手をかけたら。芸妓は女の敵なんやから。それに入り婿なんやろ」

「ほんま気色悪いねん、あいつは朝から変にくっついてきよるし。そんなことより、急用があるんやろ」

影法師を任ずる甚助が、歩きながら問いかけてきた。

幾松は手短かに説明した。

「つい先ほど、三条池田屋で勤王の志士たちが新撰組に襲われたんや。桂さまも同席してたようやし、斬り殺されたかもしれへん」

「みなまで言わんでもわかってる。桂さまの生死を、わしに探ってもらいたいのやろ。まかせとけ」

「堪忍やで、甚ちゃん。夫婦喧嘩までさせて」

「ええねん、女房と一緒やと気詰まりなだけやし。それより桂さまの受け身の強さは本物や。きっと敵の隙を突いて死地から脱出してはる。わし一人で三条の現場近くまで行くよって、まつ子は対馬藩邸へ駆けこんで大島友之允さまを頼れ。そこがいちばん安全やろ」

昔から、男衆の甚助が立てる策は万全だった。

幾松は、こっくりとうなずいた。

「ほんなら、あとで対馬藩邸へ報告にきて」

「気をつけや、まつ子」

新妻へ怒声を放った甚助が、打って変わってやさしげな声で言った。

錦小路で二手に別れ、幾松は目的場所とは逆方向の烏丸通りにむかった。遠回りだが、会津兵が固める三条界隈の警戒網をさけて大きく迂回したのだ。

烏丸通りと交差する丸太町で右折し、祭客にまぎれて対馬藩邸前へとたどりついた。

開門を乞うと、なぜか門番がすぐに屋敷内へと招き入れてくれた。

薄暗い控えの間で大島友之允を待っていると、スッと襖がひらいた。

目の前に立っていたのは、陰気な顔つきの男だった。

幾松は、わが目を疑った
「……桂さま」

二

宵山の夜に起こった池田屋襲撃は、長州人の怒気を一気にあぶり立てた。

文の憤りもおさまらない。友誼に殉じた吉田稔麿のことを思い出すたび、無念さがこみあげてくる。

稔麿は吉田松陰の愛弟子で、呼び名は無逸だった。

(無逸さまは実をつける前に……)

みずから命を逸し、無の世界へと旅立った。

松陰門下生たちは俊英の死を悼み、幕府への恨みを深めた。

藩主毛利敬親までが憤激し、京都進発を認めてしまった。慎重論は影をひそめ、禁裏奪回を謀る強行派が藩の実権を握った。

「挙兵すべし！」

松陰の教え子たちは奮い立った。

関ヶ原での敗戦後、長州は二百五十余年もの長きにわたって屈辱の歴史をきざんできた。そうした宿怨に終止符を打つことを長州人は切望していたのだ。

幕府は薩摩を陣営にひっぱりこみ、着々と『公武合体』の強化を図っている。御皇妹の和宮が、徳川家茂のもとへ降嫁したことで、その土台造りはできていた。

もはや実力行使しか長州の復権はなかった。

長州兵三千をもって洛中に突入し、薩摩と会津を蹴散らして御所の禁門を打ち破ろうとしていた。

文は誇らしかった。

（その突撃隊の主将こそ……）

夫の久坂玄瑞であった。

吉田松陰の義弟となった白面の若者は、幕府打倒の秘策を次々とくりだした。たとえ策が潰えても、久坂はけっして立ち止まることはなかった。

筆まめな夫から送られてくる手紙により、聡い文は劇変する政情をきっちりと読み取っていた。

義兄松陰の刑死を食い止められなかった久坂は、悔やみぬいているらしい。

その言動は激しくなるばかりだった。

二年前、学習院御用係に推挙された久坂は、多彩な宮廷工作を試みた。少壮公卿たちを取りこみ、国事御用係の姉小路公知《あねがこうじきんとも》と連携して帝の勅諚をひきだした。

「諸外国と締結した条約をすべて破棄せよ。しかるのちに攘夷を果たせ。その具体案を持って急ぎ参内なされよ」

胸元に突きつけられた勅令は幕府を震撼させた。

将軍の上京は、三代将軍徳川家光以来の出来事である。だが十四代将軍の家茂《いえもち》は、これを甘んじて受け入れた。

長州は大いに溜飲を下げた。

久坂がとりしきった京都嵐山の決起集会には、世子の定広までが参加して、尊攘派の志士たちを激励した。

さらに久坂は、幕府を追いつめた。

上京してきた家茂の鼻づらをひきまわし、石清水八幡宮への攘夷祈願を設定したのである。

それは徳川家の崩壊を意味している。八幡太郎義家《はちまんたろうよしいえ》が祀《まつ》られた神社は源氏の守護神であり、武家の頭領たる徳川家茂が攘夷を誓えば、即座に西洋列強と開戦しなければならない。

しかも、その場には孝明天皇も行幸する手筈が整っていた。

家茂は懊悩して床に伏せった。

代理出席となった一橋慶喜も、石清水参拝の途中で腹痛を起こし、二条城へ引き返してしまった。

慶喜は、「五月十日をもって必ずや攘夷を実行する」という決意書を朝廷に提出し、逃げ帰るように江戸へ東下した。

畿内に居残った家茂は、大坂湾防衛の任務に就いた。

家茂は宮廷への忠誠ぶりを示すため、攘夷論者の姉小路公知を大坂湾視察行に招いた。その時の案内役が、海軍操練所総監の勝海舟であった。

山口政事堂から山路をこえ、萩の杉家へもどってきた久坂が茶を喫しながら述懐した。

「あの視察がまずかった」

夫は、自分の失策も包み隠さず文に話した。

妻とはいえ、文は恩師吉田松陰の実妹なので、討幕へ至る企てをきちんと伝えてくれていた。

「米国帰りの勝海舟は食えぬ男だよ。幕府船の順動丸に乗りこんだ姉小路卿に、よからぬ事を吹きこみよった。四方を海に囲まれた島国は、海防など不可能だとな。西洋

の艦隊が攻め寄せれば、海岸べりの江戸城だけでなく、京都盆地の御所も砲撃される
だろうと」
「つまり、公卿さまを脅したわけじゃね」
文が口をはさむと、夫は口惜しそうに言った。
「そういうことじゃ。たかが長州一藩の私怨のため、条約破棄や攘夷などを強行すれ
ば、日本は滅ぶとまで言ったそうだ」
攘夷熱に浮かされていた少壮公卿は、背に冷や水を浴びせかけられたように甲板に
立ちつくしたという。
開明派の勝の説得は功を奏したらしい。
六日にわたる視察行のなかで、姉小路卿は態度を豹変させた。過激な攘夷論を捨て、
幕府との協調路線を模索しはじめた。
下船の十日後。姉小路公知卿は猿ヶ辻で刺客たちに襲われ、斬殺された。
(謎の刺客は、たぶん……)
長州人だと文は直感した。
となれば、その指令者は夫なのだろうとも思った。
要人暗殺の定義は、『標的が死んで、だれがいちばん得をするか』の一点にしぼら
れる。聡明な文は、その答えをすぐに導き出したのだった。

武力討幕を掲げる長州にとって、貴い公卿たちも捨て駒にすぎないのだ。無謀きわまりない妄動こそ、松陰門下の真骨頂だった。

(……兄寅次郎も、二十一回猛士と自負していた)

人生のうち、二十一回は猛烈な叛逆を行ってみせるという決意表明である。そして松陰は、脱藩、海外密航、老中暗殺の大罪を三度犯して刑死した。

残る十八回の暴挙は、弟子たちに受け継がれたようだ。

義弟となった久坂玄瑞も物狂いにとらわれている。

『馬に触れなば馬を斬り、人に触れなば人を斬る!』

裏切って敵にまわれば、相手が公卿であっても容赦しなかった。あまりの過激さに、いまでは盟友の高杉晋作までが留め男の役割にまわっている。

京都進発論に賛同せず、松陰門下生たちから卑怯者呼ばわりされていた。ふてくされた高杉は脱藩して遊里に入りびたり、茶屋に連泊して酒色に耽っていた。

ついには藩主の勘気にふれ、脱藩の罪に問われて萩の野山獄へ投じられた。

入牢して、高杉は逆に落ちつきを取り戻したらしい。かつて師松陰も二度ばかり同じ獄舎につながれていた。

『先生を慕うてようやく野山獄』と川柳めいた句を詠み、高杉は読書三昧の日々を送っていた。

高杉は、昔から一匹狼である。

どこへ行っても、異論ばかりを唱えて仲間を作らない。今回も松陰門下生の妄動に嫌気がさし、みずから獄舎という安全地帯へ逃げこんだとも考えられる。

夫の久坂も、朋友の入牢を疑っていた。

「あれは不出来な芝居じゃ。京都突入が間近に迫っちょる。上士の高杉を温存するため、藩ぐるみで牢屋に囲いこんだにちがいない。それもまた良しとしよう。藩だけでなく、僕たちにとっても高杉は長州の最後の切り札だからな」

久坂は、あえて高杉を救出しなかった。

文は何も言えなかった。

寡兵をひきいて皇都へ乱入し、憤死する覚悟が見て取れた。

生還の見込みは無に等しい。

松門双璧の片割れが倒れれば、上士の孝行息子も戦旗を高く掲げるほかはない。久坂はおのれの死をもって、高杉を鼓舞しようとしているかに思える。

（……これは死出の旅路なのだ）

心の中でそう思い、美麗な夫の顔をしっかりと目に焼きつけた。

見苦しい死にざまを嫌う久坂は、いつもきちんと衣服を整えている。純白の帷子《かたびら》に濃紺の袴、そして長州縮《ちょうしゅうちぢみ》と呼ばれる清潔な肌着を身につけていた。

七月四日。藩主毛利敬親は、ついに国司信濃《くにつかさしなの》ら三家老に京都進発の軍令状を下げ渡した。

松陰門下生の大半は久坂に従い、杉家の奥座敷で出陣祝いの酒宴をひらいた。入江九一や寺島忠三郎、若年の品川弥二郎たちは遺書を書いて文に託した。

とくに品川弥二郎は久坂をだれよりも尊崇しており、あたえられた密偵や伝令などの役目を着実にこなしていた。

あずかった手紙の宛先は、それぞれの実家であった。

（……志士たちは、親にも話さず戦地へおもむくのか）

文は胸がしめつけられた。

この時になって、夫の死が現実味を帯びてきた。

急につらくなり、涙がこみあげてくる。だが武士の妻が、別離の席で泣き顔を見せることはできない。

文は泣き笑いめいた表情で、主将久坂玄瑞を励ました。

「京へ行って思いっきり暴れてきんさい。うちはいつまでも待っちょるから」

「おう、行ってくるでよ」

清明な声だった。

けれども、夫は帰ってくるとは言わなかった。

久坂のひきいる突撃隊七百名は、長州本隊に先んじて京をめざした。真木和泉や中岡慎太郎などの諸藩浪士らも、遊撃隊として久坂の部隊に随行した。

総勢八百人足らずの突撃隊で、皇都に布陣する数万の幕府軍に決戦を挑むのは狂気の沙汰とも映る。

文と一緒に見送りに出た母の瀧が、山間へ消えていく長い隊列を眺めながら言った。

「婿どのは、もう帰ってこんじゃろうな。江戸送りとなった寅次郎の時と同じように、夏空に虹がかかっとるし」

「うちは信じて待つ。それしかなかろうがね」

気丈に言ったが、文の両頬には涙の跡が二筋あった。

長州軍の敗報が届いたのは、それから二十日後だった。三家老がひきいる長州本隊三千の着到を待たず、久坂の指揮する八百名は洛中へ突入したという。

萩の杉家に悲報を届けたのは、伝令役の品川弥二郎だった。敵の誰何《すいか》をさけるため農民めいた粗衣をまとい、太刀もたずさえていなかった。

「文さん、水をくれ……」

土間に転がりこんだ弥二郎は、所望した水を飲み干してから切れぎれに語りだした。

「……肌が焼けつくような油照りで、暑く長い日じゃった。久坂隊は淀川をさかのぼって天王山に陣を張っちょりました。幕府軍三万は長州の動きを察知し、御所の九門を閉じて待ち構えておった。久坂さんが『長州の追放解除』の嘆願書を禁裏へ提出したが、守護総監の一橋慶喜めが『長州軍の撤退が先だ』と譲らんかった。どうやら嘆願書は帝の手元には届かず、幕閣らに握りつぶされちょったらしい。こちらも七月十七日に男山八幡宮で最後の軍議をひらき、進攻か撤退かを話し合ったんです」

弥二郎の前に集まった杉家の者たちは、息を詰めて聞き入っていた。こらえきれず、文が夫の名をあげた。

「義助さまはどうなりました。ご無事ですか」

「待ってつかァさい。ちゃんと話しますから。軍議の席で強行派の来島又兵衛さまが洛中突入を主張し、久坂さんは戦局を見定めるまで一時静観すべしと。話し合いがつかず、来島さんが憤然として席を立ったので、久坂さんも腹をくくって進撃命令を発しました」

久坂隊の激闘を、弥二郎は早口でまくしたてた。

家老たちを天王山の本陣に残し、久坂は八百の兵を従えて桂川を渡った。すると御所の方面から砲撃が聞こえてきた。夜明け前に出陣した来島隊が早くも攻撃を開始したらしい。

久坂隊も進軍を早めて堺町通りへとむかった。四つ辻を護る越前兵を一撃で打ち破り、諸藩連合の幕府軍をも圧倒した。

気迫がちがっていた。

数十倍の兵力差など問題ではなかった。立ちふさがる幕府軍に対し、二百五十余年に渡る長州人の憤怒が一気に激発したのだ。

死兵と化した八百人は、蛤御門《はまぐりごもん》をめざして突撃をくりかえした。

前進を重ね、禁裏に座す孝明帝に嘆願書を手渡しすることに全力をそそいだ。主将の久坂は陣頭に立って斬り結んだ。諸藩寄せ集めの幕府軍は、それぞれの陣地を捨てて逃げ散った。

奇蹟の勝利だった。

禁裏への道がぽっかりとひらけた。

だが、それも一瞬の夢に終わった。蛤御門の方向から味方の長州兵が敗走してくるのが見えた。

そこに闘将来島又兵衛の姿はなかった。

又兵衛ひきいる一軍は、守衛の会津兵らを斬り倒して御門内へ乱入した。しかし、応援にかけつけた薩摩鉄砲隊の一斉射撃をくらってしまった。馬上で長槍をふるっていた又兵衛も狙い撃たれ、射殺されて鞍から転げ落ちたという。

他方面から洛中侵入を図った長州兵たちも、幕府の大軍に阻まれて御所まで達していない。

皇都の真ん中で、久坂たちは孤軍となった。

しかも、久坂の右太腿には銃弾が二発もめりこんでいた。

激痛をこらえ、久坂は悲痛な指令を発した。

「これより突撃を敢行し、御所突入を果たす。前関白の鷹司卿におすがりして嘆願書を帝に届けてもらう。生きている者は僕についてきてくれ」

「おうーッ」

からくも応えた残存兵の中に品川弥二郎もいた。

ほかに松陰門下で生き残っているのは、入江九一と寺島忠三郎だけだった。両者とも手足や腹部に鉄砲傷を負っていた。

わずか二十数人となった久坂隊は、薩摩兵の銃撃を避けて鷹司邸の裏門を叩き割った。邸内に大砲を運びこみ、禁裏を衛る薩摩軍に砲身をむけた。

発射すれば、薩摩兵だけでなく孝明帝まで死傷する恐れがあった。

だが、久坂は迷うことなく命令した。

「撃てーッ、砲弾が尽きるまで撃ちまくれ！」

もはや尊皇家ですらなかった。

師松陰と同じく、叛逆を恐れない猛士であった。

薩摩軍もすぐに応戦し、鷹司邸に砲弾の雨をふらせた。屋敷内は炎上し、壊れた塀から勇猛な彦根兵がなだれこんできた。

久坂は前面に立って敵兵たちを斬り伏せた。

だが出血がひどくなり、体力は限界をこえていた。

屋敷奥に退いた久坂は、最後まで付き添っていた同門の塾生三人に別れの言葉を投げかけた。

「やれるだけのことはやった。もうすぐ松陰先生にお逢いできるが、きっとほめてくださるじゃろう。敵に死体をさらしては末代までの恥となる。僕が先んじて自決するけぇ、亡骸《なきがら》は火の手のあがっちょる奥座敷に運んでくれ。そのあとの順番は入江くん、そして寺島くんとしよう。見届け役は若年の弥二郎に任せる」

弥二郎が不服を言うと、久坂は笑って言った。

「みんな死んでしもうたら、僕らの憤死をだれも語る者がおらん。幸い、弥二郎は無傷だし健脚だ。妻の文には『僕を弔って生涯を終える必要はない』とだけ伝えてくれ。では諸君、さらばだ」

言い終わると同時に、久坂は小刀をかざして首の頸動脈を掻き切った。生温かい血潮が弥二郎の顔面にザッと降りかかった。

主将久坂の遺体を、三人は火のまわった隣室に運びこんだ。そのあと、入江九一と寺島忠三郎も自決して果てた。

しゃにむに敵中突破し、生きのびて萩へ帰郷することが品川弥二郎に与えられた任務であった。

そして弥二郎は血路をひらき、久坂の命令を遵守したのだ。

話を聞き終えた文は、久坂の遺言を心の中でくりかえし考えてみた。けれども、夫の意向はまったく理解できなかった。

三

三味線芸者のおうのに、なじみの男ができた。

周防灘の漁師上がりで、十九石一斗の扶持を頂く軽輩だった。操船の腕をかわれ、長州海軍局の中船頭役に取り立てられたらしい。

名は神代直人《こうじろなおと》。

野猿のように手足が長く、潮焼けした面貌は精悍だった。

寡黙な直人は仲間同士の宴会を好まず、いつも茶屋の小部屋で黙って酒を呑んでいた。月に一度だけ花代を払って呼び寄せるのは、決まっておうのだった。

二ヶ月ぶりに声がかかり、茶屋の廊下奥にある六畳間で二人は逢った。交わす言葉もなく、おうのは直人の盃に酒を注いだ。

まだ深間の仲ではない。

たがいに口べたなので、酒席の会話もはずまなかった。

直人がぽつりと言った。

「……すまんのう。めったに来れなくて」

「何を言うちょるの。うちみたいに鈍《のろ》い芸者を、お座敷に呼んでくれるのは直人さんぐらいじゃ」

薄給なので使える金はかぎられている。食事代をきりつめ、下関の遊里に通ってくる男の気持ちが嬉しかった。

おうのは、直人が左手を負傷していることに気づいた。

「どねぇしたン、ひどい傷じゃね」

「心配いらんちゃ。傷口は、畳針を使うて自分で縫い合わせた」

「痛かったじゃろう」

「ほかにも左肩に銃弾を一発食らった」

そう言って着衣をずらした。

近くから撃たれて弾が貫通したらしい。直人の左肩の背肉は、焼けこげたように爛《ただ》れていた。

「……これは」

「突撃隊に志願し、京の蛤御門で幕府軍と戦った。つい十日前のことだが、遠い昔の出来事のようにも思える。薩摩鉄砲隊に狙い撃たれ、仲間はみんな死んでしもうたしな。主将の久坂玄瑞さまも、鷹司邸で自刃なされた。その時、護衛のわしは廊下の外におったんじゃ」

戦闘時の高揚が消えていないらしい。客の直人はいつになく多弁だった。

久坂の名を聞いて、おうのは思わず問いかけた。

「では、松門双璧と呼ばれちょる高杉晋作さまも……」

「あやつは卑怯者だ。上士の身分を捨てきれず、みずから野山獄に逃げこんじょる。同じ塾生の品川弥二郎などは、友を裏切った高杉を斬るとまで言うとる。わしも手を貸すつもりじゃ。高杉が出獄したら生かしてはおかん」

「そねぇなことがあったんじゃね」

おうのは人の世の宿縁を感じとった。

長州藩上士の高杉と、漁師上がりの中船頭には何の接点もなかった。しかし討幕戦のさなか、両者は微妙にすれちがったようだ。

そして、好みの女は同一だった。

おうのもまた、どちらの男も好ましく思っている。

（心を寄せた二人の男は……）

道で出会えば、仇敵として斬り合うことになるだろう。

すべての事象をあきらめてきたおうのは、高杉晋作を付け狙う神代直人を止める気にはならなかった。

三田尻港の無骨な中船頭は、他の志士たちのように詩作や音曲に通じていない。お座敷で吟じるのは、一つ覚えの謡曲『月の桂』ぐらいだった。

直人は、周防灘に面する漁師村で育ったと言っていた。

その近くに、『月の桂』は実在している。

下右田《しもみぎた》の領主桂運平忠晴《かつらうんぺいただはる》は、藩主から塩田開発を命じられ、大願成就を夜空の月に祈ったという。中国の伝説では、月の中には桂の巨木がのびていて、地上の者が枝先にふれると、どんな願いも叶うのだ。

中秋の明月のころ、領主忠晴は地元民を自邸に招き入れ、裏庭に屹立する桂の巨木の下で月見の宴をひらいてきた。

幼かった直人も、そこで『月の桂』の霊験を知ったらしい。

酔いがまわり、三味線の伴奏なしで直人が吟じだした。

　月の桂の男山
げにやさやけき蔭に来て

君万世と祈るなる
神に歩みを運ぶなる

土俗的な尊攘思想に浸った若者は声をふりしぼり、大君に殉ずる切ない心根を強吟していた。

そして今夜もまた、三味線芸者の手も握らず、神代直人はきっちりと花代を支払って帰っていった。

早めに座敷がひけたので、おうのは遊里のそばにある横丁に足をむけた。その長屋には芸者仲間の梅子の私宅があり、一年ほど前から独り暮らしをしていた。

残暑が長びいているせいか、夜風を求めて表戸が開いていた。下関奉行所が近くにあるので、空き巣などが侵入する恐れはない。

奥の部屋には、行燈の明かりも灯っている。

「来たよ、梅子さん」

おうのが声をかけると、寝所の蚊帳内から返事があった。

「そのまま蚊帳に入って。そのほうが蚊に刺されずに話せるじゃろうがね」

「なら、遠慮なく」

おうのは背をまるめて蚊帳の中へ入りこんだ。

独りで寝酒をしていた梅子が、小ぶりな茶碗をおうのに手渡した。

「まずは一献。今夜は女同士で飲み明かしちゃろう」

「一本立ちしたあんたとちごうて、うちは置屋暮らし。話が終わったら帰らにゃいけんのよ」

「でもこんな事なら、置屋暮らしのほうがよかったかも」

聡明な梅子が愚痴るのも無理はない。

夫婦になると決めた伊藤俊輔は、数万里も離れた異国へと旅立っていた。

一年半前、英国への秘密渡航の藩命が五人の長州藩士へ下された。優秀な藩重役らは、国内では攘夷の先頭に立つと共に、その裏で西洋の機械文明を吸収しようとする緊急手段をとった。

秘密留学生たちの使命は、先進国で技術を学び、『生きた機械』となって帰国することであった。

その中の一人に、周旋屋の伊藤が選ばれたのだ。

五人の留学費用には、討幕戦用に貯めておいた藩金三千両が充てられた。一人頭で割ると六百両の大金である。

(もしかすると、伊藤さんの留学志願は……)

金目当てだったのではと、おうのは思っている。

現に伊藤俊輔は下関の置屋に五十両を支払い、梅子を落籍《ひか》してちゃんと居宅まで買い与えていた。その上、三十両ほど生活費を置いていったので、梅子が暮らしにこまることはない。

苦労人の伊藤ならではの配慮だった。

おうのは、茶碗酒をちびちび飲みながら言った。

「伊藤さんにゃ男気がある。自分の体を張ってお金を工面し、籠の鳥の梅子さんを自由にしてくれたんじゃし」

「遠い異国で死んだら何にもならんよ。うちは貧しゅうても、二人で一緒に暮らしたかった。でも、弱い立場の芸者を泣かすような高杉さんよりは、ずっとましじゃね」

「えっ、何の話」

自分のことかと思い、おうのは目を伏せた。

しかし、梅子の言葉はそれよりもむごかった。

「良うないよ、あン人は。藩の公金を使って、下関の若い芸者を落籍したまでは伊藤さんと同じじゃけど、そのあとがひどい。長崎まで連れて行って金を使い果たすと、その芸者を丸山の遊廓に売りとばして遊興費にあて、平気で一人で国許に帰ってきたんよ。萩では正妻に色々と教訓などたれちょるし、もう訳がわからん。しかも今回の京都進発の際も、逃げ腰でみっともない」

「知らんかった」

「いつも高飛車なくせに、いざとなると何にもできん。うちの伊藤を従僕あつかいしてからに」

「酔うちょるね、梅子さん」

「あン人は、女の敵じゃ」

深酔いした梅子が本音をもらした。

伊藤の身を案ずる梅子にとって、高杉は悪い遊び仲間であり、やたら親分風を吹かす嫌味なわがまま者なのであろう。

恩師松陰の死後、たしかに高杉の言動は支離滅裂だった。

（……高杉さまは、すさんでおられる）

おうのは、いまでも繊細な若者を気にかけていた。しかし、お座敷などで耳にする噂話は悪評ばかりだった。

藩名をうけた高杉は、幕府使節の随行員として上海へ渡航したことがあった。そこで清国を撃破した英国艦隊の実力を知り、攘夷など無理筋だと藩主に帰朝報告した。その一方で仲間を煽動し、品川の英国公使館の焼討ちを行っている。

未来への展望があやふやだった。

毛利家恩顧の臣下として慎重論に固執し、討幕戦を先延ばしにする長州割拠論をぶちあげたりした。

重臣の周布政之助に却下されると、これを不服として十年の暇願いを提出した。さらには剃髪までして『東行《とうぎょう》』と名のり、西行法師を真似て漂泊の旅に出たという。

（いつも言動は派手だが……）

理論家の久坂とちがって中身が薄すぎる。

そんな駄々っ子じみた高杉のことを、おうのは嫌いにはなれない。再び逢うことはないだろうが、慕情は変わっていなかった。

めったに人を好きになることはないので、いったん情愛がめばえると、相手の欠点さえも美点に見えてしまう。

だが頭の良い梅子は、高杉の行動をしっかりと憶えていた。

「あン人が為した義挙といえば、松陰先生の遺体を小塚原の墓地から掘り起こし、若林の小さな社に改葬したぐらいじゃろう」

「そうじゃね、たまにゃ善いこともする。いずれ長州が天下を獲ったら、若林の地に『松陰神社』を建立すると白石正一郎さまが言うちょった」

「馬鹿馬鹿しい。きっと建立者の筆頭にゃ高杉晋作の名が刻まれるンじゃろ。小塚原で墓泥棒を命じられ、じっさいに死臭まみれの遺体を洗い清めたのは伊藤俊輔さんなんよ。重い大八車を引いて、半日がかりで若林まで引いて行ったンよ。馬上の高杉さんは、いっさい手を汚さなかった。どこまで軽輩をあなどっちょるん。うちゃ悔しゅうてならん」

すっかり悪酔いした梅子は、怒り口調でしゃべりつづけた。

おうのは聞くのが面倒になり、茶碗を置いて話を転じた。

「さっきお座敷に呼んでくれたなじみ客も軽輩で、神代直人ちゅう三田尻の中船頭なんじゃけど、いつも暗い顔をしちょる」

「おうのさん、それはいかんよ」

「何が……」

「そン男は、『死神直人』と呼ばれとる殺し屋じゃがね。ごっぽう強いンじゃと。三尺の長剣を右手一本で風車のように旋回させ、いったん死神に命を狙われたら逃げ切れん。久坂玄瑞さまに心酔し、佐幕派の連中を見境なく斬殺しとると伊藤さんが言うちょった」

「別にかまわんけど」

おうのはさらりと言ってのけた。

驚くような事ではない。男たちはみな残忍で、目の前の敵を斬り殺して前進する生き物なのだ。

（体力で劣る女たちは……）

黙って男たちの争闘を遠くから見守るだけでよい。

あきらめの早いおうのは、そう考えている。

最強の護衛だからこそ、神代直人は主将の久坂玄瑞を最後まで守りきったのだろう。

そしていまは、最強の刺客に転じて高杉を斬ろうとしている。

そうした一連の流れも、避けきれない因果なのだと感じた。おうのが好ましく思う男は、何故か集団から孤立した鼻持ちならない異分子ばかりであった。

翌朝。就寝中のおうのは凄まじい炸裂音で目をさました。

銅製の古い長州砲とちがい、耳をつんざく轟音がつづけざまに起こった。

寝間着姿のまま海岸通りに出てみると、馬関海峡に侵入した十数隻の外国船が、きれいに横並びになって艦砲射撃をしていた。

圧倒的な火力だった。

昨年の五月。攘夷決行に燃える長州軍は、海峡を航行していた外国船に砲弾を浴びせて撃ち払ったことがある。

どうやら、その復讐戦が始まったらしい。

砲弾の命中率も見事だった。

下関の東端に目をむけると、丘上の前田砲台には赤い火柱が次々と上がっている。

戦艦の砲兵らは町屋をさけ、長州兵たちが駐屯する地点だけを標的にしていた。

海兵の訓練が行き届いているらしく、白波を切って進む戦艦の航跡がなめらかで美しかった。

素人目にも勝敗の帰趨《きすう》は読みとれた。

（……異国の兵隊さんは、あまりにも強すぎる）

おうのは、ぼんやりとそう感じた。

夷狄がこのまま上陸してくれば、長州の男たちは皆殺しにされ、女たちも凌辱されるのだろう。

（命さえ長らえるのなら……）

それでもかまわないと思った。

金で売り買いされた身の上なのだ。純潔の素人女たちに代わって、遊里の玄人女らが異国人の慰み者になればすむ。

戦況は悪化するばかりだった。

長州砲は数門ほどしかなく、射程距離も短かった。一方の異国の戦艦は、こちらの砲弾の届かぬ洋上から、砲三百門をもって撃ちまくっている。

脇に立っていた町の長老が、あきらめたように言った。

「兵器がちがいすぎるのう。これで長州もおわりじゃ」

集中砲火をあびた前田砲台は黒煙の中に沈んだ。

からくも生き残った守備隊が、退却していくのが望見できた。

長老が軽く舌打ちをした。

「やはり奇兵隊は当てにゃならん」

「……奇兵隊って」

おうのが当惑ぎみにつぶやくと、政事好きの長老がしたり顔で教えてくれた。

「文字どおり真の正規兵ではなく、奇なる兵隊のことじゃ。あんたもよう知っちょる高杉晋作さまが、兵員不足をおぎなうために創設した部隊で、藩の軽輩や農民の二男三男が入隊しとる。総数は一千人ほど。だからといって、どんなに戦功を挙げても身分は元のまま。いずれは藩に使い捨てられよう」

「なら、この戦は……」

「奇兵隊総督の高杉さんが乗り出すしか解決策はない。わしの得た情報では、すでに出獄して下関へむかっとる」

「では奇兵隊をひきいて、先頭に立って戦うと」

「いや、見ての通り長州の敗北は決定的じゃ。戦闘経験のない高杉さまができることは敵将との講和談判ぐらいじゃろう。通訳は英国から緊急帰国した伊藤俊輔さんがするらしい」

「えっ、伊藤さんは日本に帰っとられるんですか」

初めて聞く話ばかりだった。

無為無策と思われた高杉は、ちゃんと自分の出番を用意していたのだ。そのことが無性に嬉しかった。

一千人の兵数はあなどれない。玩具を集める男児のように、高杉は自由に使える手駒として奇兵隊を創設したのだろう。

三年の留学期間を早め、伊藤が長州へ舞いもどっていたことも意外だった。梅子に知らせれば、涙をこぼして喜ぶはずだ。

だが、おうのには一つだけ懸念があった。

（高杉さまの出獄を知れば……）

かならずや、刺客神代直人の凶刃が揮《ふる》われる。

そんな漠然とした不安感など、これから長州を襲う時代の激震にくらべれば些末《さまつ》なことだった。

長州の孤立は凄まじかった。西洋の四カ国連合艦隊と戦い、さらには日本中の諸藩を敵に回して、たった一藩で血みどろの戦いをつづけることになる。

その渦中に引きこまれることになろうとは、悠長な性格のおうのは考えもつかなかった。

四

雨戸が氷雨に打たれている。

比叡山から吹き下ろす寒風は洛中へと舞い降り、高瀬川の流れにのって伏見の船宿にまで伝わってくる。

お龍は、慣れぬ手つきで男物の丹前を縫っていた。

丈が長くて中綿の入った広袖の冬着を、南国育ちの龍馬は重宝している。裁縫は苦手だが、龍馬のためなら根気のいる針仕事も苦にならなかった。

寒がりの龍馬は、二階座敷で股火鉢をしているはずだ。からだの温もる軍鶏鍋《しゃもなべ》が好物だが、夜半なので用意できなかった。

襖がひらき、女将のお登勢が顔をのぞかせた。

「しまい湯どっせ。湯槽洗いも忘れずに」

「そないします」

最後に入浴する者が、湯槽の汚れを洗い流すのが船宿のしきたりだった。

お尋ね者の龍馬が投宿する際、お登勢は用心して使用人たちを実家に帰らせていた。

なにかにつけて、龍馬は特別扱いだった。

「さっき聞かせてもろたけど、薩摩の西郷さまが仇敵の長州と手を結ぶやなんて考えもつかへんかった。坂本さまが仲立ちしたればこその話やがな」

「よう成し遂げはったと思います」

「大願成就の夜やもの。酒宴が終えたら、二階の奥座敷で坂本さまと一緒に寝たらよろしいやん。節分前後がいちばん寒いよって風邪などひかんように」

「気をつけますよって」

「その丹前、丈が短すぎまっせ。龍馬さまはもっと大きゅうて、肩幅も広い。縫い目が甘いとすぐにほころびますよ」

それだけ言って、お登勢は一階の寝所へもどっていった。

どこかしら邪険な声調だった。

船宿の女将として鷹揚に構えているが、龍馬に対してだけは必要以上にやさしかった。薄化粧をほどこし、一緒に酒を酌みかわすことを愉しんできた。

その立場は、いまは新妻のお龍が受け持ってる。

お登勢が、養女となったお龍を懸命に守っているのも、龍馬との縁を深めたいからにちがいない。早死にした亭主の寺田屋伊助は、博打好きで借金を重ね、船宿の経営はかたむいていたらしい。

亭主の死後、お登勢は持ち前の包容力を発揮した。若い薩摩藩士や西郷たちも出入りするようになり、伏見の寺田屋は薩摩藩御用宿として活況を呈すようになった。

(龍馬さまが寺田屋に出入りしているかぎり……)

養女に対するお登勢の厚情は変わることはないだろう。頼れる庇護者が二人もいて、お龍は安堵しきっていた。

手火鉢の炭が燃え尽きて、小部屋の寒気が強まった。

袖口の糸をとめ、お龍は廊下のどんづまりにある風呂場へむかった。

脱衣所で着衣を脱ぎ、島田髷《しまだまげ》はとかずおいて熱めの据え風呂に入った。伏見の船宿は長旅の客が宿泊するので、大きな湯槽に鉄製のかまどが据え付けられている。追い炊きもできるので、湯も適温に調整できた。

龍馬が無事にもどってきたことが何よりも嬉しい。

お龍は湯槽の中で手足をのばした。若く張りつめた裸身が、おもしろいように湯をはじきとばす。龍馬への恋情が深まるほど、肌はしっとりと潤い、より輝きを増していくようだ。

(ゆっくりと温もり、二階座敷にいる龍馬と……)

盃を重ねて歓談しようと思った。

だが野暮な護衛が、龍馬のそばに一人付いている。

身辺警護のため、長州から同行してきた三吉慎蔵《みよししんぞう》は、見るからにやさしげな好漢だった。中肉中背で、少しも武張ったところがない。

龍馬の言によれば、『槍の慎蔵』と呼ばれている長州随一の兵法者であった。

（……千葉道場塾頭の龍馬さまを守るということは）

それ以上に強いのだろうと、お龍は得心した。

いまの龍馬は、護衛が付くほどの重要人物らしい。

わずか半日前、あれほど憎しみ合っていた薩摩と長州が、土佐の坂本龍馬の仲介により『薩長秘密同盟』を締結したという。

そこに至る道程は困難を極めた。

同じ尊皇派の両藩だが、主導権争いが激化して刃を交えたこともあった。長州の突出を嫌う西郷吉之助は薩摩鉄砲隊をくりだし、御所突入を図る長州兵たちを蛤御門付近で撃滅した。

皇都から敗走した長州軍は、賊徒の汚名をきせられた。その後、幕府連合軍は長州国境にまで攻め寄せた。

多くの有能な志士たちが戦死し、国境沿いの土地が軍馬に踏み荒らされた。その間、長州は四カ国連合艦隊とも交戦して大打撃をうけていた。

武器弾薬も底をつき、将たる人材も枯渇してしまった。

長州は死滅寸前だった。

「これらの要因は、すべて薩摩の謀略によるものだ」

京都薩摩藩邸で行われた薩長会談の席で、長州藩最高幹部の桂小五郎は、そう主張して譲らなかった。

「薩摩が自分たちの非を認めないのなら、長州はこれまでどおり孤軍奮闘し、滅び去ってもかまわない」とまで言った。

対座していた西郷は、黙って聞き役に徹していた。

桂がすねまくり、交渉は物別れに終わるかと思えた。

遅れて入京してきた龍馬が会場入りし、重苦しい雰囲気が一変した。憮然とする西郷にむかって、「長州があまりに可哀想ではないか」と訴えた。

西郷は大きくうなずき、先に頭を下げたという。

決裂間際、龍馬だけが持つやさしさによって薩長両藩は歩み寄った。そして土佐っぽの温もりが、陰気な桂小五郎の疑心をも溶かしたらしい。

それでも薩摩を信用しきれない桂は、締結書類の裏書きを龍馬に求めた。

龍馬は朱色の筆で、『土佐藩坂本龍馬』としたためた。

一介の脱藩浪士が、雄藩の薩摩と長州の同盟を認めたかたちとなった。もし両藩が違約すれば、規定に従って龍馬個人が薩長を罰することになる。

（……なんとも破天荒な図式だ）

お龍は、龍馬の器量の大きさが愉快でならなかった。

ゆったり湯につかっていると、針仕事の疲れも両肩からときほぐされていく。すでに深夜なので、聞こえるのは心地好い湯こぼれの音だけだった。

前ぶれもなく、船宿裏の路地で足音がした。不審に思い、お龍は風呂場の小窓の隙間から裏路地をのぞいた。

薄闇の中に、数えきれないほどの御用提灯がゆらめいている。

（来た！）

お龍は逆上した。

ザンッと全身の血が泡立った。

寺田屋は完全に包囲されていた。伏見奉行所から出動した捕り方たちは、目分量で数えても優に二百人は超えている。

幕吏らは、入京した龍馬の居場所を偵知していたらしい。

だが二階座敷の龍馬は、身に迫る死魔にまったく気づいていない。

（早く龍馬さまに知らせねば！）

お龍は湯槽をまたぎ、着衣もせずに風呂場から抜け出た。

寒さも羞恥心も吹き飛んでいた。ウーッと獣のように唸りながら、全裸のまま廊下を突っ走った。

よく似た場面が、ちらりと脳裏をよぎった。

女郎に売られた妹を救出するため、お龍は単身で無頼漢の巣窟に乗りこんだことがあった。だが今は、あの時よりもずっと窮地に立たされている。

頼りとする女将のお登勢は、すでに幕吏らに拘束されてしまったらしい。

表階段の下まで走りこんだ時、お龍は敷石めいた物体にけつまずいた。よく見ると、重装備の与力が闇に潜んでいた。

「あんさん、なんどすか」

思わず問いかけると、若い与力は腰くだけになって身を伏せた。

全身の震えがとまらず、カチカチと上下の歯を鳴らしていた。先祖伝来の鎧兜《よろいかぶと》まで装着していたが、恐怖心までは覆いきれないようだ。

ふりむくと、廊下奥には十数人の捕り方たちが子犬のように身を寄せ合っている。

思わぬところで素っ裸の女と遭遇し、困惑しきっていた。

お龍は、放心状態の捕吏たちを置き去りにして裏手にまわった。そして、非常用の狭い裏階段を駆け上がった。

七部屋ほどある二階は、今夜は龍馬たちの貸し切りとなっている。

昔から龍馬は不用心だった。

警戒心が薄く、『すべては天運だ。いつ路傍で死んでもかまわん』と居直っていた。

だが妻帯した以上、お龍はそうした志士の死生観を受け入れることはできなかった。

案の定、龍馬は奥座敷でのんびりと語らっていた。薩長同盟後の展開を、護衛の三吉慎蔵に教示しているらしい。

全裸で転がりこんできたお龍を見て、近視の龍馬は両目をしばたたいた。

「なんじゃや、その格好は」

「大勢の捕り方が襲来しましたえ。早く刀を！」

「話に夢中で、気がつかんかったぜよ」

「何を悠長なこと言うてますのン」

「そっちこそどうかしとる。お前《まん》が素っ裸のままでは、三吉くんも動きがとれん、さ、これを羽織れ」

龍馬が、身につけていた黒羽織を投げて寄こした。

その時になって、やっと自分が裸ん坊だと気づいた。

「あれまっ、こんな姿で……」

お龍が着衣すると、そばにいた慎蔵がすばやく手槍を構えて前面に立った。

「坂本さん。ここは僕が防ぎますけぇ、ご両人は屋根伝いに脱出してください」

「いや、一発ぶっ放してから逃げだそう。せっかく高杉晋作くんから進呈された短筒じゃし、試し撃ちじゃゃ」

龍馬は大刀ではなく、南蛮渡りの拳銃を見せびらかすように懐から取りだした。

お龍はあきれ果てた。

世に知られた剣豪は、手になじんだ愛刀ではなく、扱いにくい新式の銃器を使おうとしていた。蓮根に似た弾倉をこねくり回し、何かの実験を始めるような仕草だった。

護衛の慎蔵は動きが速い。

手槍を軽くしごき、片膝立ちになって迎撃態勢をとった。ずぼらな龍馬とちがって、全身から戦意を発散していた。

「負けりゃせん。捕り方らァを皆殺しにしちゃる」

しかし、迫る敵影は百倍である。

長州が誇る最強の護衛であっても、龍馬を守りきることは困難だろう。勝ち気なお龍は、身を捨てる覚悟を定めた。

（龍馬さまと共に死のう）

瞬時にそう決めた。

妻として夫に殉ずるなら本望だった。

島田髷に差していた銀かんざしを抜き取り、ぐっと右手で握りしめた。そこには一対の雌雄の昇り龍が彫りこまれている。

神獣の霊験にすがろうと思った。

龍馬が小首をかしげた。

「お龍、なにをしとる。そこをどけ」

「どきまへん。うちも闘います」

「まっこと、たまげた女じゃ。裸で駆けこんできて、助太刀とは。お龍、たのむから階下へ逃れてくれ」

「嫌どす。死ぬときは一緒と決めてまっさかい」

夫婦の痴話喧嘩めいたやりとりを、そばの慎蔵が小声でたしなめた。

「いい加減にしてください。捕り方らァが階段から上がってきちょります」

「わしが先に対応する。ここは薩摩の御用宿じゃし、薩摩藩士で押し通せば相手も引き下がるかもしれん。お龍、無粋な客人を迎え入れろ」

「はいッ」

羽織一つの珍妙な姿で、お龍は奥座敷の襖を勢いよく開いた。

腰帯がないので、お龍の下半身はむきだしだった。

目の前に立っていたのは、先ほど表階段下で見かけた鎧兜の与力だった。

二度までも裸女と鉢合わせし、与力がぺこりと頭を下げた。

「あ、どうも……」

愛想笑いまで浮かべ、その場に棒立ちになった。

配下の捕り方たちも、一団となってのろのろと二階へ上がってきた。かれらは、上司の仕事ぶりを黙って背後から見守っていた。

龍馬が、得意の薩摩弁で一喝した。

「何用でごわんど！　薩摩御用宿に土足で踏みこむとはッ」

気迫にのまれ、若い与力がすぐにあやまった。

「申し訳ござらぬ。宿改めは済みましたので退散いたします」

そう言って、さっさと現場を離れた。

捕り方たちも、われ先に階下へと降りていった。

護衛の慎蔵が、拍子抜けしたように言った。

「坂本さん、これで終わりですか」

「いや、次が勝負時だ。与力に面相を見られてしもうた。わしは天下のお尋ね者じゃきに、伏見奉行所の連中も見過ごしにゃできんじゃろ」

「やはり来よりました。あン外道めら、ぶち殺しちゃるで」

「わしが短筒を連射する。君は手槍で役人たちを階段下まで突き落とせ。そのあとで屋根づたいに逃亡しよう」

「坂本さんと一緒だとおもしれぇのう。わくわくしますのんた」

慎蔵が笑顔で言った。

命の瀬戸際にあっても、長州随一の兵法者は平然と闘いを愉しんでいた。

龍馬もカチッと拳銃の撃鉄を起こした。

お龍は手早く奥座敷内のお膳や火鉢をかたづけ、龍馬たちの足場を広くした。

今度は、白刃を手に新手の連中が二階へ駆け上がってきた。

年かさの与力が名指しで叫んだ。

「土佐の坂本龍馬ッ　神妙に縛につけ！」

「させるかよ！」

慎蔵が先手を打った。

魔風のごとく隣座敷に躍りこみ、手槍で与力の左胸をグサリと刺しつらぬいた。一呼吸で穂先を引き抜き、さらに右辺にいた捕り方の喉を突いた。

急所を刺された二人は即死した。

背を向けて逃げ出す連中を、慎蔵は手槍をふるって容赦なく刺殺していく。戦闘を好む阿修羅のような働きぶりだった。軽快な足さばきで、緩急をつけて手槍を突き入れた。

捕り方たちが、悲鳴を上げて階段から転げ落ちていった。

お龍はあっけにとられた。あまりにも敏捷すぎて、慎蔵の動きを目で追うことも難しい。

『槍の慎蔵』の異名に嘘はなかった。

長州藩が付けた護衛は、まさに手のつけられない猛虎だった。

だが一方の龍馬は発砲に手間どり、のろくさと拳銃をいじくり回していた。

お龍は気配を感じ、横合いに目をやった。

すると鎧兜の若い与力が忍び足で廊下を迂回し、襖の蔭から龍馬に斬りかかろうとしていた。

「危ない！」

銀かんざしを投げつけると、若い与力がのけぞった。

同時に、敵に気づいた龍馬が発砲した。腹部を撃ちぬかれた与力が、お龍のそばにうつ伏せになって倒れこんできた。

きっちりと両目をつむっている。まだ生きているのか、それとも死んだふりをしているのか判別がつかなかった。

お龍は死体とも映る与力を軽く蹴ってみた。それから畳に落ちていた銀かんざしをひろいあげ、乱れた島田髷に差した。

敵の第一波は蹴散らした。

しかし、五、六人を倒したにすぎない。まだ二百人以上の捕り方が寺田屋を取り囲んでいた。

返り血をあびた慎蔵が、息も切らさず奥座敷にもどってきた。

「しぶといやつらじゃ。大勢が階段下におる」

「長期戦になれば、こちらが不利じゃな。こうなれば、北伏見にある薩摩屋敷へ援軍をたのむしかないろう」

龍馬が他人事みたいに言った。

寺田屋内の構造を知っているお龍は、妙案を思いついた。

「二階の廊下奥に、使用人がつかう狭い裏階段があります。下に降りたら台所から隣家の庭に抜けられますよって。お二人はそこから逃げてください。捕り方の目をあざむくため、あては人質のふりをして表階段から大声をあげて駆け下ります」

「駄目です。坂本さんの奥方にそんなことはさせられん」

即座に慎蔵が拒絶した。

すると龍馬が諭すように言った。

「三吉くん。お龍の激しい気性はわしがいちばん知っとるきに。命知らずの女志士じゃと思うてやってくれ。ここはお龍の差配に従おう」

「わかりました。お龍さんにゃだれも勝てません」

「よしッ、暗闇に乗じて脱出じゃ。再会場所は薩摩藩邸」

龍馬が行燈の火をフッと吹き消した。

真っ暗がりの中、お龍は羽織を脱ぎ捨てた。

裸になれば女は強い。

軟弱な男らはめったに手出しできない。

お龍は被害者めいた金切り声をあげ、足を踏み鳴らして表階段を駆け下りていった。

終　章　維新の残夢

一

花街の風潮も一変した。

京の名妓らの身が危うくなったのだ。

競って長州藩幹部の愛妾となっていた彼女たちは、長州芸妓であることを誇りにしてきた。

だが、それが裏目にでた。

名妓らは幕吏の目を逃れ、私宅にとじこもっている。

（……西国の志士たちが池田屋で一網打尽にされて以来……）

幾松の憂いは深まるばかりだった。

三日前。仲のよかった島村屋の君尾が新撰組に捕まり、壬生の屯所へ連行されてしまった。

明日はわが身である。

（悪名高い屯所の拷問部屋で……）

長州芸妓がどのようなむごい目に遭っているのかと思うと、幾松はおちおち夜も眠れなかった。

君尾は、長州藩上士の志道聞多《しじもんた》と深間の仲だった。

筆の立つ君尾は、長州湯田郷に在る彼の実家へ手紙を送り、京の政情などを伝えていたらしい。聞多の母親は君尾を気に入り、嫁に迎え入れようとさえしていた。

そして幾松と桂小五郎は、新京極の隠れ家で息をひそめて暮らしている。池田屋騒動の折、先の見えすぎる小五郎は、土壇場で欠席してからくも生きのびた。

だが三条池田屋での死闘は各方面に影響をおよぼし、決起した長州軍が京へと攻め上がってきた。

突撃隊主将の久坂玄瑞は、悲観論にそまった小五郎の意見を聞き入れなかった。『逃げの小五郎』という汚名を背負った先輩志士など、久坂にとっては足手まといでしかなかったようだ。

小五郎の胃痛はひどくなるばかりだった。

「吐き気がする。今夜の最終軍議には行けそうもない」

奥庭の離れ屋で、小五郎がいつものようにごねだした。

病的なためらい癖を、幾松はもてあましていた。

「悪い予感がするのやったら、欠席しはったらよろしいやン。どうせ勝ち目のない戦どっしゃろ」

突き放すように言うと、小五郎が陰鬱な面相になった。

「戦争は兵数の多寡で勝敗が決まる。わずか八百の突撃隊で三万の幕府軍は倒せんよ。だが僕の言うことなど、もうだれも聞いちゃくれん。慎重論を唱える高杉くんも入獄しちょるしな」

「なら、久坂はんの作戦は」

「あんなに頭の切れる者はおらんでよ。久坂くんの立てた秘策は、諸藩寄せ集めの大軍は相手にせず、当面の敵を会津一藩にしぼって攻撃するらしい。そのため『尊皇攘夷』と『会奸討伐』の二旗をひるがえし、禁裏奪取を図るとか」

「それやったら勝てる機会があるかもしれまへんな。長州人はみんな一騎当千の強者ばかりやし」

幾松の言葉を、『逃げの小五郎』は自分への皮肉だと感じたらしい。眉根を寄せて立ち上がり、陰気な声で言った。

「出かけてくる」

「……そうどすか」

行く先は、聞かずともわかっていた。

親友の大島友之允がいる対馬藩邸にちがいない。身の危険を感じると、小五郎の足はかならずそこへむかう。

たしかに対馬藩は桂小五郎に恩義があった。

玄界灘の荒海に浮かぶ対馬は台風の通り道だった、暴風雨に見舞われることが多く、稲が水腐りして二年続きの凶作となったことがある。

これを見かねた桂小五郎は、独自の判断で三千俵の長州米を対馬へと送りとどけたのだ。

餓死寸前の島民たちは救われた。

対馬藩にとって、桂小五郎は神仏にもまさる存在であった。

それ以後、京都留守居役の大島友之允は、ずっと小五郎を守り通してきた。捕殺命令のでた長州の最高幹部を対馬藩邸内に匿《かくま》い、たびかさなる幕府からの恫喝もはねかえした。

けれども、当人は胃痛に悩む教養人にすぎない。出かける間際まで、腹部を左でおさえながら愚痴っていた。

「きっとまた、薩摩の西郷が戦場へ出張ってくる。そうなれば勝ち目はない。長州は地上から消え去るじゃろう」

「開戦前にそんなこと言うたらあきまへん」

「僕の身に何かあったら、廣戸屋甚助を頼れ。あの男は、お前が言えば火の中へでもとびこむ」

「そうかもしれまへんな」

「なにもかも知っちょるぞ。甚助は僕を助けながらも、僕が死ぬことをだれよりも望んじょる」

嫌味な捨てぜりふを残し、小五郎は隠れ家から出て行った。

その夜、小五郎は帰ってこなかった。

独り寝の幾松は、猛暑の夜を浅い眠りの中でやり過ごした。切れぎれに見た夢は、すべて悪夢だった。

翌朝、離れ屋に甚助が訪ねてきた。

幾松を守りたい一心で、いまでは小五郎の伝令役を請け負っていた。甚助の店は同じ新京極にあるので、たがいに連絡がとりやすかった。

蚊帳を外した幾松は、甚助を六畳間に招き入れた。

「どないしたん、甚ちゃん。桂さまはお留守やけど」

「いっつも逃げ足の早いお人やな」

「それは禁句やで」

「夜明け時に長州さまが洛中へ攻めこんできた。禁裏を護る会津が応戦しとる。ほら、遠くで大砲の音がしてるやろ」

耳を澄ますと、御所方面から砲声が聞こえる。

「ほんまやわ。そやけど大砲なんか撃ったら、あちこちに火の粉が飛んで大火事になってしまう」

「もう四条界隈では火の手があがっとる。ずっと日照りつづきやよって、密集した商店はひとたまりもない」

「甚ちゃんの店は大丈夫かいな。女房を置き去りにして、こんなところへ来たらあかんやないの」

「かめへん。夫婦というたかて、しょせんは他人や」

甚助は冷然と言い捨てた。

お座敷ではあれほど気配りのできる男衆だったのに、新妻に対する思いやりがみじんもなかった。

甚助の薄情さを垣間見て、幾松は嫌な気分になった。

「今日は用事がないよって。甚ちゃん、早う自宅へ帰り」

「戦がはじまったのに、まつ子を一人でほっとけへん」

「とにかく帰って。うちはこれから対馬藩邸へ行くよって」

甚助を帰らすには、自分が隠れ家から出ていくほかはない。

幾松は急いで着替えをすませ、金子だけを懐へしまって裏路地に走り出た。周辺がきな臭かった。

「ドーンッ、ドドーン！」

下腹に響く砲声が四方から轟いてくる。

まぎれもなく、砲手の標的は洛中だった。

表通りに出ると、町衆が逃げまどっていた。

家財道具を積んだ荷車が行き交い、母親がはぐれた子供の名を大声で叫んでいる。

この時になって、幾松は初めて長州の狂気を知った。

（久坂さまがひきいる突撃隊は……）

美しい千年の都を灰燼《かいじん》に化しても、禁裏への道を切りひらこうとしていた。そこで暮らす人々の生命財産など、まったく思い至らないらしい。

日ごろから田舎武士をあざわらってきた都人は、ついに高い代償を支払うことになった。

どちらを向いても炎があがっている。とても対馬藩邸にたどり着けそうもなかった。

逃げ場を求める群衆が、泣き叫びながら右往左往していた。

「まつ子、こっちや！」

ふりむくと、やはり甚助がいた。

つよく手を引っぱられた。

「何してんのン。嫁さんをほったらかしにして」

「わしはまつ子の影法師や。離れることなんかでけへん。さ、付いてこいッ」

必死の形相だった。

いまは芸妓幾松を救うことだけしか頭にないらしい。子供のころから頑固者で、いったん決めたら止めようがなかった。

「わかった。甚ちゃんに任せる」

「絶対に死なせへん」

力強く言って、甚助は四条通りにむかった。

大火災に遭うと、人は本能的に水辺に逃れようとする。幾松たちも、砲声に追われるように四条河原へと走った。

被災民は同じ方向をめざしていた。

火の粉を避ける場所は賀茂川しかなかった。

乾燥しきった京都盆地は、火打ち石を軽くこすっただけでも発火してしまう状態だった。大砲を連射すれば、あっという間に燃え広がる。

四条通りは人波であふれ、ごったがえしている。逃げ急ぐ男たちは、体力のない老女や幼子を突きとばして前に出ようとする。

長州芸妓の幾松は、見ていてつらかった。

迷い子の泣き声が胸に突き刺さる。

都に大災厄をもたらしたのは、討幕を悲願とする長州にほかならない。

（戦好きな連中が、主義主張を押し通すたび……）

犠牲になるのは女子供たちなのだ。

いまとなれば、小五郎が非戦派なのがせめてもの救いだった。

甚助の助けをかり、幾松はなんとか四条大橋のたもとまでたどりついた。

橋下に下りると、数千数万の被災者が河原にへたりこんでいた。きつい陽射しが容赦なく照りつけ、鉄砲や砲筒の炸裂音が絶え間なく鳴り響いている。

（どちらが勝とうと、戦いのあとに残るのは……）

無惨な焦土だけだろうと幾松は思った
京の町屋は火炎に包まれ、時折つよい熱風が土手をこえて吹き流れてくる。

喉が焼けて息苦しい。

幾松は賀茂川の水を両手ですくって飲んだ。生ぬるい流水が気道の痛みを癒やしてくれた。

そばの甚助が手ぬぐいを濡らし、幾松の汚れた顔を丹念に拭いた。

「別嬪さんが煤だらけで台無しや」

甚助は、すっかり男衆の顔にもどっていた。女房や店のことなど忘却し、災害の真っ只中で妙に楽しそうだった。

幾松は川岸で大きく息を吐き、賀茂川越しに比叡山をぼんやりと眺めやった。

緑豊かな霊山は、夏陽をあびて今日も神々しく光り輝いていた。

七月十九日に勃発した戦闘は、甚大な被害を古都におよぼした。御所に殺到した長州兵は、蛤御門付近で薩摩鉄砲隊に迎撃されて敗走した。

しかし、本当の戦渦はそこから始まった。

両軍が火器を使用したので、洛中の各所に火の粉が飛散し、翌日には下京界隈が猛火に包まれた。火勢はまったく衰えず、乾燥状態だった京都全域をなめつくした。町屋や神社仏閣、信仰の対象だった東本願寺まで焼け落ちた。

七日後に豪雨が降り、やっと火勢はおさまった。

何故か災厄をもたらした長州を恨む声は少なく、都人は自嘲ぎみに『鉄砲焼け』と呼んでいた。

（敗れ去った尊皇派の長州に、人々の同情が集まるかぎり……）

武力討幕の火は消えないだろう。

幾松は、そんな風に思った。幕吏たちが血まなこで追う小五郎も、きっとだれかに匿《かくま》われているはずだ。

頼るべき対馬藩にも、禁裏守衛総監の一橋慶喜から長州撃退の命令が出ていた。留守居役の大島友之允もかばいきれなくなった。

大島の話では、事情を察した小五郎はみずから対馬藩邸を出て、洛中の闇に姿を消したという。

新京極の隠れ家も全焼してしまい、幾松はしかたなく焼け残った三本木の置屋に身を寄せていた。

早朝、吉田屋の女中が幾松の私室に顔をのぞかせた。

「ねえさん、起きてはりますか」

「なんぞあったンか」

「店の前で掃除してたら、泥まみれの乞食《おこも》はんに八坂神社の祭礼札《さいれいふだ》を手渡されましてん。芸妓幾松に届けてくれと」

「おおきに、受け取っとくわ。こんどの鉄砲焼けで、仰山の人が家をなくして乞食はんにならはったしな」

「ほな、またあとで」

女中は一礼して仕事にもどった。

幾松には心当たりがあった。黒く汚れた御札を右手でこすると、青い地色がくっきりと浮き出してきた。

「……生きてはる」

声に出して言い、涙ながらに御札を握りしめた。

無言詣りで出逢った縁を幾松は大事にしていた。八坂神社の青赤二色の祭礼札を二人で持ち分け、小五郎には青い御札を渡していたのだ。

(泥まみれの乞食はんは……)

美男剣士の桂小五郎にちがいなかった。

そこまでして生きのびようとする男の気持ちが切なかった。それよりも、お尋ね者の小五郎が危険を犯してまで連絡をつけてくれたことが嬉しかった。

小五郎の居場所は特定できる。

その身なりからして、賀茂川に架かる橋下に潜伏しているのだろうと直感した。大火災で幾つもの橋が焼け落ちたが、骨組みの太い三条大橋だけは無事だった。

幾松は急いで支度をした。

粗衣に着替え、被災民らしくざんばら髪に変えた。それから女中が炊きあげたばかりの朝飯を俵結びに握った。

用意を調えた幾松は置屋から走り出た。

一刻も早く小五郎の顔を見たかった。窮状を救いたいと思った。それは恋情というより、か弱い男への慈悲心だった。

三本木通りを抜け、賀茂川の土手をこえて三条河原へと下りた。焼け出された被災民が菰《こも》をかぶって寝ころんでいる。幾松はその間をすり抜けて三条大橋をめざした。陽が昇りきれば幕吏らの検索が始まる。その前に小五郎と逢って、今後の対策を練らねばならない。

「おい……」

土手上から声が降ってきた。

見上げると乞食《おこも》が土手上で笑っていた。予想をこえた汚さだった。ぼろ布をまとい、下は黒ずんだふんどし一本である。武士の魂ともいえる太刀も捨て、坊主頭になっていた。その上、馬糞でも塗りたくったのか、全身から悪臭を放っている。

これなら、だれも近づくまい。

「……桂さまどすか」

幾松が声を低めて言うと、男は立てた人差し指を唇にあてた。

「しっ」

「すんまへん。名を呼んだりして」

「こっちへこい」

軽くあごをしゃくり、楓の樹下へ歩いていく。

小五郎はいつになく軽快だった。土壇場まで追いつめられると、神道無念流を極めた剣士は地力を発揮するらしい。

だれよりも受け身に強く、逃げ足の速さは抜群だった。

何事も最悪の事態を予想して独り悲観論に浸る。危険地帯に身を置くことを恐れて前に進まない。そうした性癖があればこそ、今日まで生きのびてこられたのだろう。

桂小五郎は不死身の男であった。

人気のない木陰に二人は腰を下ろした。

熱い再会の言葉もなく、小五郎が事務的な口調で言った。

「すぐに廣戸屋甚助に連絡をとれ。京から脱出する。その手配を、お前の口から甚助に頼むのだ」

「わかりました。これを……」

幾松は、持参した握り飯と金子を手渡した。

小五郎が笑顔になった。あれほど胃痛に苦しんでいたのに、最悪の状況下で逆に快《かい》癒《ゆ》したようだ。

「薩摩の西郷が、人気取りのために千俵の米を被災民に放出しよった。僕も薩摩兵の炊き出しの列に並んで食いつないじょる」

「えっ、危ないやおへんか」

「大丈夫じゃ。ひどい匂いがするけぇ、僕のまわりにゃだれも寄ってこん。むかし祇園で新撰組に捕まりそうになった時も、用便だと言って茶屋の汲み取り場から脱出したことがある」

　いつも陰気な小五郎が、妙な糞尿自慢をした。

　幾松は話をもどした。

「長州に帰れるよう、とにかく甚ちゃんに話してみます」

「それはまずい。きっと国許では親幕派が台頭しちょる。いま帰郷すれば敗戦の責任をとらされて死罪となるじゃろう。甚助の生まれ在所は山陰の出石《いずし》だと聞いとる。そこなら幕府の目も届かんし、この身も安全じゃ」

「そこまで考えてはったとは……」

「ここに長居すれば人目につく。早く行け」

　せかされた幾松は、どうしても聞いておきたかった。

「いつまで逃げつづけるおつもりどすか」

「どこまでもだ」

　小五郎はきっぱりと言い切った。

　幾松も切り返した。

「ほんなら、うちはいつまでも待ちつづけますよってに」

　人の名には言霊がある。

幾夜も待つことが『幾松』の宿命であり、『逃げの小五郎』は本能的に逃げのびようとする。それは永遠に変わらぬ男女の図式なのかもしれなかった。

三本木にもどった幾松は、吉田屋の玄関先に立って甚助の到来を待った。昼前には、かならずやって来て連絡をとっていた。

新京極一帯は焼け落ち、甚助の店も全焼してしまった。いまごろになって甚助は正気をとりもどし、置き去りにした女房の安否を訪ね歩いていた。

陽が中天に昇ったころ、甚助がふらつきながら三本木通りに姿をあらわした。生気がなく、悄然とした表情だった。

幾松は駆け寄った。

「どないしたン。顔が真っ青やないの」

「……女房のおまさが死んでまいよった」

「ごめん。あやまっても遅いけど」

「店が丸焼けになってしもて遺体も見つかれへん。あいつも意地っ張りやよって、亭主の帰りを信じて家から離れんかったそうや。人でなしのわしは地獄行きや」

「甚ちゃんは悪うない、地獄に落ちるのは、うちのほうや」

「つらすぎて、もうこの地におられん。故郷の出石に帰るワ。焼け跡で荒物屋を再建する気にもなれへんし」

「そうやな……」

幾松は生返事をした。

妻を亡くしたばかりの甚助に、小五郎の逃亡を手助けしてくれとは言いだしにくかった。

だが影法師を任ずる甚助は、すぐに本体の心の内を読み取った。

「かめへんで、まつ子。わしに頼み事があるんやろ。その顔を見たらわかる。何でも言うたらええがな」

「ほんまにごめん、自分のことばかり考えて。桂さまが生きのびてはったんや。それで京都脱出を甚ちゃんに手伝ってほしいと言うてはる。行き場所は山陰あたりが最適だと」

「よう言うで。あのお方に助力したせいで、おまさを見殺しにしたようなものやないかい。こんどはまつ子を危険地帯に残し、自分だけ安全な場所へ行こうとしとる」

「うちは、それでかめへん。お願い、甚ちゃん」

両手を合わせて拝んだ。

甚助はすぐに折れた。

「くそっ、色男め。まつ子に拝まれたら聞き入れるしかないがな」

「おおきに。桂さまは三条大橋下で乞食に扮してはるよって、夜になったら行ったげて。脱出の方策はすべて甚ちゃんにまかせます。旅費はこれで足りるやろか」

手持ちの八両を渡すと、甚助が大きくうなずいた。

「これだけあれば充分や。出石の実家の荒物屋は弟が継いどるけど、兄のわしには頭が上がらんし、事情を話せば匿ってくれる」

「よかった。甚ちゃんのおかげで道がひらけた」

「なんやしらん、損な役回りばっかりやけど。とにかく今日中に旅支度を整えて、桂さまに逢いにいく。そして明日にも脱出する。対馬藩の通行札があれば、どこへでも行けるよって」

廣戸屋甚助の段取りは早い。

目的さえ決まれば、いつも最良の結果を導き出す。

新京極の店は焼けてしまったが、かつて小五郎の口利きで対馬藩の御用商人となっていた。その藩札を使えば、簡単に国境線は越えられるだろう。

その日から、甚助と連絡がとれなくなった。

幾松は心配になり、何度も三条大橋近辺へ行ってみた。しかし、小五郎の姿はどこにもなかった。

一ヶ月後。一通の手紙が三本木の吉田屋に届いた。

差出人の名は『木圭』となっていた。

それは桂小五郎の変名だった。桂の一字を左右に分ければ、木と圭の二字になる。幕吏の探索を気にしてか、文面には時候の挨拶だけが記されていた。

文末に短く近況が書いてあった。出石城下の荒物屋の使用人として暮らし、現在は廣江孝助と名のっているらしい。

（……二人は無事に出石へたどり着いたのだ）

内容の薄い手紙を読みかえし、幾松は涙がとまらなかった。

小五郎が逃げのびたことが嬉しかった。それ以上に、甚助が命を張って、天下のお尋ね者を救ってくれたことに胸を打たれた。

幾松とつながる二人の男は、共に人生のどん底に叩き落とされている。敗将となった小五郎は帰るべき故郷を失い、妻と店を無くした甚助は、故郷へ帰っても悲哀だけを抱えていた。

（もしかすると、二人に衰運をもたらしたのは……）

自分なのではないか。

幾松は、ふとそんな感慨にとらわれた。

京都では長州の残党狩りが激しくなり、長州びいきの茶屋や置屋にも幕吏たちの捜査が入るようになった。

晩秋の深夜。三本木の吉田屋へ、宿改めと称して数人の会津兵が乱入してきた。正規な巡察でないことは、泥酔している様子からもわかった。

そのうちの一人が、幾松の個室へ押し入って怒声を浴びせた。

「幾松。やはり、ここにいたのか。ただではすまさんぞ！」

酔漢の顔に見覚えがあった。

左頬の刀傷は、木屋町筋で争ったときに小五郎に斬られたものだ。恨みがましい会津藩士は、復讐の機会を待っていたようだ。そして幾松の居場所を偵知し、襲いかかろうとしていた。

立ち上がった幾松は、凜とした声で言い返した。

「武士たる者が、恥を知りなはれ」

「頬の向こう傷は、武士の勲章だ。おれがあの夜にうけた恥辱を、お前も味わうがいい。逆らえば殺す！」

会津藩士が恫喝した。

脅されてひるむようでは長州芸妓とは言えない。鬼の新撰組に捕まった島村屋の君尾は、逆さ吊りにされて竹刀で打ちすえられても、一言も発しなかったという。局長の近藤は、君尾の剛毅さに心を動かされ、無罪放免とした。

だが今夜の相手は怨念に燃える会津人である。頬傷の痛みを忘れるには、桂の愛人を犯すしかないと思いこんでいる。

武家娘の幾松は小太刀の技を習得していた。

すばやく壁に立てかけていた三味線を手に取り、膝を使って二つにへし折った。そして尖った棹先を使って、酔漢の喉笛を何度も狙った。

「刺す、刺すぞーッ！」

思いがけない言葉が、自分の口から発せられた。

たしかに激しい殺意がこもっていた。それは女を侮ってきた男たちへの鉄槌だった。

ぎざぎざの棹先が酔漢の喉元をかすめた。

「女めが……」

酔漢は不意打ちを食らって負傷し、急所の喉から出血した。

幾松は手にした破れ三味線を振りまわし、吉田屋の裏木戸から抜け出した。しかし、夜の洛中は幕府の捕り方たちで満ちている。

行く先は、小五郎と同じ対馬藩邸しかなかった。

幾松は寝間着姿のまま対馬藩邸を訪れた。夜半だが、顔なじみの門番がすぐに控えの間に通してくれた。

留守居役の大島友之允があらわれ、着替えの衣服を渡された。

事情を話すと、篤実な大島は顔をくもらせた。

「もう京に居るのは限界ですね。このさい危険ですが長州へ行ってみてください。そのほうが桂さんも動きやすくなるでしょう」

「うちが長州へ……」

「わが藩の多田荘蔵が国許へ報告にもどります。大坂から藩船に乗って対馬へ帰りますので、途中の下関で下船すれば、高杉晋作さまとも連絡がとれる」

「入牢なさっているのでは」

「高杉さまは出獄なさっておられます。情報が錯綜し、長州藩で何が起こっているのか、現地へ行ってみないとわかりませんが……」

「行きます。藩船に乗せてください」

幾松は決断した。

長州の政情を自分の目で確かめたかった。

(もし長州藩が親幕派でかためられていたら……)

小五郎には、もはや帰るべき場所はない。

幾松には気になることが一つあった。出石に逃れた小五郎の近況を、親友の大島がまったく話さないでいるのだ。

幾松はやんわりと訪ねた。

「大島はん、なんぞ隠してまへんか」

「申しわけない。じつは出石在住の桂さんは、捕吏の目をあざむくため、廣戸屋の姪っ子と祝言を挙げられ、小間物屋の若主人として暮らしておられる」

「えっ……」

幾松は絶句した。

全身全霊で尽くしぬいた末に、本妻の座を田舎娘にかすめ取られたのだ。

着物の膝元を両手でつよく握りしめ、幾松は屈辱に耐えた。

人の好い大島が頭を下げた。

「桂さんに代わって謝罪いたします。知らぬ他国で信用を得るには、そうするしかなかったのでしょう。かりそめの祝言もまた、桂さんの機略です」

「……そこまでして」

幾松は、あとの言葉を胸奥にとどめた。

生に執着する男の怜悧さがゆるせなかった。

だが、どうしても小五郎を見捨てることはできない。暗く怪しい負の魅力があった。

友も女も盤上の捨て駒として使う長州藩最高幹部こそ、討幕戦における真の指導者かもしれなかった。

(無情な小五郎を田舎娘から取り戻すには……)

何度でも命を投げ出してみせるしかない。

覚悟を決めた幾松は、わざと晴れ晴れとした顔つきで言った。

「大島はん。長州でひとあばれしてきますよって」

口に出してみると、なぜだか憂いも晴れた。度を超した小五郎の身勝手さにあきれはて、腹の底から笑いがこみ上げてくる。

幾松が狂ったように笑い出すと、生真面目な大島もつられて笑声を響かせた。


三日後。幾松は対馬の藩船に乗って長州へ旅立った。

男の裏切りは連動するらしい。

幾松には、そんな予感はまったくなかった。

下関に着くと、豪商の白石正一郎に手厚いもてなしをうけた。名妓幾松の名は長州にまで鳴り響いていた。

翌年の二月、廣戸屋甚助が下関へと到来した。高杉晋作の鬼神めいた働きにより、尊皇一色となった長州は優れた指揮官を求めていた。広く名の知れた桂小五郎を呼びもどすため、幾松が出石へ迎えに行くことになった。

山陰への道順を知っている甚助が案内人となった。

高杉晋作から五十両の金と手紙を託され、二人は近畿まわりで出石をめざした。大坂で宿泊中、甚助が五十両の金を盗んで逃亡した。

その理由は、だれにもわからなかった。

無一文の幾松は乞食女に身をやつし、物乞いをしながらどうにか出石にたどり着いた。

幾松と対面した小五郎は、その場で新妻に離縁状を渡した。十五歳になったばかりの廣戸ミネも捨て駒だったらしい。

幾松と共に長州に帰還した小五郎は、戦乱をくぐり抜けた闘将として迎えられた。『逃げの小五郎』の実態を知る者たちは、とうに死に絶えていたのだ。

土佐の坂本龍馬の仲介で『薩長秘密同盟』が成り、長州の桂小五郎は薩摩の西郷に匹敵する維新の英雄とされた。

桂小五郎は木戸孝允と名を改めた。

正妻となった幾松も木戸松子と名のった。

彼女が下関の東行庵を訪れたとき、志士の未亡人たちと偶然に出逢った。坂本龍馬と久坂玄瑞の妻たちだった。庵主も高杉晋作の愛妾であった。四人は桜の樹下でしばし語らった。

彼女は山口の糸米に全館黒漆塗りの豪邸を建てた。東京の駒込にも広大な屋敷を構えた。木戸孝允の死後は、二人の思い出の地である京都木屋町へ転居した。

明治十九年四月十日。木戸松子は四十四年の生涯をとじた。その高官夫人としての名は世に広まらなかった。

芸妓幾松にとって、維新後は何の刺激もない長い余生だった。

二

艦砲射撃の轟音が鳴りやまない。

菊ヶ浜の沖合いから萩城へむかって威嚇射撃していた。しかもそれは幕府の軍船ではなく、長州の持ち船だった。

「この世の終わりじゃ。農民兵が領主の城へ砲身をむけるとは」

杉家の庭先で、父の百合之助が慨嘆した。

不吉な砲音は萩郊外の松本村にまで届いた。文は父のそばに行き、持っている情報を伝えた。

「心配いらんちゃ。あの軍船を指揮しちょるンは高杉晋作さんじゃ。ぜんぶ空砲だし、砲弾が破裂することもない。萩城におる佐幕派の連中を脅しとるだけ。高杉さんは長府の功山寺で挙兵し、下関を占拠したあと、三田尻の長州海軍を攻め落として軍船を奪ったんよ」

「よけいに始末が悪い。藩内で内戦を起こせば、幕府が利するだけじゃろう」

「何を言うちょるん。玄瑞さま亡きあと、長州をひっぱっていけるのは、松門双璧の高杉さんしかおらんがね」

若くして寡婦となった文は、老耄《ろうもう》ぎみの父をたしなめた。

「おう、そうか。高杉くんがおったのう」

百合之介が口元をほころばせた。

佐幕派が藩の実権を握ってから、杉家の者たちは萩城から閉め出された。父は盗賊改め方の職を失い、叔父の玉木文之進も自宅謹慎の身の上となっていた。

「仲間のみんなは、毀誉褒貶《きよほうへん》相半ばする高杉さんを悪う言うて、死んだ久坂さまをほめてくださるけど、うちはあんまり嬉しゅうない。死んだらなんにもならん」

「婿どのには、ずっと生きとってほしかった」

「いまさら言うても遅いがね。こうなったら奇兵隊をひきいる高杉さんだけが頼りじゃ」

そう言って、文は自宅の仏間へもどった。

そこには亡夫の位牌と手紙類が置かれてある。筆まめな久坂は、幼妻の文に数十通の手紙を送ってくれていた。そのほか兄寅次郎や塾生たちが残した文書も残っている。

吉田松陰は、高杉晋作に期待を寄せていた。秀才の久坂玄瑞と競わせ、資質のちがう両人の躍進をうながした。

高杉が初めて上京する際、松陰はこのような壮行の辞をのべた。

「高杉くんを同志として得たことは無上の喜びである。これまで僕は、久坂くんを長州第一の俊英としてきたが、自由奔放に行動する点においては高杉くんが上まわる。『疾風迅雷』が君の持ち味だ。上京して多くの識者に学び、自分の為すべきところを発見してほしい。さらに言うと、世に才ある人は多いが、久坂玄瑞の才だけは決して失ってはならない。共に助け合って大義を成し遂げてくれたまえ」

壮行会に同席していた文は、兄の熱弁を昨日のことのように憶えている。

けれども、決して失ってはならない存在の久坂玄瑞は、恩師松陰のあとを追うように早世してしまった。

師弟二人の遺志を継げる者は、疾風迅雷の高杉晋作しか残っていない。

そして高杉は決起し、佐幕派が牛耳る長州藩に戦いを挑んでいた。

（……きっと勝つ）

文は、高杉の勝運を信じていた。

松陰に山鹿流兵学を学んだ高杉は、先手必勝の戦術を身につけている。

奇兵隊は一枚岩ではない。

高杉の挙兵時に集まったのは、伊藤俊輔ひきいる力士隊十数名にすぎなかったという。下郎あがりの伊藤は、高杉の神通力を信じて自分の未来を託したのだ。

だが他の諸隊は、勝ち目のない戦とみて奇兵隊開闢《かいびゃく》総督を見放した。たしかにその時点では、高杉らは無謀な反乱軍にすぎなかった。奇兵隊三代目総督の山県狂介が、保身に走って高杉との合流に反対していた。

山県は松下村塾生と称した。しかし、松陰が江戸送りとなる直前にやって来た末端の弟子だった。

多くの個性的な塾生たちの面倒をみていた文も、山県狂介の顔をはっきりとは憶えていなかった。

そんな冴えない若者が、明治維新後に山県有朋《やまがたありとも》と改名して日本陸軍の大立者となり、徴兵令を施行するとは想像もできなかった。

松陰と同じように、文は高杉の行動力に期待している。

(戦でいちばん重用なのは……)

何よりも戦費であろう

高杉は、真っ先に下関奉行所を襲って軍資金を調達した。

佐幕派の重臣たちに不満を抱いていた奉行は抵抗せず、笑顔で藩金千五百両を差し出したという。

軍資金さえあれば人は集まってくる。

解散寸前だった諸隊は、反乱軍のもとへ次々と馳せ参じた。農家の二男三男が多かった。無駄飯食いのかれらには、帰るべき家がなかった。正規藩士と戦って勝利し、自分たちの足場を新たに長州に築く必要があった。

反乱軍は『正義党』と名のり、藩の重臣らを『俗論党』とおとしめた。

（それもまた高杉さまの……）

軍略の一つだったのだろう。

久坂の死を惜しみ、寡婦となった文のもとには塾生たちから進物や情報が寄せられてくる。藩の内情について、文はだれよりも精通していた

判断を誤った山県は、ふてくされた面相で正義党の最後尾に連なった。だが、やはり松下村塾の絆は太い。高杉は八百の部隊を山県に任せて陸戦の指揮をゆずった。

そして本人は、遊撃隊五十名を引き連れて三田尻港を急襲した。

長州海軍局は高杉の到来を待っていたらしい。

上官はあっさりと軍艦を高杉に引き渡した。その際、三田尻港の海兵たちが正義党に加わって操船まで手伝った。

「このまま佐幕派が主導権を握っていては、長州の軍船はぜんぶ幕府に接収されてしまう。そうなるぐらいなら、高杉さんに戦艦を使ってもらったほうがいい」

それが長州海軍局の総意だった。

第一次長州征伐の折、領地の四境を大軍に取り囲まれた長州は恭順の姿勢をみせ、

京都進発に加わった三家老の首を差し出した。同時に長州の軍艦を幕府に譲渡する約定も交わしていた。

（討幕を悲願とする長州人には……）

受け入れがたい敗北宣言と映ったろう。

領民たちは親幕派の長州藩幹部に見切りをつけ、いくつもの諸隊を結成した。足軽たちも鉄砲を担いで萩から脱走し、高杉の下に集結した。

尊皇討幕の熱病は長州全体に広がり、わずか二十日で奇兵隊の総数は三千人を超えたという。

（戦闘訓練はできていないが……）

足軽たちも混じっているので鉄砲は使いこなせる。また高価な鎧兜などは装着していないので、かれらの進軍は異様に速かった。

飛び道具を嫌う正規藩士たちは、昔ながらの甲冑姿だった。刃は防げても、銃弾は貫通する。組み討ちになれば動きがとれず、体格のよい農民兵に転がされ、討ち取られるだけだろう。奇矯な兵学者を兄に持つ文は、正規藩士たちの敗北を予想していた。

「……どうか高杉さんを勝たせてください」

軍船の砲声を遠くに聞きながら、文は亡夫久坂玄瑞の位牌を拝みつづけた。

三日後の夕方、次姉の寿が幼い息子を連れて実家に帰ってきた。夫の小田村伊之助は、安全を期して同行していなかった。松陰の義弟なので、佐幕派の連中に命を狙われていた。実直な義弟は何を思ったか、名を楫取素彦《かとりもとひこ》と改めたらしい。

姉妹は仏間で話し合った。学問好きな文以上に、寿は国学に通じていて勤王の志が篤かった。

「文、久坂さまの死は無駄ではなかったわね。わがままな高杉さんも頼れる親友を亡くし、自分が挙兵するしかないと思うたンじゃろうよ」

「そうかもしれんね」

「今回の義挙で見直したよ」

「兄さまが言うちょったように、高杉さんの行動はまさに疾風迅雷じゃ。いつもは色里に入りびたりじゃし、あれほどの人とは思わんかった」

「ずっと秀才の久坂さまの後塵を拝しとったしね。ほほっ、負けん気の強い高杉さんのすねたお顔が可愛かった」

気むずかし屋の寿が、いつになく上機嫌だった。

文も笑顔で問いかけた。

「姉さま、何か良いことがあったんじゃろ。早う教えて」

「正義党の勝ち。俗論派の負け」

「そうだと思った」

「今朝、ご主君の毛利敬親候が、奇兵隊が叫んじょる『尊皇討幕』を正式に宣言された。これを聞いて、藩重役の椋梨藤太が萩城から逃げ出したンよ。ほかの佐幕派の連中も家族を連れて隣国の津和野へむかっとる」

「やはり軍艦の威嚇射撃は効果があったンじゃね」

「空砲ならまだしも、実弾を撃ちこまれたら半日で落城しよる」

高杉がすばやく軍船を奪ったのは、当初からそうしたもくろみがあったようだ。好人物の主君を脅せば、藩の方針はどちらにでも転ぶと見たらしい。

もとより長州において、幕府との協調路線をとる者は少数派なのだ。高杉の勝利は、挙兵した時に決まっていたともいえる。

「で、高杉さまは」

「萩に凱旋するのかと思うちょったら、また悪いクセが出て下関の遊里で連泊しとられる」

「どうしょうもないね、あン人は……」

「藩のお偉がたが会いに行ったら、報償がわりに英国へ海外視察に行きたいとか言いだしとる。お供は例によって伊藤俊輔さん」

「遊び人同士で、最悪の組合わせじゃがね」

「ほほっ、いくつになっても悪さばっかりして。兄さまが生きとったら叱ってもらうのに」

次姉の寿は品好く笑っていた。


藩論のまとまった長州は討幕戦にのりだした。

錦の御旗を掲げ、雄藩の薩摩と連携して鳥羽伏見の戦いにも勝利した。その間、寡婦の文は萩城に召され、世子毛利定広の嫡男の子守役となった。教養ある賢女とされ、幼君の教育係を任された。

文は周旋屋の伊藤俊輔に誘われ、下関の東行庵を訪ねたことがあった。そこで二人の美しい京女に出逢った。庵主は芸妓あがりの長州女だった。共に語るべきこともなく、桜の樹下で微笑んでいた。

明治維新後。周旋屋の塾生は、名を伊藤博文と改めて日本国初代総理大臣となった。

次姉の寿が明治十四年に病没し、文は妻を亡くした義兄の楫取素彦と再婚した。その折、杉文は楫取美和子と改名。男爵で貴族院議員の夫を支え、貞宮御付として多喜子内親王の御養育を受け持った。

明治四十二年。出世頭の伊藤博文が、ハルピン駅頭で韓国人青年に暗殺された。

長命の彼女は大正十年まで生きた。

兄松陰の下で学んだ塾生らの懸命な生きざまを見届け、壮烈な死にざまの志士たちを見送った。

彼女は歴史の見届け人であり、志士たちの送り人だった。

三

竹崎浦から眺める夕陽は血を流したように赤い。眼下に広がる馬関海峡は朱色に染まり、ごうごうと渦巻いている。

芸妓仲間の梅子に呼び出され、おうのは荘厳な落日を女二人で眺めていた。海岸べりに目をやると、浜千鳥がいっせいに夕焼け空へ飛び立った。

（惚れた男がいると……）

とかく女は心痛する。

聡い梅子だが、情人の伊藤俊輔のことで思い悩んでいた。置屋を離れて独り暮らしをしているので、話し相手が欲しいらしい。

おうのは聞き役に徹していた。

「……気苦労が絶えんね、梅子さん」

「高杉さんの考えちょることは、うちにゃ何もわからん。挙兵したとき、真っ先に駆けつけたのは、うちの伊藤だけじゃったんよ。ほかの仲間はそっぽをむいちょった。そのあと諸隊が高杉さんの旗の下に集まり、せっかく藩の俗論党を打ち負かしたのに、こんどは『長州割拠論』をぶちあげとる」

「なんね、それ」

「ようわからんけど、幕府に先んじて下関を開港し、長州一藩で諸外国と貿易を始めようとしとるらしい。そこで得た巨額の利益を討幕の軍資金にまわすと」

「それって、早く言えば密貿易じゃろう」

「うちの伊藤が、また従者としてこき使われとる。二人して長崎へ行き、イギリスの武器商人と会ったらしい。渡英するとか言いだして、こんどは長州支藩の尊攘派に追われちょるんよ」

梅子の言葉には、伊藤への想いがこもっていた。

下関開港を言いだせば、実質的にこの地を領有している長府藩と清末藩が黙ってはいないだろう。

これまで両支藩は高杉に力を貸してきた。現に高杉が挙兵したのは長府領内の功山寺だった。とくに兵法指南役の三吉慎蔵は勤王家として知られ、高杉に場所や資金を与えていた。

おうのは、なじみ客の神代直人のことを思いだした。

（あの漁師あがりの暗い目もとの若者も……）

周防灘に面する長州支藩が生まれ在所だった。

腕の立つ直人は、主将久坂玄瑞の護衛として皇都へ攻め入り、その最期にも立ち合ったという。

過激な攘夷思想に染まった直人は、友を見捨てた高杉を恨み抜いている。下関開港と聞けば、『死神直人』はかならずや凶刃を見舞うだろう。

梅子が声をひそめた。

「怖いンよ、うち。英国から一緒に緊急帰国した志道聞多《しじもんた》さんも、暗殺団に襲われて瀕死の重傷を負ったし」

「伊藤俊輔さんは、その名の通り俊敏じゃから大丈夫ィね」

「じつは、そのことで話があってここに呼び出したンよ。伊藤は九州へ逃げた。そしてあんたは高杉さんに五十両で買われた」

「何を言うちょるん、訳がわからん」

「ついさっき落籍《ひか》されたんよ」

「嘘じゃろう」

「高杉さんからあずかったお金を、うちが置屋のご主人に支払ったからまちがいない。よかったね、おうのさん」

「信じられんちゃ」

まさに夢物語だった。

生涯売り切りの身の上から解放されたのだ。しかも相手は長州藩の上士だった。けれども、おうのはさほど嬉しくもなかった。

鳥かごの中に十年も閉じこめられていた小鳥は、出口がひらいても見知らぬ外界に飛び出す気にはなれない。

（……きっとまた即興詩人の気まぐれだろう）

そんな風に思った。

高杉の女遊びはいっそう悪化していた。萩には正妻がいるし、下関対岸の小倉でも愛人を囲っているという噂だ。

最近、下関の花街では高杉がつくった戯れ唄が流行っていた。自虐めいた歌詞は、蕩児ならではの出来だった。

萩に行きたし
小倉も未練
ここが思案の下関

得意の三味線をかき鳴らし、高杉が即興で唄った一節が、芸妓や座敷客の琴線にふれたらしい。

もしかすると『思案の下関』とは、おうのの落籍を示したものかもしれなかった。

年上の梅子が諭すように言った。

「おうのさん、怒らず聞いてね。高杉さんは一筋縄ではいかん男じゃ。あんたを自由の身にしたんは、情愛じゃのうて機略なんよ」

「それはわかっちょる」

「下関開港を知った長州支藩は激怒しとる。もともと下関は自分らの領地だし、勝手に動きまわる高杉さんをゆるせんちゅうて暗殺団を結成したらしい。その頭目が『死神直人』なんよ。強気な高杉さんも、死神だけは苦手で逃げる算段をした。でも一人で他国へ行けば幕吏らに怪しまれるので……」

「うちのことを思いだしたんじゃね」

「そう。女連れだと何事もうまくいくと」

「……あほくさ」

おうのは、わざと上方なまりで言った。

以前、同じような話を梅子から聞いたことがあった。

高杉が大偵察と称して藩費を持ち出し、それを私用に使って下関の芸妓を落籍した。

二人で仲良く長崎へむかったが、散財しすぎた高杉は同行の女を妓楼に売りとばして帰りの旅費にあてたという。

人でなしの所業だった。

志士と名のりながら、時折みせる非情さは、もしかすると優れた英傑の資質なのかもしれない。

おうのは、そんな高杉のことをけっして嫌いではなかった。

(……また同じ場面に出くわしたら)

女郎に売られてもかまわない。

どうせ、はかない憂き世なのだ。他国の遊廓で夜ごと違う男客に抱かれ、衰弱して死んでいくのも面白いと思った。

翌朝。旅装のおうのは、落合い場所の桟橋で連れ合いを待っていた。前方を見やると、ざん切り頭の若者が下関の岸壁ぞいに歩いてきた。

「待たせたな、おうの」

「……ええ、二年間も」

おうのは一拍遅れて返事した。

高杉は三尺の長剣を腰帯に差し、携帯用の小ぶりな陣中三味線を左脇に抱えていた。異様な風体だが、玄人女のおうのと並ぶと妙に似合っている。

高杉が薄く笑い、例によって思わせぶりなことを言った。

「行きて帰らぬ旅になるかもしれん」

「そうなることを願ってます」

「よし、一番船に乗ろう。二人の行き先は帆まかせだ」

「旅は初めて。最後になるかもしれんけど」

「ほう、最初で最後か」

「……旅先で何とお呼びすれば」

「旦那さまでいい。駈け落ち者に見えれば好都合だ」

「では、旦那さま……」

「ゆるゆる参ろうか」

高杉は、芝居がかった仕草でおうのの手をとった。

ぴったりと息が合っていた。はたから見れば、異形な二人連れは旅芸人の夫婦に映ったろう。

おうのは高杉に手を引かれ、旅客たちにまじって一番船に乗りこんだ。

帆を上げた客船は下関の海岸ぞいに進み、ほどなく波静かな周防灘へとまわりこんだ。

頬をなでる潮風が心地好い。

甲板に立つおうのは愉快でたまらなかった。船に乗って長州を抜け出すなどとは考えたこともなかった。

（……これは志士たちの言う脱藩ではないのか）

そう思うと、さらに気分が高揚した。

下関のせまい遊里で暮らしてきたので、見るものすべてが目新しい。瀬戸内海に点在する小島や、右岸に連なる四国山脈が朝陽を浴びて青銅色に輝いていた。おうのは同じ船に乗り合わせた旅客たちの、お国なまりに耳をそばだてた。

高杉が、さりげなく隣席の上方商人に話しかけた。

「女房と二人で金比羅参りをしょうと思うちょるが、次の寄港地はどこかね」

「あんたら船を乗りちがえてまんがな。この船は四国には行きまへんから、何年経っても金比羅参りはでけしまへんで」

「なら、船が停泊するのは」

「西宮港ですワ。幕府の直轄地で、藤堂藩の者たちが警備しとるから、とくに鉄砲と出女の捜査はきびしおまっせ」

上方商人が、ちらりとおうのに横目を走らせた。

怪しむのも無理はない。

どう素人風に装っていても、花街暮らしの色香は消せない。連れの高杉はもっと異様だった。ざん切り頭の二本差しで、三味線まで膝元に置いていた。

高杉はとがった顎を左手でつるりとなでた。

「そうか。これはおもしろいことになってきたのう」

おうのも笑顔で話を合わせた。

「ここが思案の西宮じゃね」

「第一関門か。人の恋路を邪魔する奴は、蹴っ飛ばすだけじゃ」

敵の目をくらますため、女を同行したことが裏目にでたらしい。

早くも窮地に陥ったが、高杉は平然と笑い流していた。おうのもまた、みじんも恐怖感を抱いてはいなかった。

旅の途中で高杉と共に死ぬのなら本望だった。

西宮港で下船した二人は、じゃれ合いながら浜辺の検問所を通過した。偽の道中手形も所持していたし、愛刀も細縄で番傘にくくり付けてあったので、役人の目をあざむくことができた。何よりも、連れ添うおうのがのんびりとしていたことがよかった。

検問所を抜けて街道に出ると、角地の広場に幕府の高札場があった。お触れ書きの横に、真新しい人相書きが二枚貼られていた。

おうのが笑って指さした。

「うちの旦那さんはお尋ね者じゃったン」

「そう、天下の謀反人だ」

高杉が得意げに言った。

鼻筋の通った美男子の下には、『桂小五郎』と記されてあった。もう一枚は馬づらのさえない武士で、『高杉晋作』となっている。

実物とは似ても似つかないが、長州人は概して長顔であった。お座敷遊びに興じる高杉は、よくこんな滑稽な戯れ唄を口にしていた。

あれおかし、乗ったひとより　馬は丸顔

初めて聞いたとき、おうのは笑い転げたものだ。気分屋の高杉だが、一緒に旅してみると思いのほかやさしかった。

しかし、金銭感覚はまるでなかった。

相部屋の商人宿に泊まることを嫌い、女連れで遊里のお茶屋に泊まった。また大坂の道頓堀に知人がいるとかで、二挺駕籠を仕立てたりした。そのため手持ちの小判がみるみる減っていった。

（どうやら、その金は……）

英国留学の旅費だったらしい。

高杉がさほど気にしていなかったので、おうのも気持ちよく櫛やかんざしを買って散財した。

逃げることだけが目的の旅である。

二人で金を使い果たせば、そこで別れるしかない。だからこそ、おうのは何をやっても楽しかった。

大坂では、紅屋木助《べにやもくすけ》という長州の間諜《かんちょう》に世話になった。

奇兵隊に所属していた木助は、開闢総督高杉晋作の前では正座をくずさなかった。まるで下僕のように接していた。

「高杉先生にお逢いできて光栄至極であります。疾風迅雷のお働きにより、長州の俗論党を一撃で倒したことは奇兵隊の仲間からも聞いております。されど京の政情は薩摩主導にて、禁裏をわが者顔でのし歩く有様。一橋慶喜めも第二次長州征伐の下準備を……」

優秀な間諜の報告を、高杉はおうのの膝枕で聞いていた。政事や革命に興味を失ったかのような、しごく穏やかな表情だった。

「木助、四国への便船を探してこい」

それが間諜に出した指令であった。

木助はすぐに船を手配した。変装用の衣服も用意し、新たな道中手形も偽造して高杉に持たせた。

「今日より高杉先生は海運業者の備後屋助一郎となりました。おうのさんは、その妻女であります」

「おうの、ついに夫婦になったのう」

「……あほくさ」

一つ覚えの大阪弁で、おうのは嬉しさを押し隠した。

一箇所に長居をすれば、幕吏らに偵知されてしまう。二人は船で四国へと渡り、道後温泉で長旅の疲れを癒やした。

そこで、また悪い癖が出た。

高杉が温泉宿の芸者らを総揚げにして、六日間も遊び呆けたのだ。

おうのも一緒になって三味線をかき鳴らし、どんちゃん騒ぎをつづけた。

客の立場で遊んでみると、これほど快適なものはない。おうのはご祝儀を田舎芸者たちにばらまいた。

七日目になって二人は気がついた。しぼんだ懐中を探ってみると、残金はわずかしかない。

（……ここが旅の終点だ）

おうのは得心した。

思い残すは何もなかった。

湯宿の寝所で、おうのはぼんやりと言った。

「旦那さん、うちを淫売宿に売ってください。帰りの旅費ぐらいにはなるじゃろう」

「何を言いだすんじゃ」

「初めから、そのつもりで付いてきた」

「お前ってやつは……」

高杉に抱き寄せられた。

おうのの潔さに圧倒されたらしい。同時に、かつて自分が女たちに為した悪行を思いだした風だった。

「すまんかった、おうの。そんな覚悟でおったとも知らず」

「こんな楽しい旅ができて、もう一生分遊んだちゃ」

「二人でもっと遊ぼう。金の工面ならできるから」

高杉が力強く言った。

おうのは曖昧にうなずいた。淫売宿に売りとばされようが、このまま旅をつづけようが、どちらでもかまわなかった。

昔から男に期待などしていない。

要は高杉の気分しだいなのだ。

「日柳燕石《くさなぎえんせき》という勤王詩人に逢いに行く」

「旦那さんと同じ稼業じゃね」

「女好きで喧嘩好き、まさに破天荒な博徒さ」

「それって、やくざの親分さんじゃがね」

「詩は一流だ。吉田松陰先生も愛唱されとった」

「聞かせてつかァさい」

寝間でおうのがせがむと、高杉が立ち上がって漢詩を吟じた。

日本に聖人あり
その名は楠公
誤って干戈の世に生まれ
剣をひっさげて英雄となる

楠公や干戈の意味がわからず、おうのは小首をかしげるばかりだった。すると、すっかりうちとけた高杉が淡々と教えてくれた。

「楠公《なんこう》とは楠木正成公《くすのきまさしげこう》のこと。南北朝時代に後醍醐《ごだいご》天皇の勅状を手に戦った忠臣だ。そして干戈《かんか》とは武具の楯《たて》や矛《ほこ》をさし、戦乱の世を意味しとる」

「よけいにわからんちゃ。うちは学がのうて」

「いや、おうのはそれでいい。明日は早立ちし、讃岐の金比羅参りに行こう。そこは日柳燕石さんの縄張りだし、逃走資金ぐらいは借りられる」

「……なら、そうしましょう」

　おうのはけだるく応えた。

　高杉が愉快げに言った。

「不思議なおなごじゃ。たいして喜んじょらんのう」

「喜怒哀楽は紙一重じゃけぇね」

「聞かせてくれ、おうの。お主《んし》ァの望みを」

「……何もないいちゃ。おもしろぅもない憂き世を、のんびり生きていこうと思うちょるだけ」

「いまの言葉、気に入った。『おもしろき、こともなき世を、おもしろく』か」

　懐紙をとりだした高杉が、すらすらと小筆を走らせた。

　おうのと共に長州へ帰還した高杉晋作は、国境へ押し寄せる長征軍を迎え撃った。独断で購入したオテント丸号に乗りこみ、たった一艦で夜襲をかけて幕府海軍を壊滅させた。

陸戦でも奇兵隊を指揮し、諸藩連合の幕府軍を長州の四境でことごとく撃ち破った。すでに坂本龍馬の仲介で『薩長秘密同盟』が締結されていたので、武器弾薬等は薩摩から購入できた。

長州の勝利が確定したころ、高杉の肺病が悪化した。

奇兵隊の招魂場がある山荘に移り住み、愛妾のおうのが高杉の看病をしていた。だが臨終の際には立ち合うことがゆるされず、萩から駆けつけた正妻の雅子が死に水をとった。

亡骸は、遺言に従って招魂場近くの吉田清水山に葬られた。その地は、高杉の好んでいた雅号からとって『東行庵』と名づけられた。

実力者となった伊藤博文が、おうのを無理に剃髪させて東行庵の庵主に据えた。貞操観念のないおうのを危ぶみ、高杉の菩提を弔う尼僧として生活の場をあたえたのであろう。

おうのにとって、そこが終《つい》の棲家となった。

明治天皇が即位したころ、昔のなじみ客が東行庵を訪ねて来たことがあった。神代直人は、尼僧となったおうのに秘事を打ち明けた。「武力討幕の障害となっていた坂本龍馬を、大政奉還直後に京都で暗殺した」と。さらには、「藩金横領犯の高杉晋作を斬り殺せなくて残念だった」とも語った。

同年。長府藩の三吉慎蔵宅に身を置いていた坂本龍馬の未亡人が、ふらりと東行庵にやって来た。おうのは、刺客神代直人については何も話さなかった。その日、偶然居合わせた木戸夫人や寡婦の杉文たちと共に女四人で茶を喫した。

政界の頂点にのぼりつめた伊藤博文は、畏友の高杉晋作を顕彰する碑を園内に建立し、『動けば雷電の如く、発すれば風雨のごとし』と銘文を刻んだ。

梅処尼と称したおうのは、明治四十二年に没した。小さな彼女の墓は、高杉晋作の墓所が見える丘上につくられた。

四

お龍は船べりに立って潮風に吹かれていた。

やつし島田の乱れ髪が春光にきらめく。右脇にいた三吉慎蔵が、周防灘の沖合いに浮かぶ小島を指さした。

「お龍さん、見てみんさい。あの横並びの二島が干珠《かんじゅ》と満珠《まんじゅ》の兄弟島ですけぇ」

「兄弟やよって、姿形も似てますね」

「ほいで対岸の陸地が、僕の故郷の長府城下です。いつか坂本さんと一緒に遊びに来てつかァさい」

「そやけど、こないして船上で語り合えるやなんて、ほんまに夢みたいどすなァ。寺田屋で夜襲をうけたとき……」

「ええ、じつに危うかった。お龍さんが薩摩屋敷に駆けこまなければ、捕り方に討ち取られていたかもしれん」

「三吉さんは長府藩の兵法指南役やおへんか。寺田屋での猛虎のような暴れっぷりを、あてはちゃんと横で見てましたえ」

「いや、僕は任務を果たしただけじゃ」

龍馬の護衛だった若者が、照れくさそうに笑った。

共に死線をくぐった仲である。その名のように慎ましい慎蔵に、お龍は深い連帯感を抱いていた。

(本物の勇者は……)

けっして戦果を誇らない。

いつも男たちに辛辣なお龍だが、清明な物腰の三吉慎蔵には絶対的な信頼をおいていた。

寺田屋からの脱出時、慎蔵は龍馬をかばいながら逃走した。

死者まで出した捕吏たちは、慎蔵の手槍を恐れて囲みを解いてしまった。だが右手を負傷した龍馬の出血がひどくなり、二人は薩摩屋敷までたどりつけなかった。

護衛役の慎蔵は臨機応変だった。

高瀬川ぞいにある材木置場の木くずの中に龍馬を隠し、単身で薩摩屋敷へとひた走った。

薩摩藩士らは、すでに龍馬救出の用意を整えていた。一足早く全裸で屋敷内に駆けこんだお龍が、龍馬の危難を注進していたのだ。薩摩兵は藩船で材木置場に急行し、龍馬は九死に一生を得た。

翌日には、西郷が薩摩鉄砲隊を引き連れて伏見にやって来た。

伏見奉行所は手がだせなくなった。

龍馬とお龍、そして三吉慎蔵を乗せた三挺駕籠は、遠回りして寺田屋の前を通った。駕籠内から女将のお登勢に別れを告げ、京都二本松の薩摩藩邸へとむかった。

二ヶ月ほど藩邸で龍馬が静養し、その後三人は大阪の埠頭から薩摩の藩船三邦丸に乗りこんだ。

もう一人、陽気な同行者がいた。

「よう、ご両人。」

船内から中岡慎太郎が甲板に上がってきた。

中岡は北川郷の庄屋のせがれだった。若くして土佐勤王党に入り、そこで龍馬と知り合ったらしい。中岡は龍馬のあとを追って脱藩し、尊皇討幕が金看板の長州へと走った。

智略にすぐれた彼は桂や高杉らの信頼を得て、長州と薩摩の根回しを行った。

中岡は、逆賊の汚名を背負った長州の代弁者でもあった。龍馬が表舞台に立って『薩長同盟』を仕切ったが、陰の功労者は中岡慎太郎だった。

頬骨の張ったごつい風貌だが、土佐っぽ特有の温もりは龍馬と共通している。同じ土佐郷士の二人は仲がよく、中岡は祝言の仲人までしてくれた。

お龍は親しい笑みをむけた。

「中岡はん、ねぼけまなこどっせ。ほんに寝起きの幼子みたいで可愛いこと」

「龍馬のほうが寝坊助じゃきに。船内で大いびきをかいとる」

「どっちもどっち。寝顔もよう似てはるので、昨夜はまちごうて中岡さんの隣で眠ってしまいました」

「くわははっ、たァまるか」

中岡が潮焼けした顔をほころばせた。

それから急に真顔になり、慎蔵の肩に手を置いた。

「龍馬の危難を救ってくれたご両人に感謝しとる。わしゃ三吉くんと一緒に下関で下船する。薩長が手を結んだので、時を逃さず幕府攻略の対策を長州藩幹部らと話し合わにゃならん」

「お忙しいことどすな」

「土佐勤王党の生き残りは、わしと龍馬ぐらいじゃ。できれば土佐藩も巻きこんで、『薩長土』の連合を果たしたい。それが出来るのは、やはり仁徳のある龍馬のみ」

「いいえ、中岡はんの支えも必要どす」

「見え見えの世辞じゃが、まっこと嬉しいのう」

「本心どっせ。京女のあては好きと嫌いだけで生きてますよって」

「ならば龍馬の看病はお龍さんに任せよう。龍馬は昔から不用心じゃ。くれぐれも目を離さんように」

「中岡はんもお気をつけて」

「いや、友の龍馬と一緒ならどこで死んでもかまわんきに」

冗談めいた言葉が、時によって凶事を招くこともある。

一瞬、お龍の脳裏に不吉な閃光が走った。それは、血しぶきをあげて倒れていく龍馬と中岡の残像であった。

波静かな周防灘を過ぎると、船体が大きく揺れた。潮の流れも速くなり、お龍は甲板に立っていられなくなった。

前方に見える海峡に潮流が激しく流れこんでいた。

地元の慎蔵が、よく通る声で説明してくれた。

「このあたりが源平合戦のあった壇ノ浦の古戦場ですちゃ。海戦で潮目を見まちがえたら敗北しますけぇね」

「こんなに波が高うては、源《みなもとの》義経《よしつね》の八艘飛びや、弓の名人那須与一《なすのよいち》の扇落としもでけしまへんた」

「おもしろい。お龍さんは物の見方が人とはちがう」

「そやよって、他人さまに嫌われます。ほめて、ほめて、ほめまくってくださるのは龍馬さまだけどす」

「これからは、僕もそうします。坂本さんのおなごへの接し方を間近に見て、考えをあらためました。お龍さん、あなたは本当に凄いおなごじゃ。そしてだれよりも美しい」

慎み深い慎蔵が真顔で言った。

お龍はおもはゆい。

龍馬と初めて逢ったとき、同じようなことを言われた。

(面と向かって女を讃える男こそ……)

真の勇者なのかもしれない。

波高い壇ノ浦を望見しながら、お龍はあらためて誇り高く生きようと思った。

下関に寄港した三邦丸は、中岡慎太郎と三吉慎蔵の二名を下ろし、すぐさま碇を上げて南下した。速度のある藩船は、京都の新情報を薩摩へと届ける最良の定期船だった。

とかく面倒見のいい西郷が、龍馬とお龍を薩摩に招いてくれた。活火山の多い南国には、いくつもの湯治場があって傷養生には最適らしい。

その日の夕刻、三邦丸は錦江湾に入った。

桜島の噴煙が天空高くたなびいていた。雄大な景観を目の当たりにして、お龍は自分の心の狭さを思い知った。

（……生まれ育った京都が、この世のすべてだと思ってきたが）

他郷にも独自のすばらしい風物や文化がある。

連れ合いの龍馬が自由闊達なのは、自分の足で諸国を歩きまわり、多くの人たちとふれ合ってきたからにちがいない。

上陸した二人は、西郷の薦めもあって塩浸《しおひたし》温泉に行った。そこは薩摩藩の保養地で、西郷の意を受けた宿舎の老管理人が食事の世話をしてくれた。

天然の岩風呂で、お龍は全裸ではしゃぎまわった。

夫の龍馬はたしなめることなく、「日本で裸がいちばん似合う女じゃ」と、逆にほめてくれた。

老管理人は、「二人きりで旅行する若い男女を初めて見た」と言っていた。

右手の傷が治ってもいないのに、龍馬がよからぬ事を提案した。

「両足はどこも悪うない。お龍、一緒に霧島へ登って『天《あま》の逆鉾《さかほこ》』を見てみよう」

「よろしおす」

お龍に二つ返事でこたえた。

翌日は好天だった。老管理人に握り飯をつくってもらい、二人は霧島の登山道を登っていった。そろって健脚なので、昼過ぎに山頂についた。

龍馬が呆れたように言った。

「なんじゃ、これは。子供だましの偽物ぜよ」

「ほんに安物どすな」

山頂の岩場に刺されていた逆鉾は、あまりにもみすぼらしかった。

龍馬が悪童めいた笑みを浮かべた。

「お龍、二人でひっこ抜いちゃろう」

「そないしましょう」

「ええ度胸じゃ。神が天から投げ下ろしたとされる逆鉾を、まったく信じとらんな」

「こんなもん、ただの木ぎれどっせ」

お龍は右手をのばし、木製の偽鉾を岩間から抜きとった。

先をこされた龍馬が大笑いした。

「かっはは っ、まっこと罰当たりなおなごぜよ。惚れぼれするのう。お前《まん》の良さは、きっとほかの男にはわかるまい」

「いいえ。三吉さまも凄い女だとほめてくれはりました」

「たしかに凄い。か弱い女ができそうもないことを平気でやってのける」

「そやよって、よけいに男はんに嫌われる」

お龍は、手にした偽鉾を思い切り遠くへ放り投げた。

薩摩で傷養生を終えた龍馬は、お龍を伴って長崎へとむかった。

急坂の多い港町は活気に満ちあふれている。南山手の界隈は西洋人が多く住んでいて、赤鼻の大男たちが外套をひるがえして闊歩していた。

龍馬は、また多忙になった。

自身が創設した貿易商社が亀山の地にあり、『亀山社中』の看板を上げていた。部下たちの多くは神戸の海軍操練所を追い出された訓練生だった。龍馬は寺町通りにある旧家を借り受け、行き場のない若者らを住まわせていた。

かれらは商いの経験がなく、また憂国の志さえ持っていなかった。生活のすべてを龍馬に頼り切っていた。おかげで貿易商社の台所は火の車だった。

お龍の見る目はいつも辛《から》かった。

（まだしも一剣に生きる新撰組のほうが……）

男として上位に映る。

京の巷を血に染める壬生浪は、少なくとも自分たちの命を切り売りして必死に京の治安を護っていた。局長の近藤勇も、池田屋襲撃のときには真っ先に斬り込んだ。

勝ち気なお龍に、口先だけの軽薄な才子が嫌いだった。

とくに幹部の陸奥陽之助は、初見のときから気に入らなかった。龍馬の懐刀としての自負があるらしく、妻女のお龍に対抗心を燃やしていた。

陸奥はひとりだけ毛色が変わっていた。

出自は御三家紀州藩の上士だった。何故か尊攘思想に染まって脱藩し、いまは龍馬の下で薩長との折衝役を受け持っていた。

剣の腕はからっきしだが弁は立つ。

龍馬は彼の才覚を認め、よく会議の場に連れていった。

（あの議論好きの軟弱者は……）

主にこびる男芸者のようだ。

いつも自宅で留守番ばかりのお龍は、よけいに腹が立った。

お龍が毛嫌いする才子が、維新後に陸奥宗光《むつむねみつ》として日本外交を推進し、不平等条約の改正を成し遂げるとは、先読みのできる龍馬も想像し得なかったろう。

龍馬も、さほど商才がなかった。

売り買いの差額が少なすぎて儲けがでなかった。せっかく買い入れた中古船のワイルウェフ号も、出港初日に暴風雨に見舞われ、天草灘で積み荷ごと沈んでしまった。

亀山社中は借財を抱え、たちまち運営に行き詰まった。

そこへ割って入ったのが、仇敵の後藤象二郎《ごとうしょうじろう》だった。龍馬との面談を求め、老舗茶屋の花月で会うことになった。

それを知った部下たちが、龍馬の居宅へ押しかけてきた。若い高松太郎や安岡金馬たちは、そろって白袴姿だった。

亀山社中の定められた装いは、イギリス海軍の白い制服をまねている。発案者は龍馬だったが、本人はずっと黒紋着で通していた。

土佐郷士の安岡金馬が興奮ぎみに言った。

「坂本先生、今回の会談はとても承服できません。相手は土佐勤王党を断罪した後藤象二郎ではありませんか。斬るというなら僕がやりますが、手を結ぶとなれば、入獄切腹された党首の武市瑞山さまに顔向けでけん」

そばで聞いていたお龍は、もっともな話だと思った。

安岡金馬は正義感がつよく、まだしも志士としての気概を有していた。

「君の言うとおりじゃ。事としだいによっては、土佐藩重役の後藤はわしが斬る。それと、先生と呼ぶのはやめてくれんか。尻が妙にこそばゆいきに」

操練所では塾頭と塾生の間柄だったので、龍馬は先生と呼ばれて閉口していた。

親戚筋の高松太郎が口惜しげに言った。

「われら土佐の下級武士が、どれほどつらい目に遭ってきたか、龍馬さまが一番よくご存じのはず。土佐藩には恨みこそあれ、何の恩義もないですろう」

「だからこそ、藩重役の後藤に会って金をむしりとる。策はちゃんとある」

「でも、どのような……」

「やはり『亀山社中』では生ぬるかった。商売など、しょせん守銭奴のすることだ。旧弊な日本を変えるため、明日からは『海援隊』と称号を変え、いずれ艦隊を連ねて七つの海へと出港する。土佐藩には、その軍資金一万両を出してもらおうと思うとる。諸君、何か言いたいことはあるかな」

龍馬一流の陽気な大ボラであった。そばで聞いていたお龍は、おかしくてならなかった。

元塾生たちは、坂本塾頭の奇策を生真面目な表情で聞き入っていた。

海援隊の売りは、やはり操船術である。

第二次長州征伐が実行された折、龍馬は二十人ほど隊士を引き連れ、長州の対幕戦に加わった。病床の高杉は喜び、戦艦ユニオン号を龍馬に渡して指揮をまかせた。

艦隊長官となった龍馬の任務は、海上の敵艦を駆逐することだった。さらに対岸の門司へ敵前上陸する奇兵隊の援護も受け持った。ユニオン号は西浦浜まで進み、海上から激烈な艦砲射撃を開始した。

貧弱な造りの門司砲台は一刻ほどで落ちた。戦意旺盛な長州兵は敵領へ上陸し、一気に小倉城へと進軍した。

長州軍の強さは異様だった。

いつも寡兵で大敵に挑んできた。わずか六百名の奇兵隊は、一万を超す幕兵を追い散らし、小倉城下にまで攻め入った。狙う標的は、長州征伐の総大将小笠原長行《おがさはらながみち》であった。

諸藩寄せ集めの弱兵らは、総大将を見捨てて逃亡した。

幕閣の小笠原長行も小倉城を死守する覚悟がなかった。指揮権を放棄して姿をくらました。戦場に孤軍として残された小倉兵たちは、壮麗な天守閣を誇る名城に火をかけ、悔し泣きしながら肥後方面に撤退したという。

お龍は、それらの戦話を龍馬から聞かされた。

「勝っても負けても戦はいかんぜよ。小倉城下も火に包まれた。泣きを見るのは、いつも女子供じゃ。このまま内戦が拡大したら西洋列強の侵略を招くことになるきに」

長州寄りの龍馬だが、討幕戦にはあまり乗り気ではなかった。

翌年、龍馬はお龍を連れて長崎港から出港した。

ひさしぶりの船旅で、お龍の心は浮き立っていた。長崎には良い思い出がなかった。まわりが粗野な隊士ばかりなので、京女のお龍とは話が合わない。

長崎の街をわがもの顔でのし歩く白袴の連中を嫌悪していた。弁舌巧みな陸奥陽之助は、小理屈ばかりこねまわすのでいちばん嫌いだった。

陸奥とお龍の対立に困り果てた龍馬は、最も信頼している人物にお龍の身柄を預けることにしたらしい。

その人物とは、長府藩の参事となった三吉慎蔵であった。

お龍に異存はなかった。

寺田屋襲撃の夜、共に龍馬を護って必死に戦った。お龍と慎蔵は、いわば一緒に死線をくぐった戦友同士だった。

下関で下船した龍馬たちは、観音崎町にある海援隊支部へ行って休息をとった。

そこで支部長の伊東助太夫と会い、長州の現状を聞いた。

「高杉晋作くんが急死して残念じゃ。奇兵隊の諸君の士気が落ちてなければよいが」

「最近は揉め事ばかりです。奇兵隊二代目総督の赤根武人《あかねたけと》が処刑されました。しかも味方にです」

伊東が顔をしかめた。

赤根と面識のある龍馬も眉をくもらせた。

「何があった。赤根くんは吉田松陰先生の直弟子じゃし、梅田雲浜さまとも親しい古株の志士だ。功績ある彼を断罪できる者は長州にはおらん」

「一人だけおります」

「まさか同じ塾生の……」

「ええ、総督の座を奪い取った山県狂介。高杉先生が挙兵したとき、最も反対したのが山県でした。だがその罪を赤根武人にかぶせ、叛徒として殺したようです。同じ周防出身の三吉慎蔵さんなどは、山県の専横ぶりに嫌気がさしたらしく、討幕戦から身を引きました」

「こまったことじゃ。優秀な松門四天王は全員亡くなり、残るのは出世欲にまみれた連中だけか」

龍馬が大きく吐息した。

黙ってそばで聞いていたお龍も、長州の先行きを案じた。

（あの純正な三吉さんが背をむけるとは……）

長州に将たる器の人物はいなくなる。

高杉が生きていれば、支藩の三吉慎蔵を陸戦の総指揮官に抜擢したにちがいない。

現に小倉城攻撃の際も、慎蔵は決死隊二百名をひきいて突撃し、幕兵らの心胆を凍えさせた。

そして何よりも、長府領内の功山寺に高杉を招き入れ、挙兵の場をあたえた功績は大きい。

三吉慎蔵は、いまでは参事となって長府藩を一人で仕切っているらしい。懐の深い龍馬は、お龍の預かり親として最適の男をえらんだのだ。

長府の三吉邸に移り住んだお龍は、安穏な日々を送っていた。

従者と飯炊き女が同居するだけの質素な暮らしだが、気心の知れた慎蔵と一緒なので何の不満もなかった。

夫の龍馬は、あいかわらず一所に落ちつかず東奔西走している。三月前、龍馬がひょっこりと長府に姿をあらわし、奥座敷で慎蔵をまじえて懇談した。

話の内容は思いがけないものだった。

「大政奉還を為して王政を復古し、徳川家も帝の臣下として新政権に参加さすつもりじゃきに。勤王と佐幕が争っておれば、国までが滅びる。十五代将軍の徳川慶喜は、宮家の血が半分混じっとるから受け入れる。されど武力討幕に固執する薩長を説き伏せるのは難しい。皇都には尊攘派の過激な人斬りが大勢おる。万が一、自分が横死したあとは、お龍を土佐の実家へは送らず、三吉家にて扶養してもらいたい」と。

慎蔵はこころよく承諾した。

龍馬は宿泊せず、その日のうちに京都へ旅立った。

別離の言葉はとくになかった。例のしみとおるような笑顔を残して龍馬は去っていった。

お龍は、夫の生還を信じて待つことにした。

十一月十五日は龍馬の誕生日である。

めずらしく台所に立ったお龍は赤飯を炊いた。少し固めだったが、慎蔵はうまそうに食べてくれた。

その夜、お龍は悪夢にうなされた。

薄暗い一室に龍馬が朱に染まって倒れ伏し、周囲の壁や襖には禍々《まがまが》しい血痕が飛び散っていた。

四日後、お龍は奥座敷に端座した慎蔵から凶報を知らされた。

「十一月十五日、京都三条の近江屋にて坂本さんが謎の刺客に襲われ、お亡くなりになりました。先ほど京からの早馬が下関の海援隊支部に着き、報告がありましたのでまちがいないです」

慎蔵が感情を抑えて事実だけをのべた。

支部長の伊東助太夫は、つらい役目を養い親の三吉慎蔵に任せたらしい。

お龍は声もでない。龍馬の死が受け入れられず、泣くことさえできなかった。

慎蔵がたぐり寄せるように事件の詳細をのべた。

「……その日、洛中には氷雨が降ってごっぽう冷え込んだそうです。寒がりの坂本さんは、『軍鶏鍋《しゃもなべ》を食って温まろう』と言いだし、遊びに来ていた書店のせがれの峰吉を使いに出しました。醬油商の近江屋の二階には、相撲くずれの下僕と盟友の中岡慎太郎さんだけが残ったらしい」

「えっ、中岡はんも一緒に居てはったんどすか」

お龍の視線が宙に泳いだ。

慎蔵はこっくりとうなずき、話をつづけた。

「峰吉が四条の鶏肉屋まで走り、軍鶏肉を買って近江屋にもどると、表戸が開きっぱなしになっちょった。不審に思って二階へ上がると、控えの間に大柄な下僕の死体があり、奥座敷には眉間を鉢巻き状に斬られた坂本さんが血だらけで倒れとった。しかも刀は抜ききらんままで……」

「……そんな」

寺田屋の時と同じように、龍馬は襲い来る相手に抜刀もせず立ち向かったらしい。

察した慎蔵が悔しげに言った。

「僕の失策です。坂本さんの護衛として京へ同行すればよかった。卑怯な刺客など、その場で突き殺したのに」

「……で、中岡はんはご無事どすか」

「事件後に土佐藩邸に担ぎ込まれたが、凶漢らに十数カ所も斬られちょるんで、長くはもたんじゃろうと」

「ほんなら、まだ下手人の目星もついてまへんのか」

「又聞きでこまかいところまではわからんけど、室内に残された足跡からして刺客は二、三名。たぶん新撰組の連中でしょう。強豪の坂本さんを仕留められるのは、実戦慣れした近藤勇か一番隊長の沖田総司しか見当たらん」

「うちもそう思います」

寺田屋夜襲の折、龍馬と慎蔵は二百人を超す幕吏らを撃ち破って脱出したのだ。幕臣の二男三男が集まった京都見廻組に、龍馬を討ち取る気概などない。

（たった数名で斬りこめるのは……）

剛胆な近藤勇しかいなかった。

だが、しばし熟考した慎蔵が意外な推論をのべた。

「言いづらいが、坂本さんは孤立していた。将軍慶喜があっさり大政奉還を受け入れ、薩長は武力討幕の名目が無くなってしまったんです。志士たちの中には、坂本さんを裏切り者あつかいする者までいたらしい」

「ほんなら龍馬さまは……」

「もしかしたら、洛中で孤立無援じゃったのかも」

何か思い当たるふしがあるらしい。

慎蔵は急に口をとざし、きびしい面貌で沈思した。

京都からの情報もぴたりと途絶えた。

怒りのおさまらないお龍は、下関の海援隊支部へのりこんだ。すると、伊東助太夫が手柄顔で応じた。

「姐さん、ちょうどよかった。今朝ほど海援隊本部から連絡がありまして。海援隊士十六人が京都油小路の天満屋へ斬り込んで坂本先生の仇を討ったそうです」

「その仇とは……」

「紀州藩士の三浦休太郎です」

「お待ちやす。それやと陸奥陽之助と同郷やおへんか」

「ええ。今回の仇討ちも陸奥が言いだしっぺで」

「何の証拠もないのに、口車に乗せられたんどすか」

お龍が眉を吊り上げた。

伊東は首をすくめて弁明した。

「証拠はないが、動機はちゃんとあります。紀州藩船が海援隊の商船にぶつかって沈没させられた海難事故があり、その賠償金の支払いを三浦が担当したのです。賠償交渉の席で坂本先生にやりこめられた三浦は恨みを抱き、新撰組を金でやとって近江屋に差しむけたとか」

「その話の出どころは、ぜんぶ陸奥陽之助どっしゃろ」

「臆病者の陸奥も、拳銃を持参して見張り役を受け持ったのですから、坂本先生を思う気持ちは本物でしょう」

「では、標的の三浦を討ち果たしたのですね」

お龍が念押しすると、伊東が曖昧な笑みを浮かべた。

「いや、三浦を護っていた新撰組隊士を一名斬り殺して撤収したらしいです。こちらも十津川郷士の中井庄五郎が討ち死にしました」

「情けない。それが龍馬さまの仇討ちとは」

お龍は何もかも不本意だった。

もとより海援隊士は軟弱だが、これほど胆力がないとは思っていなかった。勝ち気なお龍から見れば忘恩の徒であった。

伊東が弁解を重ねた。

「時機がまずいのですよ。いまのわれらは船長をなくした難破船同然です。このまま浮浪人に落ちるか、薩長の下に付いて活動をつづけるのか、まったく先が読めません。姐さん、ご容赦くだされ」

「ほんなら、こっちも言うときます。知っての通り、あては生粋の京女どっさかい、権高《けんだか》で意地悪《いけず》で恨み深い。あんたらの腰抜けぶりを一生忘れしまへん」

我慢できず、お龍は目の前に置かれた茶碗を壁へ投げつけた。

お龍は下関から徒歩で長府の三吉邸へ帰った。律義な若主人が、玄関先で待っていてくれた。

「お龍さん、少しばかり良い知らせがあります。早く伝えとうて、ここで待っちょりました」

「何どすか」

「坂本さんの殉難を知られた長府侯が、寡婦となられたお龍さんに年二十石の扶持米を下されることになりました。これからは何の遠慮もなく当家でお暮らしくだされ」

「おおきに。こんな不出来な女を……」

「前にも言うたでしょう。お龍さんほど凄いおなごはおりゃせんと。亡き坂本さんが身元をあずけてくれたことを、僕は生涯の誇りに思うちょります」

夕陽の下、慎蔵の清明な笑顔が目にまぶしい。

そして、すべてが好ましかった。

この時、お龍は慎蔵と別離すべきだと思い定めた。

坂本龍馬は刺客の凶刃に倒れた。

海援隊の幹部たちは、寡婦となったお龍を持て余した。龍馬の遺した個人財産を未亡人に譲りたくなかったらしい。長府の三吉慎蔵宅に預けられていたお龍を引き取り、高知の坂本家へ送りこんだ。

美意識の高い京女が、土佐の田舎町で暮らせるはずがない。

一年半後に出奔し、東京へ出たお龍は生活に行き詰まった。

龍馬の同志たちは出世し、明治新政府の高官となっていた。それらの知人を訪ねたが門前払いにされた。海援隊の連中が流した『権高で大酒飲みの悪妻』という風評を、みんなが信じこんでいた。

男尊女卑の迷妄にしばられた志士たちにとって、勝ち気な京女のお龍はめざわりな存在だった。

情にあつい西郷隆盛だけがお龍を自邸に招き入れ、二十円ほど手渡してくれた。

港町の横須賀へ流れ着いたお龍は、大道商人の西村松兵衛と所帯を持った。貧窮の暮らしの中で、酒に酔うと坂本龍馬ゆかりの桔梗紋の羽織をまとい、しつこく亭主にからんだ。

「女の価値は、連れ添う男で決定づけられる」

そう言って、稼ぎの少ない松兵衛を滅入らせた。

酔眼で何度も同じ思い出話をした。お龍は下関の東行庵で偶然に出逢った三人の女性をうらやんでいた。

参議の木戸孝允夫人。

男爵の楫取素彦夫人。

あと一人は東行庵の庵主梅処尼だった。

末路哀れは自分だけだと、お龍は嘆いた。

明治三十九年一月下旬。お龍は横須賀の裏長屋で病死した。

新聞の片隅に『坂本龍馬未亡人死す』の記事が載った。お龍の葬儀には老齢の政府高官たちが弔問に訪れた。冷たい雨の中、かれらは黙って路地奥に長い列をつくった。

氷雨は翌日まで降りつづいた。

《了》

あとがき

京都と長州の二箇所にしぼり、幕末の青春群像を描こうと思った。

そして通例の『男たちの歴史』ではなく、女の目から見た俊傑たちの生きざまに視線をむけることにした。

つまりは、どの時代にあっても変わらない『女たちの真心』である。幕末の激動期、彼女らは命がけの恋をつらぬいた。

そんなものは、とっくの昔に消えてしまっていると、冷笑する人もいるだろうが、あえて古雅な恋模様を掘り起こした。

案外そこには、現代に通じるロマンが秘められている気がする。

桂小五郎と幾松。

坂本龍馬とお龍。

高杉晋作とおうの。

久坂玄瑞と杉文。

維新の英雄らを支えた女たちには、それぞれいくつかの共通点がある。幾松とお龍は気丈な京女であり、おうのと文は従順な長州女だった。

また京の幾松と下関のおうのは、共に花街で生きていた。初代日本国総理大臣夫人となった梅子も、おうのと同じ下関の芸妓上がりであった。

その時代、芸妓はいやしい職業ではなかった。ずばぬけて美しく、詩歌管弦を自在にこなす最上級の女たちであった。

平成の世におきかえてみると、女優、アイドル歌手、外資系のキャリアウーマン、ファッションリーダー等の資質を合わせ持った特別な存在だったと思われる。

知っての通り、花街の名妓たちの多くは明治新政府の高官夫人になった。

それは、けっして玉の輿にのったわけではない。運よく地位と財産を手にした田舎者が、憧れていた美女を妻に迎え入れたというだけの話なのだ。

ふりかえってみても、幕末期の長州の突出ぶりには目を奪われる。

関ヶ原での敗戦後。大きく領土を削られ、本州の西端にまで押しこまれた長州は、二百五十余年もの歳月をかけて優れた人材を育て上げた。

萩郊外に松下村塾をひらいた吉田松陰こそ、長州が純粋培養した清冽な志士だった。無垢な魂を持つ松陰は、脱藩、海外密航、老中暗殺を試み、そのすべてに失敗して処刑された。

そこから武力討幕の種火が燃え上がったとも言えよう。

筆頭弟子の久坂玄瑞は、禁裏奪取をめざして皇都へ攻め入り、戦い敗れて潔く自刃した。わずか二十四年の壮烈な生涯だった。

松門四天王の入江九一や吉田稔麿も闘死し、そのほか多数の塾生たちが次々と戦中に没した。

長州の最後の切り札は高杉晋作であった。

奇兵隊開闢《かいびゃく》総督の高杉は最終場面で決起した。農民主体の諸隊をひきいて藩内の守旧派を叩き潰し、長州の国境に攻め寄せる幕府軍を敗走させた。だが下関対岸の小倉城を落としたあと、おのれの役目を終えたかのように病死した。

長州の人的資源は枯渇してしまった。

すばらしい男たちの血脈は、戊辰戦争のさなかに絶滅したのではないかとさえ思える。しぶとく明治維新後まで生き残り、新政府の高官となった『偉人たち』を持ち上げる気にはなれない。

高杉晋作がつくった奇兵隊の若者たちも使い捨てられた。用済みとなったかれらは、反逆者として政府軍に根絶やしにされた。その指揮をとったのは、皮肉にも木戸孝允と名を改めた桂小五郎だった。

明治期から今日まで、長州（山口県）は多くの総理大臣を輩出してきた。だが有する見識や勇気は、幕末に散った多くの志士たちの足元にもおよばない。

勤王と佐幕。立場のちがいこそあれ、幕末動乱期を駆け抜けた勇者たちの躍動感には胸が熱くなる。

すぐれた歴史小説は数多ある。そこで今回は志士たちと連れ添った女性たちに焦点をあてた。

時代のキーワードとなる元号はあえて記さなかった。幕末乱世に在った女たちは、そんなことなど気にもとめず、一日一日を必死に生き抜いていたはずだ。

勝ち気なお龍。

誇り高い幾松。

至誠の文。

虚無的なおうの。

それぞれ性格は異質でも、惚れた男に命をかける一途さは同質だと感じられる。思想信条を超えて必死に男たちを守り抜いた。その根幹にあるのは至上の愛だった。

そして、彼女たち全員が実子にめぐまれなかった。

激しい男女の恋は二人っきり、一度っきりなのだ。幻夢めいた聖域に、現実の子供が入りこむ余地などないのかもしれない。

古今、男女の痴話ばなしこそ小説の本道であろう。そこに多くのページをさいた。

また筆者のライフワークである『龍馬暗殺』にそって、本編の中に真犯人とおぼしき刺客神代直人を登場させた。事件の真相について知りたい方は、拙作の『龍馬慕情』や『龍馬暗殺者伝』などを読んでいただきたい。

観光都市の京都には祭が多い。

歴史風俗をさかのぼる市民参加の『時代祭』を何度か見た。その維新志士列の先頭に立つのは、桂小五郎に扮した美青年だった。

もちろん、その選択に不満はない。ありがたいことに、京都人はいまでも長州びいきらしい。

不夜城の花街でくりひろげられた小五郎と幾松の恋模様。そうした華やかな情景は、千年の都でしか成り立たない。

まったくの私事だが、きらびやかな行列を見るたび、山口県出身の私はおもはゆい。長年連れ添った女房どのも、賀茂川の水を産湯に使った生粋の京女なのだ。言葉づかいはやさしいが、愚図な夫にはめっぽう手きびしい。

今年はひさしぶりに京都へもどり、夫婦で時代祭などを見たいと思っている。

二〇一五年・早春

加野厚志

《主な参考文献》

『松風の人』　津本陽著　（潮出版社）
『世に棲む日日』　司馬遼太郎著　（文藝春秋社）
『長州歴史拾遺』　古川薫著　（創元社）
『松菊余影』　足立荒人著　（春陽堂）
『京の花街』　渡会恵介著　（大陸書房）
『幕末気分』　野口武彦著　（講談社）
『木戸孝允』　冨成博著　（三一書房）
『江戸幕府と国防』　松尾晋著　（講談社）
『歴史群像シリーズ幕末京都』　（学研）
『高杉晋作』　一坂太郎著　（角川ソフィア文庫）
『山尾庸三伝』　兼清正徳著　（山尾庸三顕彰会）
『坂本龍馬と京都』　佐々木克著　（吉川弘文館）
……ほか

本書は当文庫のための書き下ろしです。

編集協力　遊子堂

文芸社文庫

幕末　四人の女志士

二〇一五年四月十五日　初版第一刷発行

著　者　加野厚志
発行者　瓜谷綱延
発行所　株式会社　文芸社
〒一六〇-〇〇二二
東京都新宿区新宿一-一〇-一
電話　〇三-五三六九-三〇六〇（編集）
〇三-五三六九-二二九九（販売）

印刷所　図書印刷株式会社
装幀者　三村淳

ISBN978-4-286-16413-7